EL INESPERADO PLAN DE LA ESCRITORA SIN NOMBRE

Alice Basso

EL

INESPERADO

P L A N

DE
LA

ESCRITORA

SIN

NOMBRE

Planeta

Título original: *L'imprevedibile piano della scrittrice senza nome*

Traducción: Tomás Serrano Coronado

Diseño de portada: Jorge Garnica / La Geometría Secreta
Imagen de portada: © Shutterstock
Diseño de interiores: Victor Ortiz Pelayo / www.nigiro.com

© 2015, Alice Basso

Publicado originalmente en 2015 por Garzanti S.r.l., Milano Gruppo editoriale
Mauri Spagnol

Todos los derechos reservados

Derechos mundiales exclusivos en español, publicados mediante acuerdo con MB
Agencia Literaria SL

© 2016, Editorial Planeta Mexicana, S.A. de C.V.
Bajo el sello editorial PLANETA M.R.
Avenida Presidente Masarik núm. 111, Piso 2
Colonia Polanco V Sección
Deleg. Miguel Hidalgo
C.P. 11560, Ciudad de México
www.planetadelibros.com.mx

Primera edición: julio de 2016
ISBN: 978-607-07-3486-1

Impreso en los talleres de Litográfica Ingramex, S.A. de C.V.
Centeno núm. 162-1, colonia Granjas Esmeralda, Ciudad de México
Impreso y hecho en México – *Printed and made in Mexico*

1

Escribe sobre
lo que conoces

A muchos les gusta el olor del papel.

Algunos incluso se vuelven locos con él. Cuando compran un libro, se lo acercan a la nariz y aspiran intensamente mientras entrecierran los ojos. En ocasiones, gimen. Si entran a una biblioteca, inspiran a pleno pulmón como si estuvieran en alta montaña; luego extraen un viejo volumen del primer entrepaño e introducen en él la cara con la intención aparente de besarlo.

El olor del papel, en realidad, es olor a muerte. Y no me refiero a los efluvios químicos del papel de los libros nuevos, que huelen más o menos a un bistec de soya. Los libros viejos, justo ésos de *olor inconfundible*, de hecho huelen a celulosa echada a perder. En otras palabras, apestan. Así que hay gente que pierde la cabeza por una pestilencia a muerte y ni siquiera lo sabe. Pero yo sí, porque en 2012 tuve que escribir un texto que contenía nociones de tipografía y me informé medianamente sobre estas cosas; desde entonces, el estudio de Enrico Fuschi, que es el templo del olor del papel, me da un poco de asco.

El estudio de Enrico Fuschi, director editorial de la bicentenaria Ediciones L'Erica además de mi jefe, se encuentra en el tercer piso de un edificio histórico en pleno corazón de Turín, uno de esos lugares infames en los que nunca lograrás estacionar un auto, y en los que los portones bajo los pórticos tienen interfonos de latón con pocos nombres y muchos números. No es un estudio enorme, sobre todo porque las estanterías de madera, que van del piso al techo y están sobrecargadas de nuevas ediciones (de ahí, pues, el olor), le quitan una superficie pisable equivalente a la extensión de toda mi casa. Tiene los pisos de grano de mármol con dibujos geométricos, algunas imitaciones de muebles de época y postigos de madera oscura tallada. Es viejo. Huele a viejo. Lo que quiere decir que es perfecto para ser el estudio del jefe de uno de los grupos editoriales más antiguos y consolidados de Italia. Dejemos a las imprentas de confianza las maquinarias imponentes y la modernidad de los *softwares* de formación y retoque fotográfico; dejemos a los almacenes de los distribuidores la atmósfera gélida de la luz de neón y de las naves; dejemos al *open space* de la secretaria, primera puerta a la derecha pasando el recibidor, la hilera de Apple de veintisiete pulgadas y los sillones ergonómicos. Éste es el estudio del director editorial, y no hay nada de malo en mantenerlo igual desde hace doscientos años —salvo por la *laptop* de Enrico, que está abierta sobre el escritorio de madera, y los dos *smartphones* apoyados en lo alto de una pila de reimpresiones—.

La puerta se abre con el rechinido clásico que sólo las puertas que son las mismas desde hace doscientos años saben emitir, y entra un fulano de unos cincuenta años, alto, flaco, pero con el tórax en forma de pera, con saco y corbata, y anteojos de armazón sólido y cuadrado. Bien podría haberlos comprado en los años setenta y no haberlos cambiado desde entonces, o bien podrían haber sido adquiridos hace tres días siguiendo la moda imperante de lo *vintage,* que justamente está volviendo a lanzar con gran éxito las monturas de los años setenta. Odio la moda *vintage.* Me estropea todas las deducciones. En este momento, por ejemplo, no sé si tengo frente a mí a un estrafalario intelectual que vive fuera del mundo o a un vanidoso galancete que pasa por una crisis de mediana edad.

El hombre avanza hacia el escritorio, detrás del cual, al mismo tiempo, Enrico Fuschi emerge para ir a su encuentro. Enrico es medio calvo y chaparro. Le llega al labio inferior. Se saludan de mano.

—Doctor Mantegna, encantado —dice mi jefe.

—Buenos días, licenciado Fuschi. Tome usted: le traje un pequeño regalo. —Coloca entre las manos de Enrico una lata cilíndrica de color azul y plata. Por la manera en que tanto él como Enrico la manejan, o es muy pesada o tiene dentro al Niño Dios.

—Un Bruichladdich de dieciséis años de añejamiento. Si le gusta el *whisky*, éste es mi predilecto. Independientemente de cómo haya transcurrido el día, un trago en la noche no me lo quita nadie.

Dilema resuelto: galancete vanidoso.

—¡Póngase cómodo, doctor! —Enrico apoya la lata cilíndrica sobre el escritorio, haciéndole un espacio entre dos pilas de libros de bolsillo—. Y bien, ¿está contento?

—¿Por la entrevista? Por supuesto, qué decir. —Y abre los brazos como los sacerdotes cuando invitan a los fieles a la resignación—. Procuremos que todo salga bien.

Enrico deja escapar una de esas risitas que suelta cuando no tiene absolutamente ninguna gana de reírse:

—¡Ánimo! Le hemos conseguido una entrevista en *Qué tiempos* para el sábado en la noche, ¿y no se siente entusiasmado? Debería estar saltando de alegría.

—¡No, por favor! —se apresura a rectificar Mantegna—. Sé que es algo fantástico. Sólo que, cómo decir… Yo soy un hombre de cultura, un académico, un investigador. Estas frivolidades, la televisión… no son terreno conocido para mí, ¿me explico?

¡Claro que no! En efecto, es típico de un neurocirujano que no gusta de frivolidades como la fama televisiva escribir —mejor dicho, permitir que alguien escriba en su nombre— un libro de divulgación cuyo título es *Para vida animal no habéis nacido. Lo mejor del ser humano explicado a través de la biología,* en el cual el lumbreras, que no pierde tiempo en agregar nada extraordinario sino que se limita a hacer suyos y remendar estudios ajenos, promete demostrar por qué la empatía, la generosidad, la cooperación, etcétera, son impulsos biológicamente localizables en funciones específicas del sistema neuronal. Un tema interesante, en efecto. Y sobre todo muy de moda. El género del ensayo culto pero ameno, perfecto para regalarlo en Navidad a los amigos que están interesados en programas de divulgación cultural. O para que te inviten a los programas de divulgación cultural.

Enrico finge no haber pensado lo mismo.

—Vamos, no tiene nada de malo ser popular. —Sonríe.

—Es una necesidad, sobre todo —suspira Mantegna como si el asunto le disgustara—. A veces, ceder un poco a la masificación es la única manera de conseguir la atención de las autoridades y la consiguiente asignación de fondos. ¿Cómo dicen en las películas? Es un trabajo sucio, pero alguien tiene que hacerlo.

Enrico esboza otra sonrisita falsa y decide cambiar de tema.

—¿Ya recibió usted las preguntas? ¿Qué opina?

—Qué le vamos a hacer —insiste Mantegna—. Yo me hubiera esperado algo más científico, pero no se puede pretender que el conductor quiera saber, qué sé yo, cómo y por qué debe actualizarse la catalogación tradicional de las áreas cerebrales de Brodmann, o la diferencia de respuesta a los estímulos visuales-motores entre las neuronas ordinarias y las neuronas espejo. Además, el nivel cultural de *Qué tiempos* no es tan bajo como el de tantos otros *talk shows,* de modo que no puedo quejarme.

—¡Qué extraño! A mí, en cambio, me parece que sí puede hacerlo —digo yo, y en ese momento ocurre algo extraño: Mantegna, que hasta ahora no se había percatado de mi presencia en lo más mínimo, da una especie de salto sin levantar el coxis de la silla, como uno de esos muñecos descoyuntados que rebotan con sólo apretar un botón. Voltea de golpe en la dirección de la que proviene mi voz; es decir, hacia el rincón que está entre la puerta y el librero. Hay allí un pequeño sillón de terciopelo color verde, y en el sillón de terciopelo verde, con un libro viejo y apestoso entre las manos, estoy yo.

—¡Oh! ¡No la había visto! —exclama *monsieur* de La Palisse—. ¿Hace cuánto que está aquí?

Enrico contiene un suspiro. Yo sé que desde que concertó esta entrevista ha temido este momento. Teme que lo ponga en dificultades, y no puedo evitar estar de acuerdo con él.

—Doctor Mantegna, tengo el placer de presentarle a nuestra querida Vani, ehm, a la licenciada Silvana Sarca.

Mantegna titubea un instante. Ahora, también él es presa de un evidente dilema. No sabe si ponerse de pie y venir hacia mí a estrecharme la mano (dos posibles razones: 1, soy una señora y sería un gesto de educación; 2, soy la persona que escribió el libro que luego él firmó y gracias al cual su carrera ha ido en ascenso) o permanecer sentado en espera de que me levante yo (una buena razón: él es la estrella, y yo, una simple empleada de la editorial; es más, soy una de las menos populares, de la cual a nadie le gusta hablar).

Al final, decide permanecer sentado.

Yo también.

—De modo que es usted la famosa señorita Sarca, a quien yo le debo todo —comenta el lumbreras en un tono excesivamente burlón. Noto el «señorita» en lugar del «licenciada». Bien podría ofenderme, si para mí tuviese alguna importancia—. Bien, bien… Es muy joven, ¿eh? —Sonríe, dirigiéndose a Enrico, como si estuviese hablando de su perro. Pues no lo soy. Tengo treinta y cuatro años. Pero, efectivamente, parece que tuviera veinticuatro. Es una gran ventaja, en teoría, pero la verdad es que en el trabajo es una gran molestia, porque hay una tendencia a que nunca nadie te tome en serio. Como ahora, por ejemplo—. ¡Ah, qué caray! —continúa Mantegna—, imagínense si se llegase a saber que el libro de un neurocirujano con treinta años de experiencia pasó por las manos de… de una muchacha tan joven.

Dice «pasó por las manos», pero lo que la mente de los tres aquí presentes, incluido él mismo, traduce de inmediato es esto: «Fue escrito por». Porque es exactamente eso lo que sucedió. A él se le ocurrió la idea del tema. Fue él quien me explicó en algunos confusos *e-mails* —no es una casualidad que sea ésta la primera vez que me ve de frente— las líneas guía para el desarrollo de cada uno de los capítulos. También fue él quien me envió los *passwords* para acceder al archivo académico de las revistas científicas y quien me indicó los estudios que había que citar. Todo lo demás lo hice yo. Puesto que éste es mi oficio: soy la *ghostwriter* de Ediciones L'Erica.

Pues bien, ¿qué es un *ghostwriter*?

Veamos.

Básicamente, un *ghostwriter* es una persona que escribe en lugar de otra que, no obstante, es quien firma el libro. Por ejemplo: un escritor que ha empezado a trabajar en televisión y ya no tiene tiempo para escribir su novela. Un cómico que quiere publicar toda una colección de monólogos pero no es capaz de escribir tantos a la vez. Un VIP que ha prometido publicar su propia autobiografía pero que escribe como un niño de seis años. O también: un médico que ha inventado una nueva terapia pero no sabe expresarse con la suficiente claridad como para explicarla en un artículo; un estadista acostumbrado a responder a entrevistas pero no a escribir algo *ex novo*; un empresario que debe aparecer en televisión pero es mejor que no hable porque destrozaría nuestra lengua inventando tecnicismos absurdos como *branding*, «customizar», *business-oriented* y *briefing*. En casos como éstos, los editores dicen sin pestañear: «Usted no se preocupe, será todo un éxito», abren toda una lista de nombres de esclavos y, en ese momento, entramos nosotros en acción.

Nos proporcionan dos o tres directrices acerca de los contenidos, toda una lista de materiales para consultar si es necesario, un plazo máximo generalmente muy corto, un salario de miseria para que nos ocultemos de nuevo en las sombras sin decirle a nadie que lo hicimos nosotros. Y así es como se hace el libro/el discurso/el artículo.

Éste es el momento en el que generalmente, cuando explico mi profesión, la gente exclama: «*¡Wow!*».

¡Wow! *Por supuesto que no resulta fácil en absoluto meterse en los zapatos de este o ese o aquel personaje y adoptar su voz, sus conocimientos, su estilo expresivo. Es necesaria una buena dosis de ductilidad, de velocidad de aprendizaje, de empatía.*

Nada más cierto. Cualquier escritor fantasma digno de este nombre debe poseer todas estas cualidades. Debe ser capaz de salir de sí mismo, por decirlo así, entrar en los zapatos del autor en turno para imaginar no sólo aquello que escribiría, sino incluso la mejor manera de hacerlo. Y a continuación, hacerlo él. Todo buen escritor fantasma es un líquido que adopta la forma del recipiente en que lo vacían, un espejo que replica su rostro, un mutante que absorbe su carácter. Por supuesto, una especie de juez lúcido e imparcial que, mientras se lleva a cabo todo este trabajo de identificación, logra mantenerse imperturbable y elige la manera más eficaz para enunciar las cosas que el autor tiene que decir. Un maldito camaleón *multitasking*: esto es justamente un escritor fantasma digno de tal nombre. Suena complicado, ¿verdad? Pues sí, lo es.

Ésa debe de ser la razón por la que somos tan pocos. Una especie de camaleones en peligro de extinción.

—Nadie se enterará nunca de que Vani participó en su libro, obviamente —dice Enrico, y en ese «nunca» hay tal convicción que Mantegna se tranquiliza de inmediato. Apuesto a que el neurocirujano se imagina que la editorial me tiene en sus manos, que yo soy como un peón en su poder, que mi contrato contiene cláusulas y cláusulas que me obligan a mantener la confidencialidad, so pena de despido, indemnizaciones o castigos corporales. Lo imagina muy bien. A excepción de los castigos corporales (pero por una cuestión de seguridad tal vez debería volver a leer el contrato, porque mi muy querido y viejo Enrico es capaz de todo)—. Además, imagínese usted: aun cuando se difundiera el rumor de que el libro lo escribió esta muchachita, ¿quién lo creería? —agrega mi jefe, por si quedaba alguna duda.

Bien podría ofenderme, si para mí tuviese alguna importancia. Cero y van dos.

Mantegna voltea de nuevo para observarme y ahora su mirada, detrás de los enormes anteojos, es mucho más relajada. Yo diría que casi se divierte. Además de que aparento veinticuatro años, no hay que olvidar que, como siempre que voy a la editorial, ahora estoy vestida de una manera anónima que haría que me mimetizara con gran éxito entre los estudiantes de cualquier universidad, por no decir preparatoria. Fuera de aquí, tengo un *look* un tanto distinto, pero forma parte de los acuerdos entre Enrico y yo que, cuando vengo de visita a Ediciones L'Erica, tengo que hacer lo posible para que mi imagen no se quede grabada en la memoria de nadie. El término «escritor fantasma» no parece tan adecuado para nadie como para mí.

—De manera que usted está aquí porque será quien escriba las respuestas que yo dé en el programa, ¿me equivoco? —cacarea Mantegna—. Dígame, por favor, si necesita algo. ¿Tengo que volver a darle los *passwords* de los archivos para que se refresque la memoria sobre los estudios especializados?

—Yo sólo necesitaba verlo y escucharlo hablar —explico—. Para entender qué tono dar a las respuestas, de manera que no parezcan prefabricadas.

—Le prometo que seré un excelente actor —chacotea él. ¡Dios! Cuando se hace el gracioso se parece a la rana René.

—No, perdón, doctor, usted no está entendiendo. Yo estoy aquí precisamente para escribir respuestas que usted no tenga que interpretar. En cierto sentido, no será usted el actor, sino yo. —Mantegna me mira con expresión ausente, y a mí me dan ganas de carcajearme. Como siempre, si para mí tuviese alguna importancia.

Hace ya nueve años que trabajo para Enrico y he interpretado más personajes que un extra del Teatro Regio. He sido una historiadora de la época moderna, una maestra del método Suzuki, un maestro tipógrafo, un geógrafo de los Alpes, una cabaretera, un empresario que pelea por un cargo político, un ciclista, incluso un general retirado, y otras cosas que no recuerdo. He escrito libros largos y aburridos, y otros ligeros y efímeros; me hice experta en términos técnicos de las neurociencias (sí, sí: un buen escritor fantasma logra hacer cosas así de complejas) e improperios de tres líneas de extensión; he producido comunicados de cuatrocientas palabras y libros de cuatrocientas páginas.

¿Que cómo le hago? Yo qué sé. Imagino que nací para eso. En efecto, es algo que me sale de manera espontánea. Escribía las composiciones para mi hermana, que sin ayuda no lograba pasar siquiera de panzazo, pero sin que nadie sospechara que se las había hecho otra persona. Persuadí al lunático bajista de la banda de mi novio de la preparatoria de que se saliera del grupo, haciéndole creer que era idea suya. Me imagino que debe de ser una especie de combinación entre una capacidad de aprendizaje particularmente veloz y una intuición un poco más desarrollada que la del promedio de la gente. En realidad me da lo mismo tener que ponerle una etiqueta. Lo llamemos como lo llamemos, a fin de cuentas no es más que un don como tantos otros. Hay gente alta, guapa, fea, estrábica, que puede hacer rollito la lengua, que sabe contar en un dos por tres cuántas letras tiene una palabra, que calcula mentalmente multiplicaciones de tres cifras; yo soy buena en esto y punto final.

De acuerdo. No es verdad. Nada de punto final. Hay algo más, lo admito. Cuando digo que es un don como tantos otros, en realidad lo que quiero decir es que es un don *peor* que otros. Para decirlo simple y llanamente: es una maldita carga que hay que llevar en el lomo. ¡Quién lo diría a primera vista!, ¿verdad? Cualquiera pensaría que es algo de lo que se puede presumir. Que una tendencia de esta clase puede convertirte en la persona más manipuladora, oportunista y calculadora del mundo. Exactamente. Éste es el verdadero problema. Por increíble que parezca, a nadie le gusta acercarse a una persona potencialmente manipuladora y peligrosa. Y esto explica, por ejemplo, el clásico coctel de miedo, desconfianza y hostilidad con el cual me miran normalmente los autores para los que trabajo. Lógico: atestiguan la facilidad con la que absorbo sus conocimientos, sus habilidades y su identidad y se sienten disminuidos, amenazados. A mí no me interesa en absoluto amenazar a nadie, pero tampoco es algo que te atrae simpatías.

Es una verdadera suerte que a mí me tenga sin cuidado ser simpática.

De cuando en cuando me pregunto cómo habría sido si esta desgracia le hubiese ocurrido a una persona normal. Quiero decir, una de esas personas a las que les gusta tener amigos, familiares, relaciones interpersonales. Menos mal que aterrizó en el ser humano que mejor conozco y al que no podrían importarle menos las relaciones interpersonales. O sea, en mí.

Desde un punto de vista cósmico, es una fabulosa distribución de los recursos.

De cualquier modo, todo esto para decir que fundamentalmente mi don es un caos. Y puesto que me lo tengo que quedar, lo mínimo que puedo hacer es tratar de sacarle alguna ventaja. Justamente por eso estoy aquí, trabajando de tiempo completo en esta profesión de camaleón bajo demanda. Como quien dice: si la vida te da limones, haz una limonada. Y es mejor si también consigues que te guste.

Mantegna me mira fijamente, en espera de que yo me explique mejor. Parece que estamos ante lo de siempre. Hay que hacer una demostración práctica de cómo trabajo. ¡Qué flojera!

De acuerdo.

Pensándolo bien, esta vez incluso hasta podría resultar divertido.

—Por ejemplo —suspiro—, usted, doctor, levanta los ojos al cielo cada vez que debe responder a una pregunta. Como si la pregunta fuese tan estúpida que no pudiera evitar sentirse a disgusto. ¿Ya lo sabía?

—¿N-no? —dice Mantegna con un gesto de interrogación.

Asiento.

—Por supuesto que no lo sabía. Y el hecho de que yo se lo haga notar no bastará, puesto que usted no está acostumbrado a mantener bajo control este tic suyo, y durante la transmisión lo controlará menos todavía, distraído como estará por un montón de cosas. Así que tendremos que resignarnos a aceptar que también entonces se le va a escapar. Y bien, para ir al meollo del asunto: ¿qué puedo hacer por usted? Pues, para darle un ejemplo, yo escribiré para usted respuestas repletas de expresiones de humildad, modestia, *captatio benevolentiae*. Nada adulador, que resulte falso y lisonjero; apenas un tantito para equilibrar su..., espero que me perdone, carácter presuntuoso, que seguramente se manifestará con ese giro de ojos instintivo ante cada pregunta del conductor.

Mantegna me observa con un aire entre de lesa majestad y genuino interés científico. Pero sobre todo de lesa majestad. A su espalda, detrás del escritorio, Enrico trata de atravesarme con una de sus miradas, que decido ignorar.

—Por eso digo que no será usted quien tenga que hacerla de actor, sino yo. Me pondré en sus zapatos y trataré de imaginar cómo tiene que hablar, más exactamente, cómo *hacer que hable*, para que resulte simpático, cautivador, confiable. Si usted intentase alcanzar este resultado sin mi ayuda, puede apostar a que será un fracaso.

—¡Oiga, cómo se atreve! —protesta Mantegna.

—¡Uh, mire lo que hizo con la voz! —Muevo un dedo—. ¿Oyó usted ese agudo al final de la frase? Se le escapa a menudo, especialmente ahora que se sintió acusado. Trate de evitarlo. Con todo respeto, parece una histérica. Pero, como es natural, no podrá evitar que se le escape porque ni siquiera se da cuenta. Y entonces ¿yo qué puedo inventarme? Probablemente haré que explique algunos conceptos científicos recurriendo a ejemplos, a imágenes figuradas, y buscaré deliberadamente imágenes masculinas y viriles, que le impidan parecer un señorito mimado.

Mantegna abre la boca e inspira profundamente. Enrico se toma la cara entre las manos.

—… Por otro lado —me apresuro a agregar—, hace un momento mencionó de paso las áreas de Brodmann y las neuronas espejo, y por un instante se puso incisivo, seguro, dueño de la situación. Tendré que hacerle citar todos los datos científicos y nociones académicas posibles, de ese modo el público, aun cuando en su mayoría no va a entender nada, pensará que usted es alguien inteligente que se las sabe de todas, todas. Ah, pero le advierto que tendrá que atenerse estrictamente a lo que le escriba, porque, si cae en la tentación de detenerse en esas nociones científicas, agotará los tiempos máximos de atención del público y resultará oscuro, sabihondo y aburrido.

Mantegna cierra la boca de golpe. Después voltea para mirar a Enrico, quien a esas alturas tiene el aspecto de alguien a quien no le importa nada y está garabateando en un *post-it*.

—¿Por lo menos funciona? —pregunta el neurocirujano—. ¿Esta muchachita insolente conoce de veras su profesión al mismo grado del que presume?

Tengo que admitirlo: estar dispuesto a dejarse insultar en nombre del éxito es un rasgo de pura ambición que casi lo ennoblece.

Enrico vislumbra una esperanza y asiente.

—Sí. Mil disculpas por los modos imperdonables de Silvana... Ahora entiende usted por qué no nos entusiasma precisamente presentarle a nuestros autores. Sin embargo, sí: lo que hace, lo hace bien. Si tiene alguna duda..., sólo piense cómo escribió su libro.

Qué fuerte. Y así, Enrico infringió el tabú y le recordó explícitamente a Mantegna que sin mí no sería nadie. Gracias, Enrico. Aunque, francamente, habría preferido un aumento.

Mantegna suspira; después se vuelve de nuevo hacia mí.

—Está bien —refunfuña—. Tendré que confiar en usted. ¿Hay algo más que necesite?

Me encojo de hombros. Con toda calma, dejo el libro que tengo en la mano, recojo del piso mi bolsa gastada y me pongo de pie.

—En efecto, para entender exactamente si la distancia que lo separa de la gente común es insalvable y, en tal caso, qué tanto, me sería de mucha utilidad saber empatizar de la mejor manera con un fulano que cada noche se echa un *whisky* de sesenta euros —anuncio—. Así que éste me lo echo yo.

Introduzco el Bruichladdich en mi bolsa, me despido con un movimiento de la mano y me voy.

2

Escribí el libro más bello del mundo y nadie lo sabe

El 4 es uno de los tranvías de Turín que van más llenos, y es también el más cómodo para llegar hasta el centro desde mi casa y viceversa. Normalmente preferiría caminar; sin embargo, hoy necesito estar en medio de la gente. No para sentirme acompañada. Después de veinte minutos de doctor Mantegna, necesito equilibrar con otros veinte minutos de gente normal: lo necesito profesionalmente, quiero decir, para refrescarme la memoria acerca de cómo están hechas, qué lenguaje usan, qué les interesa a las personas que escucharán lo que me tocará poner en boca del idiota ese.

¡La cara que puso cuando me largué con el *whisky*!

Son éstos los pequeños placeres de mi profesión. Para los cocineros, son las expresiones de éxtasis de los comensales que saborean el primer bocado, o bien ver que los platos vuelven a la cocina perfectamente limpios. Para los músicos, las lágrimas en los ojos de su auditorio (o la hilera de *groupies* afuera del camerino al final del concierto, ¿por qué no?). Para los ingenieros, el flujo de los automóviles alineados sobre su sólido paso a desnivel.

Para mí, es la cara de un neurocirujano presuntuoso que se encuentra de frente con la única persona en el mundo autorizada para tratarlo mal.

Por supuesto, no puedo arriesgarme más allá de ciertos límites. Enrico me despediría, al menos para cuidar su imagen. Yo no puedo permitirme hacerle entender a cada incapaz a quien he tenido que escribirle su libro que es un inepto. No hay que olvidar que basta mi sola presencia para recordárselo, y eso, con mucha frecuencia, causa en estos individuos un ligero pero muy visible sentimiento de culpa. Todo esto agregado a su hostilidad estándar, como alguien decía, al encontrarse frente a frente con alguien que demuestra qué tan fácil es captar su esencia y personalidad. Es por esta razón por la que Enrico evita por todos los medios posibles que nos conozcamos. En este caso específico, se lo tuve que pedir de manera explícita porque, precisamente por tratarse de escribir respuestas para una intervención en televisión, por desgracia me resultaba estrictamente necesario ver a Mantegna en acción para entender cómo hacer bien mi trabajo. Porque, mi trabajo, lo hago siempre bien.

Tan bien que en ocasiones acaba siendo un problema.

O mejor dicho, acabaría siendo un problema si para mí tuviese alguna importancia.

Me paso el viaje mirando las caras de las personas a bordo del 4, o su reflejo en las ventanillas para que no se den cuenta de que las observo. Hay tres señoras peruanas: probablemente se dedican a cuidar niños o ancianos y consiguieron que les dieran a todas la misma media jornada de libertad para estar juntas. Tienen un aspecto alegre. Deben de ser muy buenas amigas. Casi podría sentir envidia de ellas. Hay un señor anciano que lee el periódico y no voltea la página desde que me subí. Tengo la impresión de que no ve bien, pero se obstina en fingirlo. Probablemente tomó el tranvía porque lo reprobaron en el último examen para renovar su licencia de manejo, y vive la experiencia como una injusticia. Hay también una madre oxigenada con un niño y una bolsa enorme. Acompaña a su hijo a clases de algún arte marcial y apuesto a que escogió deliberadamente el mejor gimnasio del centro. El muchachito tendrá unos once años y tiene cara de pocos amigos: seguramente se considera lo suficientemente grande como para tomar el tranvía solo.

Y enseguida capto mi propio reflejo en el vidrio. Mi cara de falsa muchacha de veinticuatro años bajo un pelo súper oscuro, hoy mucho más peinado de lo que yo quisiera, pero de todos modos menos de lo que la decencia impondría. Mis ojos, ahora sin maquillaje, pero con esa expresión neutra que he conseguido con entrenamiento después de años de observaciones disimuladas. El abrigo negro pero sobrio, mucho menos llamativo que el impermeable del mismo color que normalmente llevo puesto (y con el cual, si pudiese, dormiría incluso).

¡Carajo! Cuando voy a la editorial ni yo misma me reconozco.

Por otra parte, cuando no voy a la editorial, parezco Lisbeth Salander. Exactamente ella. No lo digo con alegría, antes bien, ni siquiera soy yo quien lo dice. Lo dicen todos. Yo me visto y me maquillo así desde que tenía dieciséis años; luego, un buen día salió el primer volumen de Millennium y desde entonces soy para todos «la que se viste y se maquilla como Lisbeth Salander». (Bueno, sí, con menos *piercings*, porque a mí nunca me ha gustado agujerearme las carnes, y con un corte de pelo menos exagerado, pero por lo demás nos entendemos). Ésta es la razón por la cual no lo digo con alegría, a pesar de que la comparación en sí misma pueda incluso no disgustarme. Hace algún tiempo, algunos apasionados de los cómics me decían que les recordaba a Death, la hermana de Sandman de Neil Gaiman; un fulano que me abordó hace algunos años en un local y al que yo rechacé porque me trataba como a Merlina Addams; pero la gran mayoría, ahora, me relacionan con Lisbeth, e incluso piensa que debo sentirme halagada. Como si lo hiciera deliberadamente. Como si no fuese así desde siempre. Sería demasiado frustrante si tuviese alguna importancia para mí, pero no tengo más remedio que resignarme. Después de todo, el mundo está lleno de gente como nosotros, borradores, versiones beta. Y justo a mí me tenía que tocar pertenecer a esta categoría, porque evidentemente es mi destino ser siempre el doble de alguien más.

Aun en el caso de que fuese la protagonista de un libro, sería la protagonista de un libro que no habría escrito yo.

Nos vamos acercando a la parada de mi casa, que está muy cerca del centro, hacia la zona norte de Turín, del otro lado de la avenida Regina Margherita, una zona bastante deprimente pero todavía no totalmente asquerosa. Me aproximo a la puerta para prepararme a bajar. Enfrente de mí, ya lista en el primer escaloncito, reconozco a la hija de la tipa que vive en el piso de arriba, que tiene quince años y se llama Morgana, y a su mejor amiga, de cuyo nombre no me acuerdo (lo único que sé es que es mucho más banal, sólo por cálculo de las probabilidades).

Morgana me cae bien. No es poca cosa, porque no son muchos los seres humanos que me caen bien. No obstante, ella sí. Es una muchachita parlanchina con cabello oscuro y sangre de *dark*. Sólo a los quince años se puede ser *dark* y parlanchín al mismo tiempo en completa buena fe. Morgana habla sobre la escuela. Siempre habla de la escuela. Es una especie de *nerd*, sí, pero *dark*. Es rara. ¡Me recuerda tanto a mí a su edad! Debe de ser por esto que me cae bien, aun cuando en realidad debería preocuparme y tener ganas de tomarla por los hombros y ordenarle que se calme de inmediato, por su propio bien.

—No sé qué escribir —le dice a Laura (ahora recuerdo cómo diablos se llama su amiga. Sí, un nombre claramente más común que Morgana).

—Imagínate. Tú que siempre tienes algo que decir de cualquier cosa —le responde Laura. Hay un matiz de provocación en su voz, pero no de maldad.

—¡Te lo juro: esta vez no sé qué escribir! Lo único que me sale son bobadas. Cada vez que pienso cómo empezar la composición, me doy asco a mí misma, me siento una lambiscona que sólo repite las palabras de la maestra.

—¿Y qué tiene de malo eso? Es precisamente lo que la maestra quiere. Tú dile lo que ella quiere que le digas, o sea, lo que ella nos ha dicho en su clase, y ya está.

Laura tiene razón. Lo sabe ella, lo sé yo que las escucho, lo sabe Morgana. Ay, Morgana de mi vida. Si todos fueran como tú, si todos prefirieran no escribir nada en lugar de escribir banalidades, yo estaría desempleada.

—De todos modos algo tengo que inventarme, porque lo que sí es seguro como que mañana saldrá el sol es que en la composición nos pide que hablemos de la aventura de la mamá de Cecilia —suspira.

Ah, bueno. Estoy sorprendida. Pero entonces no es difícil. Es más, casi me decepcionas, Morgana: ¿cómo que no logras inventarte nada acerca del súper famoso episodio de *Los novios* sobre la pequeña Cecilia, muerta a causa de la peste y ofrecida dulcemente y con dignidad a los sepultureros por su madre, enferma también ella?

Laura sacude la cabeza. No logra entender por qué Morgana se pone tan difícil. Probablemente también a ella le va bien en la escuela, pero sólo porque se aprende las lecciones de memoria y porque siempre les da por su lado a los profesores, respondiendo a sus expectativas. El sentido práctico siempre obtendrá mi aprobación; ella tiene quince años y lo trae de nacimiento. Me quito el sombrero.

—¡No, yo estoy hablando en serio! Imagínate, la dignidad de la madre, la compasión… Eso es exactamente lo que van a escribir todos los compañeros. Y yo, la verdad, *me aburro* —protesta Morgana, agitando las manos (que son todavía las manos de una niña, diminutas y toscas, pero tienen unas uñas de tres centímetros con esmalte de color violeta).

—Tú escríbele que la muerte es de veras repugnante —le digo antes de caer en cuenta de que nadie se ha dirigido a mí.

25

Pero, después de todo, hoy parece ser el día de las conversaciones fuera de lugar.

Afortunadamente, Morgana y Laura no se parecen ni siquiera de lejos a ese cara de mierda de Mantegna. Se dan la vuelta para mirarme y en ese momento el tranvía se detiene y se abre la portezuela, así que bajamos, primero ellas y luego yo. En cuanto ponen un pie en la acera, se detienen y me esperan y empiezan a caminar una a mi izquierda y la otra a mi derecha como si tuvieran toda la intención de ahondar en el tema.

Es una buena señal. Si las hubiese fastidiado, bien habrían podido fingir que no me habían oído y seguir como si nada.

Lo que quiero decir es que si Mantegna hubiese podido, lo habría hecho tranquilamente.

—¿Decías que la muerte es qué? —pregunta Morgana, aun cuando se le nota claramente que oyó bien desde la primera vez.

—De veras repugnante. Tú se lo escribes exactamente así, sin medias tintas. Lo era ya entonces y lo sigue siendo, porque una repugnancia como ésa es siempre igual, no cambia nunca. Ésa es la razón por la cual leer ese pasaje nos sigue afectando tanto. Y al diablo con la dignidad de la madre de Cecilia y la compasión y blablablá. Escríbele a la maestra que sabes perfectamente que éstas son las primeras cosas que todos entendemos, pero que a ti te importan un comino esas estupideces bienintencionadas, ¿de acuerdo? Tú ves las cosas como son: está esa mujer, amable, educada, obviamente una buena persona, que ve cómo se está muriendo su hija y cómo ella misma va a morir. Y no puede hacer nada para evitarlo: no existe un Dios que llegue para salvar a los buenos, ninguna Providencia que la saque del problema con un milagro. Se trata de una verdadera porquería, porque en el libro no se hace más que hablar del Señor y de la fe y aquí hay gente buena que se está muriendo. ¿Y sabes qué es lo mejor? Que eso no sucede sólo en el libro. Así es y nada más. En el mundo. En la vida real. Tanto entonces como ahora. Así que eso es lo que dice ese episodio, a quien lo sabe analizar sin inventarse historias: que la muerte es una verdadera repugnancia y al final siempre gana ella, y la única cosa que las personas pueden hacer es mantener un hilito de dignidad en el momento en el cual inevitablemente les toca también a ellas.

Durante un instante, Morgana me mira fijamente como si estuviera tan concentrada en elaborar sus pensamientos que hasta perdió el control de su expresión facial. Después inspira y exclama lentamente, sílaba a sílaba:

—*¡Esto es lo más increíble que he oído en la vida!* —Estamos en la acera enfrente de nuestro portón y ella se pone a brincotear. Lleva puestas unas Dr. Martens negras totalmente decoradas con plumón violeta, incluso con cierto buen gusto. Parece uno de esos astronautas que aterrizan en la Luna y rebotan como conejos en sus enormes botas sobredimensionadas.

—¡Dios mío, espero acordarme de cada palabra! ¡Es absolutamente perfecto! ¡Cómo me gustaría haberlo pensado yo!

—Es como si lo hubieses hecho —le explico mientras busco las llaves en la bolsa.

—No, en serio, ¡es realmente como si me hubieras leído la mente y hubieras sacado las cosas que estaba sintiendo, pero que ni yo misma sabía que estaba pensando!

Titubea. Tiene miedo de haber dicho algo presuntuoso. Por un momento, mira a Laura, que, no obstante, asiente, puesto que conoce a Morgana lo suficientemente bien como para saber que lo que ha dicho es verdad; luego, vuelve a mirarme a mí. Yo la observo sólo de reojo porque sigo buscando las llaves y con la botella de *whisky* que me estorba no logro encontrarlas.

—¿Cómo hiciste para saberlo?

Finalmente encuentro las llaves. El portón vuelve a cerrarse detrás de nosotras y yo llamo el elevador; luego, mientras esperamos que llegue, me apoyo contra la pared con los brazos cruzados y me dirijo a Morgana. Se ve que hoy no sólo es el día de las conversaciones impertinentes, sino también el de las demostraciones prácticas de mi método.

—Tú te vistes siempre de negro. Te gusta todo lo que es oscuro, *dark*, nocturno. Yo te oigo hablar con tu amiguita y siempre tienes una frase sarcástica o nihilista para comentar cualquier cosa.

Morgana me escucha con la cara de embeleso que ponen los niños cuando se habla de ellos y se sienten conmovidos, o tal vez porque tienen miedo de lo que podrían descubrir. Laura la observa y, de cuando en cuando, asiente con conocimiento de causa, haciéndome una especie de eco con la cara.

—Tienes un hermoso nombre literario y, un buen día, como todos los niños, te habrás preguntado de dónde venía, y desde entonces debes de haberte sentido identificada con tu homónima, la bruja. Yo diría que siempre te ha gustado estar a la altura de tu nombre: no te gustan las cosas empalagosas y te sientes a tus anchas cuando puedes ser un poco maldita y destructiva. Así que ya ves que es muy propio de tu personalidad tener un razonamiento como el que acabo de exponerte yo.

Morgana se vuelve por un momento hacia Laura, la cual, ¡qué hermosa es la amistad cuando se tiene quince años!, le hace una señal con la cabeza que quiere decir, concisa pero inequívocamente: «Si escribes esas cosas en tu composición, no te voy a echar de cabeza, porque para mí serán de cabo a rabo ideas originales tuyas».

Morgana sigue titubeando. «Se estremece» sería más exacto. La entiendo perfectamente. Se siente entusiasmada tanto por haber encontrado la salida genial para su composición como porque le estoy dando a través de mis ojos aquello con lo que todo adolescente sueña más que con cualquier otra cosa en el mundo: una identidad. Y, sobre todo, una hermosa identidad.

—¿No será demasiado… *demasiado*? —replica, por el puro gusto de hacer que continúe yo.

—¿Quieres decir demasiado irreverente? Quien es muy inteligente en clase puede permitirse reelaborar las cosas a su modo —minimizo yo.

—¿Cómo sabes que soy inteligente en clase?

—En literatura, no me cabe la menor duda de que lo eres. Cuando nos encontramos en la mañana en el elevador, llevas siempre un libro en la mano.

—¿Quién te dice que no estoy estudiando la lección en el último momento porque para mí la clase no tiene la menor importancia…?

—No son libros de texto, sino novelas. —Sonrío. Me gusta la manera en que me está poniendo a prueba—, y no precisamente novelas que los profesores podrían asignarle a todos sus alumnos. El otro día estabas leyendo a Dostoievski.

—Pero ¡quién te dice que lo entiendo!

—Y en tu mochila escribiste una cita del *Paraíso perdido* de Milton.

—Vaya, ¡hasta pareces Sherlock Holmes! —exclama.

Laura estalla en una carcajada, pero su cara dice que en realidad es cierto.

Yo me encojo de hombros.

—Deformación profesional —concluyo, sin entrar en más detalles.

—En fin, cualquiera que sea tu trabajo, ¡apuesto a que lo haces muy bien! —suspira Morgana todavía radiante, mientras yo abro la puerta del elevador que, mientras tanto, ha llegado, y dejo que ellas bajen antes que yo.

Tienes razón, pequeña Morgana. Yo, mi trabajo, claro que lo hago muy bien.

Por ejemplo, escribí el libro más bello del mundo y nadie lo sabe.

3

Más recta que la cuerda de una guitarra

Ya he dicho que a Enrico no le gusta que yo conozca a los fulanos a quienes les escribo sus libros. Es cierto. Más o menos. Con una excepción. Hace un año y medio, mi jefe me llama por teléfono y por primera vez me pide que vaya a conocer a uno.

—Pero si tú nunca quieres que yo conozca a los autores —le digo.

—Esta vez es distinto.

¿Por qué es distinto? No me lo explica y me cuelga.

Llego a la editorial y entiendo todo.

Esperándome en el estudio de Enrico hay un tipo alto, inquieto, con una barba de tres días, con saco y sin corbata, el pelo despeinado cuidadosamente frente al espejo, o tal vez no, porque cuando tienes una buena estructura craneana con las sienes amplias y la frente bien proporcionada, a veces sucede que pareces artísticamente despeinado incluso hasta cuando simplemente estás despeinado. (En el transcurso de la conversación, el fulano se pasará la mano por el pelo, con un tic nervioso, tan a menudo que me confirmará que pertenece a esta segunda categoría). Tendrá unos treinta y seis años o máximo treinta y ocho, y un rostro que quedaría bien en una fotografía de toda la página de una contraportada. Y en efecto, es justamente allí donde lo he visto: en la contraportada de uno de los más asombrosos *bestsellers* y saqueadores de premios de hace algunos años: *Costa de asfalto*, una novela profunda y encantadora acerca de una familia de inmigrantes italianos en Estados Unidos durante la Segunda Guerra Mundial.

Se llama Riccardo Randi y toda Italia sabe quién es. O lo sabía hace cinco años.

Con cierta teatralidad, Riccardo avienta una carpeta repleta de hojas sobre el escritorio desbordante de Enrico.

—Ahí tienes —suspira.

Enrico no dice nada y le concede la dignidad última de que sea él personalmente quien me explique el problema.

—La secretaria de la entrada, la redactora que me dio todas las indicaciones para llegar hasta aquí y el traductor que me reconoció de inmediato y me felicitó por el libro que escribí hace cinco años, todos ellos me vieron entrar con este manojo de papeles en la mano y se entusiasmaron porque pensaron que se trataba de mi nueva novela. Lo piensan porque seguramente, como trabajadores de esta editorial, saben que tengo un contrato con ustedes que me obliga a presentar una segunda novela a más tardar hacia finales del próximo trimestre. —Estos escritores creen siempre que en la editorial no hacemos más que hablar de ellos y que todos, desde el jefe de redacción hasta el diseñador gráfico de las portadas, se mantienen febrilmente actualizados acerca de los próximos vencimientos de sus plazos—. Y en cambio… —Randi se pasa la mano por el pelo, la primera de innumerables ocasiones, y después abre el pequeño portafolio.

Saca un inmenso legajo de hojas de todos los tamaños y colores, de cuaderno y de impresos, de agenda y de papel estraza, amarillas y blancas y grises y de papel reciclado; algunas de ellas escritas en la computadora, pero con mil tipografías distintas, otras garabateadas a mano; hay incluso algunas notas escritas distraídamente en los bordes de un comprobante de pago. Se trata del revoltijo de material más caótico que me ha tocado ver, como si un grafómano y un acumulador compulsivo hubiesen unido sus fuerzas y ésta fuera su obra maestra conjunta.

—Apuntes —sentencia Randi. No puede evitar una sonrisa de vergüenza—. No son otra cosa que apuntes desordenados, esquizofrénicos e incongruentes que no llevan absolutamente hacia ninguna parte. Imágenes esparcidas, una descripción por acá, una pequeña escena por allá, un diálogo... No consigo sistematizarlos, no logro estructurarlos, simplemente no logro hacer un carajo. Después de *Costa de asfalto*, dejé de escribir novelas y me pidieron que escribiera para la televisión. Acepté, pensando que volvería a la narrativa cuando se me diera la gana, en un abrir y cerrar de ojos. Incluso me divertí: a cada rato me entrevistaban, me invitaban a participar en los *talk shows*... Era una vida simpática, muy ajetreada y perfecta para que me distrajera y perdiera de vista cualquier otra cosa. Hace tres años, Enrico empezó a advertirme que tal vez tendría que ponerme a trabajar en una segunda *Costa de asfalto* o corría el riesgo de que mi nombre acabara por ser olvidado o, incluso, por morir para la editorial. Así lo entendí y traté de escucharlo. Lo intenté en serio. —Separa la mano de la mata de pelo revuelta casi con dolor y señala el cementerio de celulosa que invade el escritorio. Algunas hojas están empezando a resbalar incluso sobre el piso de granito—. Sin embargo, todo lo que consigo hacer desde hace tres años son sólo estos apuntes desarticulados e incoherentes, sin ninguna historia, sin ninguna inspiración. Perdí la vena creativa, así de simple. Me di cuenta hace tres años y desde entonces finjo que no es así, que no es tan grave, que no es algo irreparable, pero la verdad es ésta. Se acabó. Desapareció. No consigo hacer nada. De manera que ahora la única solución a la que puedo recurrir, y créame, preferiría morir que rebajarme tanto, la única solución, le decía, para mantener mis compromisos con la editorial y también para no desprestigiarme y perder mi reputación, es ésta.

—Eres tú —especifica Enrico.

Casi siento pena por Randi. Yo no soy particularmente sensible a la belleza física, antes bien, normalmente me causa irritación. Sin embargo, en este momento Randi no es un tipo guapetón vestido *boho-chic*, es una ruina de hombre. Es un exguapetón, un extipo de éxito, ahora al borde del agotamiento nervioso, lleno de ojeras y con ese extraño tic que le hace mesarse el cabello. Lo observo y me pregunto qué se sentirá al tenerlo todo y, de pronto, darte cuenta de que estás a punto de perderlo. Muy buena pregunta. Por sí sola bien podría ser un buen inicio para escribir un libro. En ocasiones me sorprendo realmente de cómo hace la gente para tener tanta dificultad para escribir. Mi cabeza es un constante pulular de ideas, interrogantes, estímulos que no esperarían ninguna otra cosa que ser desarrollados en un cuento o una novela. No obstante, la cabeza de Randi debe de estar árida como el desierto de Mojave desde hace tres años a esta parte, y esto, francamente, me causa una gran pena.

—Pues vamos a ver qué se puede hacer —digo yo, recogiendo las hojas caídas en el piso y volviéndolas a acomodar—. Me llevo todo esto para leerlo en mi casa. Ya nos veremos dentro de una semana.

Randi y Enrico me miran mientras me marcho del estudio. Enrico está serio pero tiene una actitud neutral. Randi parece estar a punto de reírse o llorar, o ambas cosas al mismo tiempo.

El asunto es que los apuntes de Randi no están nada mal. Es esto lo que pienso sentada con las piernas cruzadas sobre mi colcha color violeta, con un abanico de papeles alrededor. A mí no me parecen tan incoherentes como cree él. Para empezar, se respira en todos ellos una cierta atmósfera, una ambientación bastante coherente. Para los estándares italianos, Randi es muy joven para ser un profesor asociado de literatura estadounidense en la Universidad de Turín. Es bastante lógico que su *bestseller* de hace cinco años, y ahora todos estos apuntes, versen todos en torno al imaginario literario del cual es un experto, que estudia desde hace varios años, que además es el de Estados Unidos de los inicios del siglo XX. De hecho, *Costa de asfalto* era la historia retocada y novelada de sus abuelos, hijos de inmigrantes italianos en Estados Unidos que luego regresaron a su casa en Italia. Eso explica también por qué no resulta tan fácil que Randi pueda inventarse una trama. Es más, uno se preguntaría si alguna vez fue capaz de hacerlo. Si sus abuelos nunca se hubiesen movido de su tierra de origen, si la aventura de sus protagonistas no le hubiese sido sugerida por la Historia con «hache» mayúscula, ¿habría sido capaz él solo de crear una intriga semejante? El hecho es que Randi solamente tiene un par de abuelos emigrados y luego repatriados; un par del que ya echó mano para su primera novela. Ahora la trama se la tiene que echar a fuerzas solo.

O sea, me la tengo que echar yo.

Paso un día y medio leyendo los apuntes dispersos —dispersos literalmente hablando— sobre mi cama, que afortunadamente no es individual, aun cuando yo soy su única ocupante. La primera noche decido dormir en el sillón para no tener que cambiarlos de lugar. A la mañana siguiente, vuelvo a sentarme con las piernas cruzadas en el punto exacto en el que me había arrellanado el día anterior; todavía está hundido. Aparto la mirada de una página de cuaderno en la que aparece la descripción de una carretera amplia y recta que atraviesa la llanura central norteamericana, para ponerla en el reverso de un volante en el que Randi apuntó los versos de una canción de Woody Guthrie que habla de una tormenta de arena, y luego en una hoja tamaño carta, atravesada por una Times New Roman a 12 puntos, donde se refiere un diálogo en el que dos personajes, no se sabe quiénes —sólo se entiende que se trata de un hombre y una mujer jóvenes— discurren sobre temas como el hambre y la esperanza.

Son buenos temas.

Pero tienen que volverse temas *especiales*.

Algo que rompa todos los récords de venta.

Reflexiono, y mientras lo hago levanto distraídamente la mirada, que se posa en el librero lateral de la biblioteca, el mismo donde tengo los DVD. Para ser más precisos, se posa en el dorso de *Forrest Gump*.

Y en el acto me llega la iluminación.

Cuatro días más tarde le informo a Enrico que quiero volver a ver personalmente a Randi, y Enrico se opone.

—Ahora ni siquiera sé si hice bien en permitir que se conocieran la vez pasada —replica—. Fue él quien insistió y todavía no logro entender por qué.

Ni siquiera intento explicarle a Enrico, quien no entendería tampoco por qué llora un huérfano, que evidentemente para Randi fue sumamente catártico tener que confesarle en voz alta su propia derrota a la persona que tiene que salvarlo. Hay cosas que o las pescas al vuelo, por pura intuición o empatía, o adiós.

—Si supieras lo que me importan tus paranoias, Enrico —le digo—. Lo único que sé es que necesito explicarle el proyecto y por escrito es demasiado largo.

—¿De modo que tienes un proyecto? —dice a su vez, y si está tratando de parecer aséptico lo hace muy mal, porque su voz se sobresalta como el corazón de un amante.

Al día siguiente, Randi y yo nos encontramos nuevamente en el estudio de Enrico.

Entro con los brazos repletos de hojas: los apuntes de Randi, pero no sólo eso. Randi ya está allí y yo lo primero que hago es protestar, que es lo que me sucede cuando no me siento cómoda.

—Ya basta de encontrarnos así —digo. Enseguida me explico, dirigiéndome a Enrico—: ¿Por qué siempre me tienes que encerrar en tu mugrosa oficina? Me tienes escondida como a una clandestina, lo sé, pero ahora, por ejemplo, necesito una mesa vacía, y en el piso de abajo hay muchas salas de reuniones inutilizadas que serían perfectas para este propósito.

Por toda respuesta, Enrico se pone a colocar en el piso, pila por pila, los libros que estaban amontonados sobre el escritorio.

Randi me observa de reojo mientras pongo su carpeta *beige* en el centro de la superficie cada vez menos atestada hasta que finalmente me siento en el lugar de Enrico. Extraigo las hojas y las dispongo como lo preparé: de un lado, las escenas ya ordenadas según el hilo conductor que en breves instantes le explicaré; del otro, las descripciones de los lugares y, después, las de los personajes. *Dulcis in fundo*, un mapa de Estados Unidos, enorme, hecho con hojas tamaño carta unidas con cinta adhesiva, dibujado de manera aproximada con un plumón, en el cual he trazado líneas de colores y escribí algunas cosas.

Randi se sienta enfrente de mí y me observa.

Yo lo miro de reojo y descubro algo que me gusta.

Como ya he dicho, los autores a los que les escribo libros normalmente no me quieren. Y eso por usar un eufemismo. Detestan tener que admitir que no saben hacer las cosas por sí solos: prefiero creer que es porque no quieren o porque no pueden, más que porque no son capaces. «Tengo demasiadas cosas que hacer»; «Es sólo para mantener mi nombre en el mercado»; «Prácticamente ya está todo listo, sólo que no tengo tiempo para terminarlo yo». En el fondo, no obstante, saben perfectamente que los estoy sacando de un problemón, así que me odian. Y además me temen, porque yo soy una mocosa a la que no le darían ni un quinto, pero al mismo tiempo soy también un ser extraño y poderoso capaz de asumir su personalidad, lo que los hace sentirse horriblemente cuestionados. De manera que tratan de tener el menor contacto posible conmigo, de ser posible ninguno (Enrico está siempre encantado), me mandan el material esbozado ya utilizable o sus ideas por internet y cuando el libro está listo lo vuelven a leer para hacerle eventuales anotaciones a Enrico, quien enseguida me las refiere a mí. Si sucede que nos tenemos que conocer personalmente, porque por alguna razón resulta inevitable, me miran todo el tiempo con una mezcla de aburrimiento y resignación asquerosa. Tengo en mis manos su carrera y conozco su secreto, así que no tienen más remedio que soportarme aunque me odien. Soy un mal necesario.

(También Enrico conoce su secreto, pero él es un cabrón oportunista que combate en sus filas, así que no cuenta).

Pues bien: Randi es muy distinto. No me está mirando como se mira a un enemigo. Me está mirando como se mira a un ángel salvador.

—Lo estuve pensando muy bien —empieza a decir, y de inmediato me doy cuenta de que es un pésimo íncipit, puesto que se trata de una *excusatio non petita*, como si alguien pudiera poner en duda que de veras lo hubiera pensado muy bien. ¿Es posible que mi idea ya no me parezca muy grande? Sin embargo, lo es. Y sin duda lo es más que la no-idea que hasta ahora no se le ha ocurrido a Randi. Así que respiro aliviada.

—Usted es un profesor universitario de literatura estadounidense. Con una especialización en narrativa de la primera mitad del siglo XX. Los lectores de *Costa de asfalto* se han acostumbrado a identificarlo con aquellos ambientes, aquellos mundos, aquellas latitudes. Después de que ganó el Premio Strega, la gente ha demostrado un interés clamoroso por las novelas de aquellos años: Steinbeck, Faulkner, Hemingway, Fitzgerald... Las ventas del sector han ido en aumento y toda la Italia que lee ha sentido, por lo menos durante seis meses, la locura por Estados Unidos *d'antan*. Han aparecido tres imitadores, los cuales no han vendido nada mal, a pesar de la calidad claramente inferior de sus libros. Los críticos y reseñistas, incluyendo a los de las revistas del sábado, han dicho que usted les recordaba a John Fante y a William Saroyan. Así que es claro que les ofreceremos a los lectores lo que esperan de usted, lo que usted sabe hacer mejor: es decir, precisamente, una historia ambientada en los Estados Unidos de inicios del siglo XX. Pero eso no es suficiente.

—Sobre todo porque no debe parecer un refrito del primer libro —objeta Enrico.

Randi no aparta los ojos de mi cara. Más específicamente de mi boca. Nunca había presenciado una aplicación tan literal de la expresión: «Pender de los labios de alguien».

Empujo en dirección de Randi el mapa de Estados Unidos y señalo con un dedo más o menos el centro, por encima de Oklahoma.

—Pero procedamos con orden. Sus personajes se llaman June y Art. Son primos por el lado materno y viven con la familia de él y la madre de ella en un rancho en medio de la nada. Un día, un tornado destruye su casa. Corre el año 1938 y, con la casa derruida y la nada alrededor, sólo hay una cosa que hacer: marcharse. Y los protagonistas parten en dirección a California.

—Sin embargo, de esta manera se vuelve un refrito de *Las uvas de la ira* de Steinbeck —vuelve a insistir Enrico, quien evidentemente hoy se siente abogado del diablo especializado en plagios—. Y les recuerdo, es más, me limito a repetirles, puesto que lo acabas de recordar tú, Vani, que gracias precisamente al profesor Randi, aquí presente, ahora todos los italianos que leen conocen *Las uvas de la ira*, debido a que sucumbieron a la fiebre americana hace cinco años.

—Salvo por el hecho de que nosotros no estamos copiando *Las uvas de la ira*. Nosotros lo estamos *encontrando* —silbo yo, viperina. Me dirijo nuevamente a Randi y arrojo de inmediato a la basura mi intención de proceder de manera ordenada, porque con Enrico en modo pesado es necesario un cambio de planes inmediatamente—. En efecto, en el transcurso de su viaje, nuestros protagonistas se encuentran con la familia Joad.

—¿Se encuentran? Es decir, ¿conocen a los Joad? ¿A la familia protagonista de *Las uvas de la ira*?

Asiento.

—Los personajes de Steinbeck, a lo largo de algunas páginas, se vuelven también los personajes de su libro. Y no sólo ellos. También los personajes de Fitzgerald, y de Chabon, y de...

—Un momento —me interrumpe Randi asombrado—. ¿Me está usted diciendo que su idea es que la historia de nuestros protagonistas se cruce con la historia de todos los personajes de todas las novelas famosas ambientadas en esa época? ¿Una suerte de *Forrest Gump* con base literaria?

—Exactamente —le digo yo—. Veo que ha llegado pronto al meollo, profesor Randi.

—Llámame Riccardo —dice él como si estuviera pidiendo mi mano.

En suma, prosigo delineándole a Randi, es decir, a Riccardo, la trama completa de su libro. Mientras hablo, coloco físicamente las hojas y los papelitos de sus apuntes a lo largo del itinerario que he trazado sobre el mapa, que representa la travesía de los personajes y la línea temporal, además de geográfica, de la historia, para mostrarle dónde tendrán que ambientarse las escenas y las descripciones ya listas.

—June, Art y su familia parten para California; sin embargo, después de un alegato con su padre, tan sólo a diez millas de casa, Art da marcha atrás y se dirige hacia Nueva York, decidido a seguir su sueño: convertirse en escritor. Una vez en Nueva York, acaba mendigando el encargo de algún cuento mal pagado a la Empire Novelty..., que es la editorial de los protagonistas de *Las asombrosas aventuras de Kavalier y Clay*. Se la pasa muy mal hasta que conoce a un tal Nick Carraway, quien a su vez es un viejo amigo de cierto Mr. Black que en ese momento trabaja en Hollywood. Art siempre estuvo enamorado de June y se le ocurre describírsela a Nick, quien se enternece porque ella le recuerda a otra de sus grandes amigas, a una tal Daisy por la cual su viejo amigo Jay Gatsby perdió primero la cabeza y luego la vida. Así que le da a Art una carta de recomendación con la sugerencia de que vuelva a trasladarse con destino a California, más exactamente, que busque en Hollywood a Mr. Black y que le pida trabajo como guionista.

—El protagonista que emprende el viaje de regreso hacia su amada tiene un aire a *Cold Mountain* —dice Enrico. Pero dice «tiene un aire a», no «es una copia de». Está pasando a mis filas.

Riccardo se sobresaltó cuando escuchó hablar de Kavalier y Clay y mucho más todavía del encuentro con los personajes de *El Gran Gatsby*, y yo les juro que en toda mi vida nunca un hombre me ha mirado como me mira él en este momento.

—Llegando a Oklahoma, a Art se le acaba el dinero y debe vivir como un vagabundo. En un tren de carga, conoce a tres músicos errantes: un joven hebreo de nombre Jacob Bloeckman, Lara, su compañera de origen italiano (un personaje italoamericano siempre hará falta en una novela de Riccardo Randi) y a un tercero que le canta una maravillosa canción dramática y al mismo tiempo despreocupada acerca de las tormentas de arena que dejan sin casa a los *okies* como él. Tiene una guitarra en la que ha escrito: «Esta máquina mata fascistas».

—¡Woody Guthrie! —exclama Riccardo. Enrico no exclama nada, porque imagínense ustedes si sabe quién es Woody Guthrie; sin embargo, se da cuenta del entusiasmo de Randi.

—Mientras tanto, June y los demás miembros de la familia ya han llegado a California y se han instalado junto a otros desesperados en busca de trabajo. Y a estas alturas, ocurre que un día el jefe de la familia, al cual llamaremos Elmore...

—¡En homenaje a Elmore Leonard! —exclama Enrico, feliz de poder acertar al menos una.

Yo asiento, pero prosigo sin darle mucha importancia. Evidentemente, es un asunto entre Riccardo y yo.

—... Que Elmore conoce a un hombre que observa en estado catatónico su Dodge destartalado del año 25. «Yo tenía un automóvil igual», le dice el hombre. «La cantidad de caminos que recorrí con él». Mira nada más: es Tom Joad. Elmore pide que le cuente su historia y, puesto que buscan a Tom, como sabemos perfectamente por el final de *Las uvas de la ira*, y debe esconderse de la justicia, empieza a llevarle víveres a escondidas.

—Pero ¿y Art? —pregunta Riccardo—. ¿Qué pasó con Art mientras tanto?

Se me escapa una sonrisita, porque no lo pregunta como si yo estuviese entrando en demasiados detalles, sino como se comportaría un chiquillo ansioso por retomar el hilo de la historia de su personaje favorito.

—Art, mientras tanto, llegó a Hollywood que, obviamente, será descrito recurriendo a manos llenas a los ambientes y a los personajes secundarios de *¿Acaso no matan a los caballos?* y *El día de la langosta*. Sin embargo, cuando se presenta a la entrevista con Mr. Black, además de causarle una pésima impresión vestido de vagabundo como está, descubre que le robaron la carta de recomendación. Míster Black lo echa fuera sin más explicaciones y Art acaba vagabundeando desesperado por Los Ángeles, hasta que acierta a entrar a un bar de mala muerte en el cual, de pura casualidad, están exhibiéndose precisamente sus viejos amigos del tren, Jacob, Lara y Woody. Art les cuenta lo que le ha sucedido y hay también un cuarto personaje que se interesa en sus aventuras. Todavía es muy joven, pero le hace un montón de excelentes preguntas acerca de la posible desaparición de la carta. Ya se presiente que a la vuelta de algunos años llegará a ser un magnífico detective.

—¡No me digas! —susurra Riccardo.

—¡Ajá! —asiento yo.

—¿Qué? —interviene Enrico, quien detesta que lo saquen de la jugada así como así.

—¡Marlowe! Se trata del Philip Marlowe de Raymond Chandler —respondemos Riccardo y yo, prácticamente al unísono. Parecemos unos papás que se deshacen de un hijo con un «vete a jugar allá afuera» en coro porque están discutiendo sobre asuntos de personas mayores.

—Sin embargo, llegados a este punto, viene el cambio de planes. Jacob, a su vez, formula algunas preguntas y se da cuenta de que Mr. Black no es otro que su padre, quien ha cambiado su propio nombre de Bloeckman a Black para, de esta manera, esconder sus orígenes hebreos humildes y poder trabajar en la Meca del Cine. Algunos años atrás, Jacob y su padre habían renegado uno del otro cuando el muchacho abandonó la casa para dedicarse a vagabundear, pero…

—Un momento: ahora que lo pienso, Mr. Bloeckman es un personaje de *Hermosos y malditos* de Fitzgerald —dice Riccardo.

—Es cierto. Y está ambientado en Nueva York, lo que explica cómo hicieron Nick Carraway y Mr. Bloeckman, todavía no convertido en Black, para conocerse hace tiempo en la costa opuesta de Estados Unidos.

—Has pensado en todos los detalles —comenta Riccardo, adulador.

Han pasado por lo menos diez años desde la última vez que me sonrojé, y en esa ocasión creo que fue a causa de una papa frita con queso que se me atoró, pero siento que si no vuelvo de inmediato a la narración podría volverme a ocurrir.

—… En pocas palabras, Jacob decide tomar las riendas de la situación y acompaña a Art ante su padre, a quien no ve desde hace varios años. Le recuerda con todo lujo de detalle cuando también él era un judío sin un quinto y el respeto que las ambiciones y los sueños merecen, etcétera, etcétera, y Art sale de Hollywood con un contrato y un anticipo en el bolsillo.

—Ahora lo único que hace falta es hacer que se reúna con June y con los demás —agrega Riccardo.

—Eso sucede en cuanto Art, esa noche, descubre que la policía de Los Ángeles lleva a cabo un operativo particularmente violento en contra de los vagabundos. Él todavía no ha tenido oportunidad de comprarse una ropa mejor, así que tiene que protegerse y, mientras trata de escapar, tropieza con una bodega cuya puerta fue forzada. Descubre entonces que adentro ha encontrado refugio otra clandestina, y para su gran sorpresa reconoce a June. A ninguno de los dos le parece posible haberse encontrado y, cuando Art enciende un cerillo para mirarla a la cara, la luz desvela que se encuentran…

—… En una pastelería. —Riccardo sonríe. Yo sonrío. Enrico no entiende, pero nosotros sonreímos como locos, porque sabemos perfectamente de qué estamos hablando.

Entre los apuntes de Riccardo, hay una escena, la más hermosa de todas, en la que dos personajes, precisamente un muchacho y una muchacha, dos pobres muertos de hambre, se encuentran fortuitamente en una gran pastelería de gente rica, atiborrada de cristalería, plata, flores y muchos postres. Durante una noche, despreocupados, fingiendo ser grandes señores, prueban toda clase de exquisiteces y se deleitan con un mundo que, muy en el fondo, saben que no es el suyo.

Aquella escena me encantó. Hice que con ella culminara la novela. Riccardo debe de haberse sentido tan encantado con ella como yo, debe de haberse sentido orgulloso de haberla escrito, y ahora me sonríe, contentísimo de que yo haya pensado y sentido evidentemente lo mismo.

La situación se está volviendo un poco embarazosa.

De manera que vuelvo a la historia, que de cualquier forma está llegando a su fin.

—Art y June descubren que la policía está haciendo todo aquel relajo para encontrar a dos bandidos en particular, a un cierto Tom Joad y a su cómplice Elmore Nosequé. Todo se vuelve claro en la mente de June: las ausencias nocturnas de su tío, las misteriosas desapariciones de alimentos… No obstante, ahora aseguran que la policía ha detenido finalmente a los dos fugitivos y la calma puede volver de nuevo a la ciudad. Excepto para Art y June quienes, obviamente, se precipitan a la cárcel, en donde, sorprendiendo a todos, Art desembolsa el dinero para pagar la fianza de ambos prisioneros, es decir, el anticipo que le ha dado Mr. Black. Ahora que él tiene un trabajo (y sobre todo, precisamente el trabajo que tanto deseaba: escribir) la vida podrá ser menos dura para toda la familia. La novela termina con nuestros protagonistas brindando en el bar de los músicos, con Woody Guthrie que declara mientras los observa: «Algún día cantaré acerca de todos ustedes». Y desde luego, como sabemos, lo hará: Woody Guthrie escribió efectivamente una canción sobre Tom Joad.

Mi dedo índice ha llegado al final de la línea trazada sobre el mapa.

Todas las hojas con las escenas y las descripciones han sido colocadas. Quedan por escribir sólo las partes de enlace.

El hilo conductor ha quedado definido.

Riccardo permanece en silencio; luego extiende una mano abierta sobre el pequeño mapa como si quisiera acariciarlo, o como si quisiera tomar mi propia mano y sólo se hubiese detenido un centímetro antes por pura decencia.

—Es el libro más bello del mundo —murmura.

Por supuesto que lo es. O se acerca mucho. Aparece once meses después, con el título *Más recta que la cuerda de una guitarra* (en referencia a la carretera que va de Oklahoma a California), y la crítica pierde la cabeza como una banda de adolescentes en un local de *striptease*. Hay ríos de palabras para comentar los diversos niveles de lectura, sobre el hecho de ser una perfecta estratificación de aventura apasionante con refinadas referencias culturales, lo cual no se veía desde los tiempos de *El nombre de la rosa*. Los más *snobs* lo proponen como anti código Da Vinci, la demostración de que es posible escribir literatura de amplio consumo que explote inspiraciones cultas y elevadas sin convertirlas en chabacanerías sino en sabios homenajes. Los derechos para la edición en inglés son vendidos a precios estratosféricos, porque, explica la *foreign rights manager* de Ediciones L'Erica en un comunicado de prensa luego de la subasta, con Estados Unidos las posibilidades son dos: que una novela que va a tocar tan profundamente su cultura y su imaginario, escrita por un extranjero, resulte fastidiosa y completamente *out*, o bien, que sea considerada como una maravillosa señal de valoración y, por lo que parece, nosotros nos encontramos en este segundo caso. Randi gana todos los premios imaginables más alguno probablemente inventado para él, y cuenta incluso con una campaña promocional para la cual Ediciones L'Erica ha destinado fondos que combatirían el hambre de medio África. Aparece en la televisión, en los periódicos, en cada evento público, de carácter culto o vulgar, donde es celebrado como el genio en el que se ha convertido, o en el que todos creen que se ha convertido. Él mismo así lo cree, a juzgar por las declaraciones que concede. Y después de todo, ni siquiera es tan equivocado, porque, de hecho, todas las escenas de la novela las ha escrito él, ¿de acuerdo? Yo sólo le proporcioné la estructura y le sugerí a cuál personaje especial atribuirle qué cosa. Sin embargo, la pluma es la suya: el sabor del polvo, de la inconmensurabilidad del cielo, del oprimente humo de la metrópoli, es harina de su propio costal, incluso los diálogos y todo.

Yo le di el plano.

Él construyó la catedral.

Es eso lo que me repito desde hace seis meses, es decir, desde que la novela se publicó, y yo no he podido hacer nada más que observar su éxito desde mi silencio en la sombra.

4

Ángeles

Naturalmente, esto no significa que desde hace seis meses yo no haga más que atormentarme midiendo mi grado de insignificancia frente al éxito de Riccardo Randi. La mayor parte del tiempo, para variar, realmente me importa un comino. Esta noche, por ejemplo, estoy en el sofá frente a la televisión degustando un trago de Bruichladdich de sesenta euros mientras en la pantalla, un Mantegna todo estirado por las maquillistas expone frases estremecedoras sobre la naturaleza de la empatía humana.

—¡Bravo, cabrón, así se hace! —murmuro, mientras lo escucho recitarle al conductor mis frases acerca de los efectos de las neuronas cardiacas en la vida cotidiana. Tengo que reconocer que se las aprendió a conciencia, de memoria, porque las pronuncia con la cadencia correcta, con la adecuada desenvoltura—. Bien. Ahora la última estocada.

… Y esto, entre otras cosas, nos demuestra una cosa importante, una cosa que, si me permiten, da sentido a toda mi carrera, al trabajo al cual me he entregado en todos estos años —concluye—. *Es decir, que la*

ciencia, tanto en este caso como en los otros miles que ilustran mi libro, no resulta ser algo que nada tiene que ver con la vida cotidiana, con la experiencia de todos nosotros, sino que nos explica precisamente quiénes somos, cómo actuamos y por qué nos sentimos como nos sentimos. Con mucha frecuencia, a nosotros los científicos se nos confunde con una especie de, permítame decirlo, fríos autómatas interesados en desmontar las cosas para ver cómo funcionan, como si todo se pudiera tratar al igual que una máquina. Sin embargo, aquí, caray —el «caray» fue obviamente idea mía, aunque tengo que admitir que Mantegna entendió perfectamente con qué tono pronunciarlo—, *¡aquí se habla del hombre! Se habla de relaciones, se habla de nosotros. Y es en estos casos donde la ciencia nos da las respuestas verdaderas, y donde yo siento que mi profesión y... y mi vida, me atrevería a decir, adquieren realmente un sentido.*

¡Bravo, cabrón!

El público en el estudio estalla en un aplauso ensordecedor.

Me doy un baño de masas mientras me felicito por mi propio trabajo. Estoy dispuesta a apostar a que Mantegna nunca se acordará de llamar por teléfono a Enrico o a mí para comunicar su agradecimiento, pero me basta con saber que por enésima ocasión he realizado mi tarea con responsabilidad, sobre todo, porque será un motivo más para poder pedirle un aumento a Enrico, cuyo nombre, como si lo hubiese invocado, aparece en este preciso momento en la pantallita de mi celular.

Yo no respondo porque Enrico tiene que aprender a no joderme los sábados por la noche y, además, porque seguramente estará llamando sólo para comentar la entrevista, que también él acaba de ver. La cosa es que un minuto más tarde el teléfono vuelve a vibrar.

—¿Qué pasó? —respondo—. Enrico, es sábado en la noche.

—A mí no me vengas con que tienes una vida social —dice Enrico, y yo podría sentirme ofendida sólo si me importara, adivina, adivinador, por lo menos un soberano cacahuate—. Tengo que encargarte un trabajo —anuncia.

—¿El sábado por la noche? ¿No podrías dejarme en paz de aquí al lunes?

—No, para nada. Es importantísimo y en un momento entenderás por qué no puede esperar. Y además, ¿de qué te quejas? ¿Tienes alguna idea de la cantidad de personas que estarían dispuestas a dar una pierna con tal de que les ofrecieran un trabajo, incluso el sábado por la noche?

—Ya lo sé, son tiempos de mierda, la gente no tiene para comer, etcétera, etcétera. ¿Y sabes por qué lo sé? Porque incluso yo tengo un salario con el que paso hambre, por si no te has dado cuenta. El costo de la vida ha aumentado desde la última vez que entraste a un supermercado, o sea, desde los años noventa —resoplo—. ¿De qué trabajo se trata?

—¿Te acuerdas de Bianca?

Bianca.

Me dejo caer hacia atrás sobre el respaldo del sillón. Sólo conozco a una Bianca que tenga que ver de algún modo con la editorial, y es Bianca Dell'Arte Cantavilla, una autora de *bestsellers*, sí, pero de un tipo tan tan tan —uh— *particular* que nunca he querido saber nada sobre ella. Así que no puede tratarse de ella.

—¿Cuál Bianca?

—Lo sabes perfectamente.

Una pausa más.

—Vani, ¿me escuchas?

—Estás bromeando, ¿verdad?

—Por supuesto que no. —Oigo a Enrico emitir un suspiro casi imperceptible—. Está demasiado ocupada con su gira y no consigue respetar su próximo plazo, así que hemos pensado hacer..., ehm, lo que hacemos con los demás. Vamos, llamarte para que vengas en su ayuda. ¿Qué? ¿Te animas?

—Por supuesto que no —respondo de golpe—. Enrico, ¡esa vieja *habla con los ángeles*!

—¿Y eso qué tiene que ver? —replica él—. Bueno, sí, claro, verá a los ángeles, pero no es ésta la clave de sus libros. El secreto de sus libros es el mensaje de bondad y de paz universal con el que trata de educar a la humanidad...

—... Y que le sugieren obviamente los *ángeles* —lo interrumpo—. Enrico, seamos claros. —Me enderezo en el sillón—. Ya me parece demasiado humillante que Ediciones L'Erica le deba gran parte de sus ingresos a los libros de una especie de médium. Pero que me pidan que finja contactos extrasensoriales con grupos de querubines con tal de salir de broncas económicas, esto es de veras demasiado.

—¡No es como piensas! —exclama Enrico, que cuando sabe que tengo razón opta por subir el volumen de la voz—. No te estoy pidiendo para nada que... ¡Escucha! —Lo oigo inspirar profundamente—, no te estoy pidiendo que te identifiques con una santona y que le tomes el pelo a la gente fingiendo haber visto seres alados. Bianca transforma los dictámenes de los ángeles en preceptos y ejercicios para los lectores, cosas como por ejemplo *Las cinco reglas para aprender a disolver el enojo y desarrollar el amor hacia el prójimo, ¿*me explico? Cuando mucho, se tratará de compilar algunos de estos ejercicios que seguramente ella ya tendrá listos puesto que en sus seminarios los pone en práctica, y crear una especie de manual para..., para..., qué sé yo, para *sanas interacciones humanas siguiendo el modelo del amor divino,* o algo semejante. ¿Te suena mejor dicho de esta manera? Puedes hacerlo, ¿no te parece? Y además, Bianca te va a gustar. No es la médium poseída que te imaginas. Es una persona... muy razonable, como podrás constatar con tus propios ojos.

—¿Qué quieres decir con eso de «con tus propios ojos»?

—Quiere conocerte. Te concerté una cita con ella en su casa.

—¡Enrico! ¡Tú nunca quieres que yo conozca a los autores!

—Así es. Pero con Mantegna la cosa funcionó, ¿no es cierto? A propósito, ¿viste la entrevista? Acaba de terminar y estuvo perfecta. Y Bianca insistió personalmente, y además..., pues... dice que no puede hacerte el encargo sin que te lo explique personalmente.

Muevo la cabeza reprimiendo un rosario de maldiciones.

—¿Y cuándo sería este fatídico encuentro persuasor?

—Mañana a las once. Anota, por favor, la dirección de su casa.

—¿Mañana?

—Te dije que tenía un buen motivo para llamarte un sábado por la noche.

En internet, pulula el nombre de Bianca Dell'Arte Cantavilla. Tiene una página web, sólo por decir algo. Muchos escritores tienen su página web, un blog, un perfil de Facebook. Pero que también lo tenga esta fulana que habla con los ángeles realmente me molesta. ¡Quién sabe por qué, además! Ella también es escritora, ¿o no? Y tiene miles de lectores, quizás incluso centenares de miles si se considera también a los extranjeros que han comprado las traducciones de sus obras en otras lenguas, y todos desearán permanecer informados y al corriente de las actividades de su autora favorita. Esto debería garantizarle democráticamente el derecho a tener una página web en tres lenguas, un perfil de Facebook, Twitter, una *newsletter* para las actividades editoriales y para las propias de los seminarios u otras más. Y sin embargo, me molesta.

Por si fuera poco, su sitio web es sobrio, pensado con inteligencia. Su *webmaster* ha hecho las cosas perfectamente bien: muy blanco, caracteres claros y limpios, nada escandaloso, deslumbrante, llamativo. Me imagino que, para alguien que como oficio transcribe conversaciones con los ángeles, caer en la payasada *new age* llena de luces y alas y arcoíris es cuestión de nada. Sin embargo, éste parece el sitio web de una industria de…, no sabría yo misma de qué cosa. Un poco más cálido y amigable que la página de una ASL,[1] un poco más mesurado y aséptico que un blog de cocina. Recorro velozmente los textos de la página de noticias y encuentro menos signos de exclamación y Amor y

---

1. Azienda Sanitaria Locale, un seguro médico popular en Italia. (N. del T.)

Armonía con mayúsculas de los que había imaginado. Esta Bianca conoce su trabajo. Es mesurada, pero sin llegar a ser gélida; acogedora pero no encimosa. Uno casi llega a pensar que es una persona equilibrada. Incluso casi puedo entender por qué miles —no, cientos de miles— de lectores se han aficionado tanto a sus *Crónicas angélicas* y por qué tantos otros se dejan convencer para comprar cada uno de sus libros en cuanto se publican. Puedo. *Podría.* Casi.

Lo más divertido es que esto me irrita más que si hubiese llenado sus textos de estrellitas, de corazoncitos o de esos cursis retratos hiperrealistas de ángeles parecidos a fotomodelos musculosos vestidos con sábanas.

No obstante, me basta con pasar a los sucesivos resultados de búsqueda en Google para tropezar con los otros sitios web, foros y lugares telemáticos en los cuales aparece el nombre de Bianca. No, pues sí. Ahora sí que estamos ante lo esperado. Celebro bebiendo un enésimo trago de Bruichladdich directamente de la botella. Éste sí que es el universo que me esperaba encontrar para sentirme en lo justo. Aquí se trata de foros, sitios web y blogs no controlados directamente por Bianca y por su equipo, sino por una galaxia de fanáticos que, no contando evidentemente con la inteligencia empresarial de Bianca, han pensado perfectamente en arreglar las cosas precisamente como yo me lo esperaba.

Aquí están, por supuesto, las estrellitas titilantes que atraviesan los *headers*. No pueden faltar las páginas y páginas de disertaciones sobre la «¡¡¡Cercanía con lo Divino, que está siempre en nuestros Corazones!!!», y que evidentemente cada vez que se menciona no merece menos de tres signos de admiración. Hay por lo menos cuatro blogs de astrología que dedican a los libros de Bianca fervientes reseñas. No me resulta del todo claro por qué algunos apasionados de la astrología son fanáticos de los libros sobre los ángeles, pero supongo que todo el mundo tiene vela en este entierro. Probablemente en su mitología *all inclusive* encuentran lugar incluso los unicornios, la Wicca y

Hogwarts. Está incluso el blog de un católico «abierto a lo increíble», o sea, por lo que parece, dispuesto a creer en ciertas apariciones angélicas antes de que la Iglesia misma las confirme, lo que, ateniéndome a mis pocos conocimientos en la materia, me parece mínimamente ortodoxo. El hecho es que este fulano dedica a los libros de Bianca la mitad de sus *posts*, y la exalta de tal manera que provocaría incluso los celos de la mismísima Virgen María.

Uno de los *posts* es la reseña del último volumen de las *Crónicas angélicas*, que a estas alturas es de hace por lo menos un año pero que sigue recibiendo comentarios. Los recorro, para ver qué clase de personas son los fans de Bianca. Tormentosas, por lo que parece. Por cada dos o tres comentadores llenos de Amor y Armonía (MaDDalena78, FlorDeLuz, SerenaInterior y casos semejantes) hay uno igualmente fervoroso pero más atormentado, un alma sinceramente en pena (Bifrons, BastianContrario, MetodioMétomeEnTodo...), que se atreve a despertar suspicacias respecto a ciertas aparentes incongruencias en los mensajes que los ángeles le transmiten a Bianca, o bien a señalar repeticiones que —¡si Bianca no fuese la maravillosa y honesta persona que todos sabemos!— casi podrían hacer pensar que su discurso es reciclado y revolcado con el único propósito de vender más libros. FlorDeLuz & Co. se apresuran a rebatir las polémicas de Bifrons y otros colegas refiriendo pasajes de las anteriores *Crónicas*, demostrando que «no es cierto que está diciendo exactamente las mismas cosas», sosteniendo que «aquí es necesario ir más al fondo del asunto» y que «aquélla no es necesariamente una contradicción», etcétera, etcétera. En ocasiones, pierden la paciencia e incluso levantan la voz porque, como se sabe, con los incrédulos siempre es bueno adoptar maneras serias y determinantes. Y así, de recoveco en recoveco, el torrente del debate ha alcanzado y superado, en un año, los seiscientos comentarios.

Regreso a los resultados desplegados de Google y exploro algunos otros elegidos al azar.

También en éstos es lo mismo, en algunos casos incluso peor. Me refiero a la miseria. Descubro así que existe un foro dedicado específicamente a los *arcángeles*. No a los ángeles en general, evidentemente considerados una plebe, sino más bien al único y exclusivo círculo de los arcángeles. En efecto, pareciera que Bianca ha tenido entrevistas privadas incluso con Gabriel, Miguel y compañía. ¿Quién sabe si para entrevistarse con un arcángel es necesario concertar una cita, mientras que los ángeles comunes y corrientes te vienen a visitar espontáneamente a tu domicilio, como los vendedores de puerta en puerta? ¿Tendrán acaso un ascenso, cada cierto número de apariciones, y el derecho a un teléfono de la empresa? El hecho es que también aquí algunas citas extensas extraídas de libros de Bianca acompañan *threads* e intervenciones, y también aquí son equiparablemente impugnadas por entusiastas devotos (MaríaEstela65, Spooky, incluso una Carmilla: quién sabe si esta tipa sabrá de dónde viene su *nickname*) y por educados disidentes (ElPensador, Free-Spirit, un tal Andrea A.) a quienes los *performances* de Bianca les suscitan más dudas que otra cosa.

Continúo así durante un buen rato, de la página web al blog, al foro, hasta que las estrellitas titilantes y los textos fluorescentes me irritan los ojos.

Me tomo un trago más de Bruichladdich.

No lo niego: una parte de mí tiene curiosidad por ver personalmente a la tal Bianca. Porque, quienquiera que sea —una verdadera santa tocada por la Gracia y en contacto con lo Divino, o una audaz oportunista que descubrió una veta de oro—, una cosa es muy cierta: creó un imperio.

Y yo siempre siento curiosidad por quien consigue crear un imperio.

Apago la computadora.

Me concedo el último trago de *whisky*; luego declaro concluida la velada y me meto a la cama.

5

Muy razonable

Y en menos de lo que canta un gallo, es domingo por la mañana; son las once y diez y voy en el automóvil, llegando con retraso a la cita con mi nueva identidad secreta. ¡Pero claro, carajo! Enrico podía haberme explicado que Bianca vivía cerca de Alpha Centauri. A cuarenta kilómetros de Turín, más otros diez lejos del pueblito de mierda de cuyos límites municipales técnicamente forma parte la zona donde se ubica la casa de Bianca. El último tramo de carretera es de terracería y se estrecha tanto que me pregunto qué podría suceder si me encontrara con algún automóvil en sentido contrario. Pero, naturalmente, no puedo encontrarme con otro automóvil, puesto que estoy indudablemente fuera de la civilización, y los autóctonos, en el supuesto caso de que existan, seguramente sólo se mueven a pie y cargan en la espalda estrecha un garrote del que cuelgan sus bultos. No sería descabellado que me abollaran el automóvil con éstos, al asustarse con este aparato del diablo.

Estoy considerando seriamente la idea de llamar a Enrico para decirle que avise a Bianca de mi retraso, o incluso simplemente para insultarlo y quitarme las ganas, cuando, como en el cine, las copas de los árboles delante de mí se separan y de golpe se hace la luz. Una luz que, en este caso específico, está constituida por una enorme residencia de un blanco enceguecedor y de dos pisos con terrazas y mansardas, con jardín, garaje y una pequeña dependencia que bien podría ser un teatro o una escudería; todo ello limitado por un enrejado digno del palacio de Versalles.

Por lo que parece, comunicarse con los ángeles trae grandes beneficios.

Cuando intento detener el automóvil enfrente del portón, me doy cuenta de que, ¡maldita sea!, se abre automáticamente y enseguida una vocecita metálica surge de alguna parte. Lo más verosímil es que sea del interfono que está en la pequeña columna a mi izquierda, puesto que no se vislumbran seres animados en las proximidades. Por pura seguridad, miro incluso más allá a través de la ventanilla: podría estar esperándome un elfo doméstico, o un servicial angelito muy chaparrito. Me aproximo al interfono y alguien, en alguna parte de aquella inmensa casa, me dice algo que tiene que ver con un «la estábamos esperando» y un olmo bajo cuya sombra puedo estacionarme. El portón está abierto, así que recorro el senderito preguntándome cómo diablos puedo reconocer un olmo. Detengo el automóvil bajo un árbol relativamente alto, relativamente cercano a la casa, circundado por un terraplén que podría constituir un buen estacionamiento. Me parece un acuerdo aceptable. Avanzo hasta la puerta. La puerta se abre automáticamente.

«¿Así funcionan las cosas siempre aquí? Porque resulta cómodo si no encuentras las llaves, pero será el paraíso de los vendedores», digo, y dado que se trata de un chiste estúpido comprendo que no estoy a gusto.

Desde detrás de la puerta se asoma una mujer bajita —pero absolutamente alejada a la iconografía de los ángeles— que habla exactamente como el interfono de hace un momento. Lo que me hace pensar que no era el interfono lo que hacía que su voz sonara metálica. Es que su voz es justamente así.

—Bienvenida, licenciada Sarca. Bianca la está esperando en el piso de arriba.

Ni siquiera se presenta, se da la vuelta y me muestra el culo, enfundado en una falda de *tweed* de un deprimente color *beige*, y comienza a subir una escalinata de mármol inmaculado.

Yo sigo a Culo de Tweed.

Me encuentro en casa de Bianca, y por el momento es todo muy grande y, no hace falta que lo diga, muy muy cándido.

Bianca tiene el pelo blanco.

—Oh, aquí está usted, licenciada Sarca, bienvenida —me dice—. ¿Tuvo alguna dificultad para llegar hasta aquí? —Y todo lo que yo consigo pensar es que Bianca no puede sino ser un nombre artístico. El hecho es que tiene el pelo completamente blanco, de ese blanco afortunado y uniforme a la Judy Dench, y una cabellera de suaves ondas que parecen volutas de nubes. Tendrá unos cincuenta o cincuenta y cinco años y la cara de alguien que se nutre habitualmente de ambrosía y de hidromiel: una nariz corta y recta, el mínimo aceptable de arrugas, unos pómulos que sostienen todo en alto. Y lleva puesto un traje sastre. Blanco. Pero con un collar y un par de aretes de coral.

Se levanta del escritorio y viene a mi encuentro. Por debajo de los pantalones, descubro unos zapatos del mismo color que las joyas. Esta mujer sabe vestirse y sabe envejecer con clase, y sabe hacerme encabronar mucho antes de que abra la boca. Es más: no, no es cierto. No estoy exactamente encabronada, o preencabronada si se puede decir así. Es tan perfecta que casi estoy dispuesta a creer que en efecto se trata de un ser bendito que se pone habitualmente en contacto con una dimensión superior, y de ésta absorbe toda esa paz, esa grandeza y esa dulzura que parecen emanar de toda su persona. Es precisamente esto

—este titubear que me pone al borde de la duda— lo que hace que me encabrone.

Detesto sentirme desestabilizada.

Recupero el control recordándome que no está escrito en ninguna parte que me tenga que importar tanto. Después de todo, es sólo trabajo.

—¿Quiere tomar algo? —Sonríe la diosa. Y yo pienso con nostalgia en mi *whisky* de sesenta euros, que dudo que esté incluido en las opciones—. ¿Un café o un té? Por supuesto. ¿Eleonora? —Bianca busca con la mirada a Culo de Tweed, quien se materializa en el candor general del estudio como el vómito de un gato sobre un piso de mármol—, ¿sería tan amable de prepararnos y traernos dos tazas de infusión de *rooibos*? Mil gracias, querida. —Se vuelve de nuevo hacia mí—. Es una cosa exquisita. Me lo regalaron no hace mucho algunos de mis lectores sudafricanos. Pero, por favor, póngase cómoda.

Me siento en un pequeño sillón frente al escritorio y miro a mi alrededor, mientras Bianca golpetea con sus tacones hasta que vuelve a su lugar del otro extremo. Los lectores sudafricanos que le han enviado la infusión probablemente no saben que son unos pordioseros. A juzgar por la *Wunderkammer* que es esta habitación, hay quien ha sabido hacerle mejores regalos. Sólo por decir algo, encima de un mueble bajito (blanco, por supuesto), a todo lo largo de la pared se encuentran alineados por lo menos doce mapamundis y esferas celestes, más o menos antiguos o realizados con materiales preciosos. A un lado, geodas de diversos colores y dimensiones (evidentemente los fans de Bianca dejan la puerta abierta, no sólo a la astrología, sino incluso a la geomancia y a la cristaloterapia. Por un momento me pregunto cuánto más fácil debe de ser vivir creyendo en todas estas cosas). A los pies de este mueble, hay una especie de pequeña selva de plantas exuberantes en macetas igualmente exuberantes de diseñador. La superficie de este mueble, como la de todos los demás que hay en la habitación, incluyendo la del escritorio, resplandece en medio de toda una serie de objetos extraños: pequeñas esculturas de madera o de ámbar que representan a humanoides de toda clase, a menudo con los brazos levantados o en actitudes de bendición, que yo intuyo que deben representar a los ángeles de todas las religiones; urnas votivas; linternas y candeleros; abrecartas y pisapapeles; un micro gong. Y yo entiendo que se trata de regalos porque cada uno de estos objetos lleva a un lado (o debajo, o pegado a) una pequeña tarjeta o una cartita doblada, conservadas con sumo cuidado al igual que el presente al que acompañan.

—Veo que observa lo que nos rodea. ¿Le gusta? —pregunta Bianca dulcemente, a la vez que mueve los ojos con una sonrisa llena de orgullo—. Se trata de regalos de mis lectores más apasionados. De esta manera me expresan su gratitud por todo lo que yo humildemente les transmito. Y puesto que ésta es la habitación desde la que cobran vida mis libros —dice refiriéndose a la computadora que, naturalmente, es una computadora de esas blancas—, me pareció oportuno que fuese también la misma habitación en la cual conservara todos estos preciosos presentes, con el propósito de que me proporcionen motivación e inspiración, en una especie de círculo que se cierra.

Después se inclina ligeramente hacia mí.

—Usted podría formar parte de este flujo y reflujo de amor, licenciada Sarca.

Reflexiono por un momento acerca de lo que tendría que responder. En realidad no estoy reflexionando de veras. Estoy ocupada en metabolizar la ironía del pequeño cuadro del cual formo parte. Está esta habitación cándida como el trasero de un recién nacido, con esta tipa blanca de nombre y de hecho, que es todo un centelleo de Paz y de Amor, y justo en el centro me encuentro yo, que hoy, puesto que no me encuentro en la editorial y no le debo nada a Enrico, ostento mi habitual *look* burgués: impermeable largo negro, botas negras, *jeans* de un negro un poco más gris, camiseta color carbón con un llamativo conjunto metálico al cuello, cabello corto con un mechón que me cubre hasta los pómulos. Negro también, faltaba más. *Oui, je suis Vani Sarca.* Y entre Bianca y yo está, en sustancia, todo el espectro cromático perceptible por el ojo humano.

En ese momento entra Culo de Tweed sosteniendo una charola *vintage* con dos tazas todavía más *vintage.* Apuesto a que también se trata de un regalo. Deposita todo aquello sobre el escritorio. Bianca le dice:

—Mil gracias, Eleonora, por el momento puede retirarse.

—Culo de Tweed esboza una sonrisa tan convincente que no parece en absoluto alguien que está trabajando en domingo.

Una vez que ha despachado a la sirvienta, Bianca posa de nuevo su mirada sobre mí.

Yo trato de esconder la mía en mi taza, para ganar tiempo.

Aproximar la nariz a la infusión me provoca un mini conato de estornudo.

—Como le iba diciendo, Silvana, usted debería considerar este encargo como la posibilidad de incorporarse a este particular y privilegiado intercambio de amor. Yo transmito amor a mis lectores. Les ofrezco mensajes de paz y de confianza. Y ellos acogen y reciben la grandeza, el beneficio, y transmiten amor a su vez: hacia mí, bajo la forma de su afectuosa retroalimentación, pero también en el ambiente que los circunda, alimentando de esta manera un círculo virtuoso.

Abre las manos en un ademán que en el mundo sólo les sale bien a los sacerdotes y a ella.

—Seguramente se preguntará por qué insistí tanto en conocerla, Silvana, aun cuando Enrico me dijo que normalmente a usted no le agrada tener encuentros personales con los autores para quienes trabaja.

«Ah, ¿de manera que es eso lo que le dijo Enrico? En realidad, es él quien me haría conocer a los autores sólo amarrada y con un bozal como Hannibal Lecter», pienso yo. Pero me callo. Quiero ver hasta dónde es capaz de llegar.

—Es que, hablémonos claro, Enrico es un hombre de empresa. De él me habría podido esperar que le presentara este encargo únicamente como la enésima fuente de ganancia. ¿O acaso me equivoco?

—Ganancia me parece una palabra de lo más inapropiada si consideramos la miseria que me paga —puntualizo yo.

Bianca sonríe pero prosigue imperturbable:

—Y en cambio, ésta es una tarea muy distinta de las tareas para las cuales, me dicen, la llaman normalmente a usted. Para poder hacer lo que estamos por solicitarle, Silvana, se necesita una fuerte motivación. Una verdadera vocación, me atrevería a decir. Y la vocación, en cierta medida, sólo puede encontrarse dentro de uno mismo. De manera que es por esta razón por la cual consideré necesario, es más, indispensable, hablar personalmente con usted antes de que iniciara el trabajo. Usted debe absorber esta vocación, debe hacerla suya, si quiere tener la esperanza de hablar con la voz propia de los ángeles. Y ¡espero que el pobre Enrico no me deteste por ello! Dudo sinceramente que él, incluso con su sana y práctica visión del *business*, hubiese sido capaz de transmitírselo en su justa medida.

Bianca sonríe.

Yo sonrío.

Y sin dejar de sonreír, le digo:

—Bianca. —Puesto que si ella me llama Silvana, yo la puedo llamar Bianca—. Bianca, el asunto es que yo, para poder hablar con la voz de los ángeles, no necesito *vocación*. Yo lo que necesito es *la voz de los ángeles*. En otras palabras, *a mí*, los ángeles no me hablan, y si los ángeles no me hablan, no tengo nada que escribir.

—Pero… ¡oh! ¡Por favor, querida! —trina Bianca con un atisbo de diversión, como si yo hubiese contado un chiste. No, peor aún. Es una diversión enternecida. Como si su sobrinita de seis años le hubiese preguntado cómo es que los niños no se quiebran cuando la cigüeña los avienta en la cuna—. Pero *¡por supuesto* que los ángeles le hablan también a usted! ¿Acaso nunca tiene usted pensamientos de paz y de buena voluntad?

Por supuesto, la respuesta se acerca mucho al no, pero ésa no es la cuestión.

—Discúlpeme usted: ¿me está diciendo que es ésta la manera en que los ángeles le…, ehm, *nos hablan*? ¿A través de nuestros mismos pensamientos? Pero qué…

Bianca sacude su cabeza cubierta de nieve.

—Los ángeles, los ángeles… ¡Los ángeles son una *metáfora*! Y esto no significa que no nos hablen realmente, ¿sabe? Les hablan a todos: yo, simplemente, logro recoger y formalizar sus mensajes sólo un poco más eficazmente que los demás. Esa voz clara —prosigue, levantando un dedo con un gesto hierático—, cristalina, que sientes dentro de ti cuando observas a un niñito que juega, un trabajo bien hecho, a dos personas que se abrazan, o una puesta de sol sobre el mar. Esa voz que te dice en la cabeza que todo es hermoso y justo. Esa sensación de perfección tan nítida que es exactamente como si la Divinidad que existe dentro de ti la estuviese expresando a través de palabras. Ésta es la voz que yo llamo la voz de los ángeles. Atribuírsela a una entidad que se llama Miguel o Gabriel o Uriel, etcétera, etcétera, es sólo una manera de hacer que resulte más icástica, más inmediata, más fácilmente comunicable. Para hacer mucho más evidente el manantial superior y más elevado. Silvana, usted seguramente sabrá que actualmente no se habla ya de Dios o de Alá, o de cualquier otra limitante personificación de la Suma Grandeza a la que todos nosotros accedemos. Se habla de un Sí Mismo Superior que está en nuestro interior, lo Divino inmanente que nos habita a todos, haciendo de nosotros una sola cosa, unidos en el Uno. Es esto, exactamente, lo Divino a lo que yo le doy voz. Y la voz con la cual me habla es, a todos los efectos, la voz de los ángeles, la voz de los cielos, la voz de la Perfección que hay en cada uno de nosotros.

Observo a Bianca con atención.

Parece muy seria, totalmente dueña de sí misma.

Sólo ahora entiendo de manera cabal lo que quería decir Enrico cuando me la describió como una persona «muy razonable».

—¿Me puede disculpar un momento? —le pregunto. Me levanto y salgo de aquella habitación.

En el pasillo marco el número de Enrico.

—Vani, ¿qué pasó? ¿Ya hablaste con Bianca?

—Claro que sí, Enrico. Acabo de hacerlo. Sólo quiero hacerte una pregunta: ¿tú sabías que esta tipa no ve ángeles, o por lo menos no más de lo que yo puedo ver al fantasma de Marlene Dietrich, verdad?

—Vani… Con toda honestidad, no lo digo por ofender tu inteligencia; sin embargo, ¿te parece posible creer que los ángeles se manifiestan de la manera que nos enseñan en los libritos del catecismo? Actualmente es necesaria una interpretación de lo divino mucho más vasta, más sutil, se habla de energías omnitransmitibles, no…

—Es precisamente ese rollo nebuloso, pero con sólidos argumentos, que la tipa ésa ha estado intentando hacerme tragar también a mí —le digo—. Veo que se lo ha aprendido de memoria.

Un momento de silencio.

—Escúchame, Vani… Bianca por sí sola nos garantiza el veinte por ciento de los ingresos anuales de la editorial. Probablemente no vea a los ángeles con la aureola y las alas y la túnica y todo lo demás, pero aun así sus mensajes no le hacen daño a nadie. La gente se siente bien cuando lee sus libros y se vuelve más buena y más…

—Enrico, no me estoy negando a hacer el trabajo. Lo único que quiero es más dinero. Hasta luego.

6

Realmente deberías comer más

Es mucho más fuerte que yo misma. Hacer encabronar a Enrico es un impulso irresistible que llevo conmigo desde siempre. Y ahora que lo pienso, desde mucho antes aún de conocerlo.

Existen relaciones jefe-empleado basadas en la estima recíproca, en la plena confianza, en la consideración de los mismos valores, o incluso en el sentido del humor.

Nuestra relación parece que se basa, desde el inicio de los tiempos, en que yo lo hago enfurecer.

Con todo, hay que reconocer que al parecer funciona.

Enero de 2006.

Turín está en evolución. Las Olimpiadas de Invierno se aproximan y la ciudad se prepara, poniéndose de gala como una Cenicienta que siempre ha sabido, muy en el fondo de sí misma, que tiene el potencial suficiente como para participar en el baile. Por todas partes se han llevado a cabo trabajos de remodelación y modernización. La zona asignada a los periodistas. El estadio. El transporte en metro. Turín se va convirtiendo en esa ciudad de la que todos, pero de veras todos los visitantes, muy pronto dirán: «Tendrías que visitar la ciudad, está bellísima, y pensar que no daba un quinto por ella».

También la vida de Enrico Fuschi, turinés de corazón, de treinta y dos años, está orientada a evolucionar con rapidez, por lo menos ésas son sus intenciones. Es consciente de que la cosa requiere método y paciencia, y que en todo caso no ocurrirá de la noche a la mañana; sin embargo, el tiempo del hombre sobre la tierra es demasiado limitado como para perderlo o conformarse. Enrico Fuschi ha decidido que a lo sumo a los cuarenta y cinco años llegará a ser director editorial.

No será tarea fácil, por ejemplo porque Enrico no tiene la mínima formación en literatura. Viene del sector de la economía, de los recursos humanos. Por supuesto, está haciendo todo lo posible por demostrar a sus superiores que es capaz de llegar a tener razonamientos propios de un editor, de pensar en términos de políticas editoriales, de contenidos y de géneros y de toda esa parafernalia propia de intelectuales. No obstante, sabe que su lado fuerte es tener bien presentes, siempre, la planeación del trabajo, la optimización del engranaje laboral, las lógicas comerciales. Un director editorial capaz de pensar así en perspectiva es una ventaja: cuantos menos enfrentamientos estresantes con la administración, tantos menos dolores de cabeza para la producción y para la promoción. Enrico lo puede conseguir. Es esto lo que piensa, mientras se dedica perezosamente a una de las últimas tareas de bajo perfil que formar parte técnicamente del sector de recursos humanos le tiene todavía reservada: responder a las solicitudes de trabajo.

Cada mes, su secretaria pone a su disposición toda una gama de CV previamente seleccionados de entre todos los que llegan a la redacción. En estos tiempos, son realmente muchísimos. Parece como si toda Italia estuviera repleta de graduados en materias humanísticas que tocan a las puertas de las editoriales para rogar un mendrugo de colaboración a la redacción, aunque sea por tiempo determinado y de pocas cuartillas cada vez. Enrico los desprecia. Tipos sin ninguna ambición, que han desperdiciado sus años de mayor eficiencia intelectual aprendiendo lo que es un soneto o cómo se desarrolla el tema de la identidad en la historia de la literatura europea del siglo XX, y que ahora se dan cuenta de golpe de que nadie tiene intenciones de pagarles por esto. No me vengas con cuentos. Lástima que las políticas de Ediciones L'Erica sean categóricas: «Toda solicitud que nos presentan merece una respuesta personal, incluso en caso de ser rechazada». La secretaria sabe ya cómo debe comportarse con el grueso de las cartas; no obstante, a Enrico le llega de todos modos alguna que otra piedra en el zapato. De cualquier modo, tiene la intención de proponer la abolición de esta praxis en la primera junta. Les hará notar que desde hace ya más de cuatro años, si no es que más, los correos electrónicos se han vuelto el principal instrumento de comunicación y que actualmente también las solicitudes de trabajo llegan por ese medio: lo cual significa que se reciben muchísimas más que en tiempos pasados, y que responder a todas quita muchísimo tiempo, lo que, como todos saben, significa dinero. Además, hará hincapié en que actualmente ninguna industria se toma ya la molestia de mandar respuestas negativas, y que seguir haciéndolo significa rebajarse, perder prestigio. Esto es propio de Ediciones L'Erica, una editorial con doscientos años de existencia.

De esa manera logrará sacudirse de encima toda esa lata mensual.

A este ritmo, le han llegado algunas francamente patéticas.

¡¡¡Muy buenos días!!! Soy una joven mamá de 32 años que hace cuatro años dejó de trabajar para permanecer al lado de sus dos polluelos. Hoy los pajaritos están lo suficientemente grandes como para ir a la guardería y dejarme un poco de tiempo libre totalmente para mí. Siempre he sido una mujer moderna e independiente y para mí es muy importante realizarme incluso en el ámbito laboral. Siempre me ha gustado mucho leer; la lectura ha representado para mí tanta compañía cuando estaba

en casa y mis cachorritos dormían (¡¡¡siempre muy poco!!!), así que pensé: ¿¿¿por qué no intentarlo??? Mis amigas siempre han dicho que escribo muy bien, de modo que hoy me propongo a ustedes como redactora y como correctora de pruebas. No tengo un CV que mandarles porque nunca he hecho este tipo de trabajo «oficialmente», ¡pero estoy segura de que puedo aprender muy rápido!

¡Un cordialísimo saludo de parte de una Mamá Gansa que alberga muchas esperanzas de poder usar sus plumas!

Dios mío.

Probablemente la secretaria se la pasó, en lugar de echarla al bote de la basura de inmediato, puesto que la tipa, después de todo, no escribe como analfabeta, pero sobre todo porque esa historia de la mamita que pretende realizarse en el ámbito laboral debe de haberle suscitado simpatía. En cuanto Antonia se jubile, se apunta mentalmente Enrico, será necesario que contrate a un hombre.

Respetables señores:

Por medio de la presente, someto amablemente a su consideración mi candidatura como redactor y/o corrector de pruebas y/o supervisor de traducciones inglés/italiano para los sectores de narrativa, ensayo y manualística, autorizando el tratamiento de los datos personales contenidos en el CV anexo según consta en el art. 13 del D. Lgtvo. 196/2003.

«En algunas de ellas, basta el inicio», piensa Enrico depositando los correos electrónicos impresos en el montón de los rechazados.

Otras, vale la pena leerlas hasta el final, por lo menos para echarse un par de carcajadas.

Distinguidos señores:

¿Están ustedes en busca de una persona dinámica, emprendedora, dotada de ambición pero asimismo de claras capacidades de team working y de problem solving? ¡Me pongo a su disposición! Me llamo Giu-

seppe, tengo 28 años y enormes deseos de entrar en acción. Acabo de egresar de la universidad y estoy dispuesto a poner el saber que he acumulado al servicio de su admirable empresa, que sigo y aprecio desde hace muchísimo tiempo. Soy una persona ecléctica, precisa, confiable, volcánica y, aunque me lo digo a mí mismo, ¡también con buena presencia! ;) Dispongo de medio de transporte y no tengo ninguna objeción para viajar o mudarme continuamente. ¡Ofrézcanme la oportunidad de demostrarles mi profunda motivación y no se arrepentirán!

Por un momento, Enrico se siente tentado a detenerse más de lo debido en la respuesta para este infeliz. Quiere hacerle notar que es muy evidente que envió este mismo mensaje a empresas de todo tipo, de manera indiscriminada, y que habría sido muy astuto de su parte esforzarse por lo menos por personalizarlo según cada destinatario. Explicarle que, si «acabas de egresar de la universidad» a los veintiocho años, probablemente no eres tan emprendedor o brillante, porque habrías agotado el tiempo para estar inscrito aun en el caso en que hubieses estudiado medicina. Y que hablar del «saber acumulado», a los veintiocho años y con un titulito ridículo a cuestas, resulta tan presuntuoso que termina siendo absurdo.

Sin embargo, Enrico no tiene tiempo que perder. También esta carta acaba sobre la pila de los noes, y adiós.

El último mensaje del mes, en cambio, lo induce a algunos minutos de reflexión de más.

Respetable responsable de Recursos Humanos:

Tengo 25 años, obtuve el título de licenciado en Letras Modernas en 2003, con un promedio de 10 y con mención honorífica, y estoy buscando trabajo. Me imagino que recibirán cotidianamente mensajes como el mío de parte de brillantes universitarios que aspiran a convertirse en redactores o editores en su empresa. Yo, en cambio, quisiera proponerme para un encargo, creo, un poco más insólito.

Quisiera llegar a ser su ghostwriter.

Sé perfectamente que las editoriales no prevén una figura que se ocupe exclusivamente de ghostwriting, *salvo en pocos casos excepcionales. Por lo demás, no existe ningún programa de estudios en* ghostwriting, *así que no sabría cómo documentarles mi aptitud para el desempeño de este puesto. Con todo, me he puesto a reflexionar acerca de lo que sé hacer mejor, acerca de lo que podría ofrecer de útil y único a una editorial, y me di cuenta de que poseo una capacidad insólita, que considero merece ser explotada, de imitar el estilo y hacer mías las capacidades ajenas. Podría enumerar una larga lista de textos de distinto género que, por una razón o por otra, en estos años he escrito en nombre de alguien más (trabajos escolares, artículos para periódicos menores, discursos, un par de tesinas y de informes y en un caso incluso una tesis completa, en Historia de la música), pero por desgracia no se trata de aspectos que puedan incluirse en un CV, lo cual, como podrán imaginar, es un tanto frustrante. (Para la crónica, esa tesis obtuvo la máxima calificación). De cualquier manera, espero que el CV que anexo les demuestre cuando menos que soy capaz de aprender las cosas de inmediato y muy bien. En cuanto a la otra capacidad fundamental para un* ghostwriter, *es decir, saber imitar estilos diversos, temo que la única prueba sea demostrarlo a la vista con ejercicios prácticos, a los cuales naturalmente me sometería con gusto.*

Me imagino que contar con un ghostwriter *siempre a disposición puede ser útil para un editor. Significaría poder pedirle en cualquier momento a cualquier personaje de interés que firme un libro, sin tener que preocuparse de que rechace la propuesta porque no tiene tiempo o porque no tiene dotes de escritor. En suma, razonar en los términos del producto que se querría en lugar de tener que depender del hecho de que llegue espontáneamente el material. Sin embargo, les dejo a ustedes esta suerte de consideraciones con la esperanza de que los conduzcan a mis mismas conclusiones y, en consecuencia, me llamen para una entrevista. Mientras tanto, les agradezco su atención.*

Saludos cordiales,

Silvana Sarca

«Ésta es curiosa», piensa Enrico. Obviamente, se siente impactado por la solicitud, que es realmente singular. Nadie se propone nunca como candidato a un puesto de *ghostwriter*. Fundamentalmente, porque se trata de un trabajo de mierda: todos quieren llegar a ser escritores, nadie quiere que otra persona firme sus libros. Y además, porque se trata de un trabajo jodidamente complicado. Y en efecto, rarísimo. No es que no haya necesidad de *ghostwriters* en una editorial: ¡vaya que existe tal necesidad, y de qué manera! Pero la muchacha tiene razón: cuando se requiere, en general se le pide a un redactor con las competencias necesarias que se convierta en el *ghostwriter* de turno por una sola ocasión, con cierto esfuerzo y tapándose la nariz. Una figura fija que haga sólo eso como oficio, pues, no, no existe casi en ninguna parte.

A pesar de todo, lo que impresiona a Enrico es sobre todo el tono de aquel correo electrónico. Él no es empático para nada y, sin embargo, esta vez tiene una especie de sutil sensación de que un riachuelo de desesperación corre a través de las raíces de este mensaje. Esa *excusatio non petita* concerniente al hecho de no poder demostrar estar a la altura del papel, como si partiera de la presuposición de que de todos modos nunca le van a creer. La frustración manifiesta, sin las lambisconerías tan trilladas que tan a menudo se leen últimamente en las solicitudes de trabajo. Quién sabe. Probablemente esta brillante universitaria egresada en el menor tiempo posible y con la máxima calificación se muere de las ganas de encontrar un empleo que le permita mantenerse y salir de su casa. Es más que probable. En general, los que se titulan en tiempo récord lo hacen por razones como ésta. Y considerando el CV, se ve que se tituló hace ya tres años, y que desde entonces ha realizado frenéticamente trabajitos precarios de todo tipo, cosas para volverse locos si, por ejemplo, necesitas pagar una renta. ¡En qué tiempos de mierda vivimos!

Por lo demás, obviamente, Enrico no puede evitar apreciar la alusión final a la utilidad de contar con un *ghostwriter* desde el punto de vista del editor: es éste el modo de razonar que le agrada, práctico y funcional a la vez. Pero, a pesar de todo, y no obstante el CV de la tal Silvana Sarca sea efectivamente notable —en la medida en que puede serlo el CV de una recién titulada en Letras, claro—, es verdad lo que ella misma dice: es imposible saber si está fanfarroneando con tal de que le concedan un poco de atención, es complicado pensar a qué clase de prueba habría que someterla y habla de un papel tan insólito que requiere una planeación y una atención específicas que Enrico no tiene tiempo de concederle.

De manera que también aquel mensaje acaba acumulado en la pila de los no aceptados.

Tres días más tarde, Antonia, la secretaria, llama a Enrico a través del interfono.

—Le hago llegar una carta de una aspirante a colaboradora —le dice.

—Antonia, sabes perfectamente que de esos asuntos me ocupo al final de cada mes —protesta Enrico.

—No, licenciado, créame, ésta la tiene que ver.

Enrico se llena de curiosidad. El mensaje refiere al final el copia y pega de las respuestas que él mismo escribió a la mamita voluntariosa, al *cyborg* súper pedante y al brillante jovencito lleno de «deseos de actuar». Evidentemente todas sus cuentas de correo habían sido abiertas por la misma persona que escribió sus tres cartas. Una misma mano detrás de esas tres voces, que Enrico, obviamente, ni siquiera por un instante sospechó que provenían de una única cabeza.

Respetable licenciado Fuschi:

Como le decía en mi primer mensaje —quiero decir, el que firmo con mi nombre— no tenía otra manera más que llevar a cabo una demostración práctica para probar que realmente sé cambiar de voz y de estilo según las necesidades.

¿Tengo que suponer que he superado la prueba?

Saludos cordiales,

Silvana Sarca

Enrico se rasca la cabeza, que comenzó a quedársele calva antes de los treinta años, y reflexiona. «Ésta es una tipa descarada —piensa—. Carajo: vaya que lo es».

Se trata de alguien difícil y sabihondillo que puede aportar grandes satisfacciones e igualmente grandes fastidios.

Sopesa durante un momento; luego decide que bien vale la pena correr el riesgo y hace clic en «Responder».

Difícilmente Enrico se equivoca cuando analiza a un empleado.

Sin embargo, esta vez es justo admitir que lo horrible del encargo que me ha echado encima casi casi logra cambiar el juego. No es precisamente que me haga encabronar, como ya lo dije —generalmente y de manera fundamental, tratándose sólo de trabajo, me importa un pito—, pero, por Dios, ¡vaya que se trata de una joda! El libro de Bianca me está matando. O quizá sean los cincuenta grados del Bruichladdich. La cosa es que he decidido que la única fórmula capaz de sacarme de esta bronca apestosa es una justa mezcla de aumento de sueldo —para la motivación— y de *whisky* de sesenta euros —para la inspiración—. Hasta hace poco tiempo, pensaba que el dinero lo resolvía todo; ahora estoy convencida de que también existe el *whisky*.

Enrico ha accedido a encargarse del punto número uno, aun cuando por el momento sólo han sido promesas. En cuanto al número dos, Bianca quiere que yo encuentre la voz de los ángeles dentro de mí, ¿verdad? Bueno, pues, dentro de mí puede hablar perfectamente el *whisky*. He descubierto que me resulta mucho más fácil superar las inhibiciones racionales y darle voz al Uno angélico que habita mi Sí Mismo Superior si tengo dos dedos de *whisky* en el cuerpo.

Sólo que no tengo la mínima intención de convertirme en una alcohólica y, aun en el caso de que la tuviera, eso costaría demasiado, así que de cuando en cuando, queriendo o no, me toca encontrar algún método alternativo para refrescarme las ideas.

Por ejemplo, salir de casa para dar una vuelta por ahí. Una actividad exótica que llevo a cabo lo menos posible. Hoy, por ejemplo, es la primera vez después de, ¿cuánto?, tres días, o sea, cinco después de aquella charla con Bianca. Esto equivaldría a decir que son ya cinco días los que me paso encerrada en casa espulgando los libros ya publicados de Bianca, los programas de sus seminarios, las cartas de sus fans, incluso los prefacios y los *endorsements* que ha hecho para publicaciones ajenas, en un desesperado intento de inventar para el libro un tema que parezca nuevo, pero que a la vez me permita reciclar aviesamente lo que ella ha escrito ya. No resulta en absoluto fácil, particularmente por un motivo: por sí sola, Bianca ya parece que no hace nada más que volver a escribir las mismas cosas. Sus fans no parecen prestar una atención particular, a excepción de alguno de los típicos comentadores de los foros y de los blogs que ahora he aprendido a reconocer. Ayer, por ejemplo, una tal Osé, transgresiva evidentemente de nombre y de hecho, le respondió a un tipo de esos que denunciaban posibles incongruencias entre el primero y el sexto volumen de la serie *Crónicas angélicas* soltando: «¡¿Cómo puede haber incongruencias si no hace nada más que repetir siempre las mismas cosas?!». Es una verdadera suerte que la estructura del foro no permita enviar mensajes personales a cada uno de los comentadores. De otra manera, seguramente yo la habría contactado en privado. Así, por puro instinto. Sólo por el gusto de contar con alguien con quien compartir una pequeña dosis de veneno.

En cambio, cerré el sitio web del foro, regresé a la página intacta de mi programa de videoescritura y vomité en ella la tercera propuesta del índice del día, no más convincente que las dos primeras.

Ahora me dirijo hacia el centro, con la cara enfundada en la capucha del impermeable, contra el viento y a contracorriente del flujo de los transeúntes. Son las seis de la tarde, una hora que odio y a la cual trato de no encontrarme nunca dando la vuelta, si puedo. Y normalmente puedo. Hoy mismo podría, pero no quiero. Si me hubiese quedado en casa un minuto más, habría aventado la computadora por la ventana, o le habría respondido a Osé públicamente, metiéndome con toda probabilidad en algún problema, o habría escrito la cuarta y aún más desalentadora propuesta de índice. Tengo que concederme una tregua, refrescarme la mente, pensar en otra cosa por un momento. Procurar abrirme camino a lo largo de la avenida Roma a través de la muralla compacta de los transeúntes es un buen pasatiempo, una especie de videojuego. Y además hace mucho frío. El frío nos mantiene despiertos. El frío te hace reflexionar acerca de las cosas importantes, como si afilara el pensamiento. Y mientras mis pensamientos superfluos y vacuos, una especie de cañería usada hecha de Amor y de Armonía y lo Divino y la Confianza y el Uno, tratan precisamente de canalizarse en algo que parezca una estructura convincente, me doy cuenta de que no estoy caminando contracorriente sino más bien siguiendo el flujo de la multitud, y que el flujo penetra más allá de las puertas de vidrio de la enorme librería de la plaza C.L.N., y que sobre las puertas de vidrio en un tamaño carta está la cara de Riccardo Randi.

Así que al final, acabé haciéndolo.

Pero ¿a quién quiero tomarle el pelo? Ya sabía perfectamente que este asunto terminaría así.

Hace ya un mes que sé que hoy, aquí, ahora, Riccardo Randi hará una presentación —probablemente la número mil— de su libro. Lo sé porque recibí la noticia de Ediciones L'Erica para la ocasión, toda llena de cursivas y signos de exclamación (¡*El autor estará disponible para responder preguntas y para firmar autógrafos en los ejemplares de su libro!*). Pero lo sé asimismo porque me lo dijo Enrico. Hace un mes, precisamente. Cuando me explicó que, para el número 1000 de *XX Generation*, el prestigioso semanario femenino y suplemento del diario más importante de toda Italia, está previsto un artículo con la firma de Riccardo Randi. Y que tendré que escribirlo yo.

—Entiende, por favor, el pobrecillo está de gira desde hace seis meses. Imagínate si tiene tiempo y cabeza para escribir seis mil caracteres acerca de su relación con el mundo femenino u otras estupideces de este tipo —me dice Enrico. Tiene el falso descuido del mecánico que te comunica que la reparación te costará más del valor habitual de mercado del automóvil.

—Pero no es necesaria toda esta… En suma, si existe un tema que Riccardo conoce de memoria, ¡son precisamente las mujeres! Está permanentemente rodeado de ellas, es el ídolo de la población femenina de Italia y, por si fuese poco, caracterizó muy bien a los personajes de June y de su madre, al igual que el de la protagonista de su novela anterior… ¿Cuánto cuesta redactar dos tonterías acerca de, qué sé yo, las dotes que ha aprendido de las mujeres a las que ve cada día, sobre las cualidades que observa en ellas…?

—Perfecto. Tú escribe seis mil caracteres sobre alguna de estas cosas y sanseacabó.

No sé si Enrico se ha dado cuenta de que me siento a disgusto. Se me hace que no. En el fondo, yo nunca he escrito semejantes babosadas. Sobre todo, por el hecho de que no tengo ningunas ganas de bromear. Lo cierto es que la sola idea de trabajar nuevamente para Riccardo, de atizar una vez más el fuego de su éxito para luego presenciar en silencio la aprobación general, etcétera, etcétera, me preocupa. Siempre acabo diciendo: si por lo menos me importara algo. Ahora que Enrico me ha propuesto escribir nuevamente para Riccardo, una extraña sensación de desaliento me hace entender que probablemente, sí, esta vez algo me importa.

—¿Y sabes lo que sería ideal? Que fueras a escucharlo cuando esté de regreso en la ciudad, dentro de un mes. Solamente para refrescarte las ideas acerca de cómo se expresa, de cómo habla, de cómo se comporta cuando se dirige a la gente… Y además, probablemente durante el debate le dice algo a una de sus innumerables fans que puede sugerirte un punto de partida para el artículo…

Ah, no, esto sí que no. Ya el solo hecho de ponerme nueva-mente al servicio de Randi me molesta, imagínense tener incluso que volverlo a ver personalmente. No, no, no, Enrico se puede ir quitando de la cabeza que yo vaya también a la presentación.

De hecho.

—Apresúrese a entrar, ¡hace cinco minutos que empezó! —me murmura una mujer anciana sobre la nuca.

De pronto, me percato de que me quedé paralizada en el umbral, frente al cálido aire antinatural de la librería arreme-tiendo contra mí por delante y por detrás, la multitud de los que llegan retrasados.

Entro.

La sala de conferencias está repleta hasta tal punto que la gente que permanece de pie impide completamente el acceso. Hay un ligero tufo de gentío porque nadie se quita el abrigo, pero la multitud y la calefacción excesiva hacen que uno sude. El camarógrafo del noticiero regional intenta inútilmente con-quistar su propio espacio. Yo vislumbro cabezas algodonosas de señoras bien, cráneos pelados de intelectuales, sobre todo cabe-lleras policromas femeninas que han venido a deleitarse con el encanto del escritor-profesor. En el fondo, muy en el fondo, di-viso también una cabeza despeinada que de cuando en cuando escapa de mi pequeño horizonte visual puesto que su propieta-rio camina mientras habla. Cada tanto, una mano aterciopelada sube para despeinarle el pelo, pero con una frecuencia mucho menor de lo que recuerdo.

Encuentro un tramo vacío de pared, apenas en el ex-terior de la sala, y me apoyo en ella. Me paso toda la pre-sentación limitándome exclusivamente a escuchar la voz de Randi, amplificada gracias al micrófono, sin siquiera intentar verlo. Lee algunos fragmentos, hace comentarios, hace reír a la gente. Hay una moderadora que se dirige a él con una voz cantarina. Cada pregunta que le hace va introducida o inspirada por un cumplido. En ocasiones, ni siquiera se trata de una pregunta, sino directamente de un elogio que comentar, como: «Hay quienes afirman que el personaje de Art es una admirable síntesis del despreocupado y tenaz idealismo de Arturo Bandini, el aspirante a escritor protagonista de las novelas de John Fante al cual, ya desde el nombre, usted le ofrece un sagaz homenaje, y del alma peregrina del protagonista de *En el camino*. ¿Qué piensa usted al respecto?». Yo sé que esto es normal, que así funcionan las presentaciones, pero siento también que mi nivel de insulina reacciona ante el exceso de azúcares.

Inmediatamente después del toma y daca con la moderadora, llega el turno de las preguntas del público. Hay exactamente diez: nueve de mujeres y una sola de un hombre. Ya han dado las ocho de la noche cuando la moderadora tiene que callar a una última mujer que, por lo que parece, debe de haber intentado hacerse escuchar agitando los brazos como si no hubiese un mañana... «Pero qué lástima, el tiempo es un tirano y también los escritores tienen derecho a ir a cenar». Murmullos, despedidas, aplausos y finalmente se declara clausurada la sesión.

Me aparto de la pared mientras los ríos de espectadores me apartan a un lado en dirección a la salida. Dejo que se atropellen unos a otros puesto que no tengo ninguna gana de incorporarme a la multitud sudorosa, puedo esperar, no hay nadie que me esté esperando en casa, después de todo. Escucho fragmentos de conversaciones entre señoras, y los argumentos van desde «y además es increíble la autoridad que emana aun cuando es tan joven» hasta «Dios, qué apuesto es, si pudiera lo intentaría». Un *range* más bien homogéneo, claro. Se me escapa una sonrisita amarga. Si ha sido esto, en último análisis, lo que ha decretado el éxito de Randi, es decir, el hecho de ser atractivo, la buena noticia es que puedo incluso dejar de atormentarme, puesto que entonces el hecho de que yo le haya escrito el libro del año vale lo que un cero a la izquierda. Estoy riéndome sarcásticamente dentro de mí, imaginándome una copia de *Más recta que la cuerda de una guitarra* que desde la página 30 hasta la página 60 contenga sólo copia y pega de *lorem ipsum* sin que ninguna de las lectoras obnubiladas por la progesterona se dé cuenta, cuando oigo:

—Vani.

Levanto la cabeza de golpe y me encuentro con Riccardo frente a mí.

Ah.

Mierda.

O él empleó menos tiempo de lo previsto para autografiar los ejemplares, o yo he esperado demasiado.

—También tú por aquí. ¡Qué pequeño es el mundo! —Es la primera estupidez que se me ocurre para responderle. Una voz en el centro de mi cabeza me dice claramente: «Cállate, idiota». Vaya, quizá sea ésta la voz de los ángeles.

Riccardo, no obstante, sonríe. Es más, se carcajea. Parece casi divertido, vagamente sorprendido de encontrarme de frente. ¿Qué está pasando? ¿Se siente incómodo también él? No. Incómodo no. Lo tomé por sorpresa, eso sí. Probablemente un poquitín desestabilizado (se pasa la mano por el cabello). Pero pensándolo bien, yo diría casi que hasta parece… contento.

—¡No esperaba que vinieras! —exclama—. Espera, por favor, lo que quiero decir es que no *me atrevía* a esperar que vinieras. Pero tenía esperanzas de que lo hicieras, *siempre* albergué esperanzas. En cada una de las presentaciones. Sólo que…, bueno, nunca viniste. Por lo menos eso creo. ¿No estuviste también en alguna otra ocasión? Porque si viniste, tenías que habérmelo dicho, haberte hecho notar, haber venido a conversar conmigo…

—No, no estuve —corto por lo sano. Ya sé que cortar por lo sano es propio de los maleducados. Pero si no estuve, pues no estuve y ya.

Riccardo permanece en silencio sonriéndome durante un momento. ¿Por qué me sonríe? Quiero decir. Hace meses que desapareció de mi horizonte y yo del suyo, meses en los que no ha dado ninguna señal de vida, ningún gracias, ningún cómo te va. Ni siquiera me hizo llegar un ejemplar de su libro con una dedicatoria personalizada. Ahora que lo pienso, si me hubiese llegado un ejemplar de su libro con dedicatoria personalizada, me habría hecho encabronar y lo habría usado como posavasos en la primera oportunidad, puesto que ¿qué diablos significa mandar a casa un ejemplar del propio libro con dedicatoria personalizada? ¿Existe acaso un gesto más indiferente y más cómodo? Si verdaderamente quieres darme las gracias, entrégamelo personalmente, ¡qué carajos! Pero en todo caso, el problema ni siquiera se plantea, porque Riccardo nunca me mandó a casa un ejemplar de su libro con dedicatoria personalizada, y mucho menos ha tratado de entregarme uno personalmente. En estos últimos meses, todo hace pensar que yo, para Riccardo Randi, dejé de existir exactamente el mismo día en que le mostré la estructura del libro.

Y en cambio ahora está aquí sonriéndome como si tuviera ante sí a la más agradable de las apariciones, y yo no entiendo qué bicho le picó. Probablemente tiene el mismo problema de memoria a corto y mediano plazo del pez hembra de esas caricaturas. Tal vez consigue tener presentaciones como la de esta noche sólo porque está lleno de *post-its* que le recuerdan que es un escritor famoso que ha escrito un libro sobre Estados Unidos. Más que probable. Claro que sí. Seguramente en este preciso momento el personal de la librería está recogiendo del piso de la sala de conferencias todo un tapete de papelitos amarillos con apuntes como éste: «El protagonista se llama Art» o «América es ese continente enorme al otro lado del Atlántico».

Detrás de él, descubro a la moderadora y a otra mujer teñida de rubio que se agitaba en la primera fila, a la que identifico como a una de la organización. Evidentemente lo están esperando para acompañarlo a cenar.

—¿Quieres venir con nosotros? —me pregunta Riccardo de manera impulsiva.

No lo entiendo inmediatamente.

Lo entiendo mucho mejor cuando me percato de que de repente las dos tipas me miran con odio. Por supuesto. Estarán ya bastante preocupadas una por la presencia de la otra, conscientes de que llegará un momento, durante o después de la cena, en el que ambas querrán intentarlo con el fascinante escritor y se meterán zancadillas mutuamente. Y que encima de todo aparezca una incómoda más, y además invitada espontáneamente por el atractivo escritor, ha de ser una perspectiva intolerable.

Todo esto me arranca una ligera sonrisa sarcástica.

Riccardo parece darse cuenta de mi arrebato de pérfida diversión y también del porqué. Su sonrisita de qué-contento-me-siento-de-verte se tiñe repentinamente de una sucia complicidad.

—Vamos, te lo suplico. Te voy a presentar como la redactora encargada de la curaduría de mi libro, de esta manera Enrico no tendrá nada que objetar. No nos vemos desde hace casi un siglo, y siento una necesidad espantosa de tener una conversación inteligente… Y por si fuera poco, si no has cambiado, una vez de cuando en cuando no te vendría nada mal una comida de verdad.

Yo intento preguntarle si acaso se está refiriendo a lo que pienso que se está refiriendo, pero él se me anticipa.

—¿Tú crees que no me acuerdo que no eres precisamente alguien que adora un asado en la mesa y la pasta hecha en casa? ¿Que ya se me olvidó que, cuando te dedicaste a… este… a hacer lo que hiciste, te bastaron sólo seis días, en el curso de los cuales, como tú misma acabaste por reconocer, leíste ininterrumpidamente novelas acerca de la gran depresión, alimentándote de cerveza oscura y papas fritas con queso? ¿Sabes? Son cosas que se quedan grabadas. Yo me pregunté durante mucho tiempo cómo hacían las papas fritas con queso para proporcionar nutrientes tan eficaces para el cerebro. ¿Sabes? A veces lo intenté también yo, en esos momentos de crisis de creatividad: dieta férrea a base de cerveza oscura y papas fritas con queso, para ver si funcionaba también en mi caso. Pero resulta que no.

Permanecemos allí un momento más en silencio, como dos retrasados; él sonriéndome, creo que ligeramente orgulloso de su discursito hilarante, y yo sonriente a mi vez, con una media sonrisa, un poco desconfiada, porque no tengo ganas de admitir que su discursito no estuvo del todo mal. Yo pude haberlo sacado de la barranca con lo referente a la trama de su libro, pero una cosa es innegable: Riccardo Randi es, y siempre ha sido, un grandísimo fabulador.

Al final hago una mueca y sacudo la cabeza.

—No, no, Riccardo. Gracias, pero no me parece una buena idea. Y además en casa tengo unas sobras que tengo que terminarme y sería una lástima no hacerlo, ¿sabes?

—¿Sobras de qué?

—De un *whisky*.

—¿También eso funciona?

—Probablemente. Se encuentra todavía en fase de prueba.

Le sonrío, pero aparto la mirada de inmediato porque... porque no me da la gana cambiar de idea, es una cosa propia de idiotas, pero si la conversación continuara no sería del todo improbable. Me despido con un movimiento de la mano y me marcho, seguida de las miradas hostiles y altaneras de las dos mujeres.

La mañana siguiente me encuentro en casa, en playera y calzones, es decir, en mi personal interpretación de lo que es una piyama, y estoy observando con mirada inexpresiva la clásica pantalla vacía. En realidad, en los instantes transcurridos, se llenó ligeramente. He decidido concentrarme en la tercera y última hipótesis de índice: en este momento batallo con los primeros párrafos del primer capítulo y no consigo obligar a mis dedos a producir todas las mayúsculas requeridas para imitar el estilo de

Bianca. Amor. Armonía. Sí Mismo Superior. Vamos, Vani, es fácil. Le estoy impartiendo órdenes mentales a mi renuente dedo meñique izquierdo suspendido sobre la tecla SHIFT, cuando escucho sonar el timbre.

El timbre de mi casa suena tan raro, que para poder reconocerlo tengo que esperar a que suene una segunda vez.

—Ya voy —digo, antes de caer en la cuenta de que en primer lugar estoy en calzones y, en segundo, que me importa un pito. Abro, y en todo caso el mensajero que me encuentro ante mí no puede sentirse perturbado por la exposición de mi zona pélvica porque no tiene enfrente ninguna exposición de mi zona pélvica: una enorme cesta envuelta en papel celofán de color rosa le obstruye completamente el campo visual.

—Yo no he comprado nada —protesto.

—¿Es usted la señorita Silvana Sarca? Pues entonces alguien debe de haber pensado en su lugar —dice una voz del otro lado de la cesta.

Despido al mensajero y deposito el bulto sobre la mesa de la cocina. Lo desenvuelvo, combatiendo contra el celofán y la cantidad de grapas. Parece que es un arcón, como los que se mandan en Navidad a los parientes ricos de los cuales se quiere cultivar el afecto. Hay una etiqueta. Corresponde a una tienda de gastronomía del centro que, incluso yo, que no soy para nada su *target*, conozco por su reconocida fama.

La cesta contiene un poco de pan de alta calidad y recién elaborado, varios tipos de jamones de los más curados, diversos frascos de salsas, paté y encurtidos artesanales, un par de trozos de quesos de aspecto peligroso, recipientes de ensalada rusa y jardinera hechas en casa. Hay también muchas otras cosas que no logro identificar, pero naturalmente yo a estas alturas hurgo en busca de un mensajito y para ocuparme de todo lo demás ya tendré tiempo de sobra. Y allí está el mensaje. Está escrito a mano.

En realidad, yo no estaba bromeando. Realmente deberías comer más. El cerebro necesita un montón de azúcares.

7

Apariciones
y desapariciones

Por supuesto que no le llamo. ¡Qué idea de mierda! Quiero decir: ir a su presentación. Y lo habría sido también acompañarlo
a cenar. Menos mal que tuve el cuidado de evitarlo. Por el momento sólo tengo que mantenerme lo suficientemente lúcida
como para acordarme de que también sería una idea absurda
marcar ese número. El hecho de que razones profesionales me
estén obligando a pasar más de la mitad de mi tiempo con el
celular entre las manos no ayuda.

En efecto, estoy tratando de ponerme en contacto con Bianca y ella no me responde. Y eso que me proporcionó su número
privado. ¡Qué disponibilidad! Mis relaciones con los autores serán incluso esporádicas, pero hay algo que he aprendido: cuando se trata de mí, tienen una marcada preferencia por darme
sus números personales antes que ponerme en contacto con sus
secretarias. No vaya a ser que la frase «Necesito hablar con su jefe
sobre ese libro que estoy escribiendo en su nombre» estimule el
excesivo interés de alguien.

Después del enésimo timbrazo en vano, cuelgo y busco en la página web de Bianca el número oficial de su secretaria.

Reconozco la inconfundible voz metálica de Culo de Tweed.

—Hola… Eleonora, ¿verdad? Soy Vani Sarca. Nos conocimos hace dos domingos. Necesito hablar con Bianca.

—Probablemente yo pueda ayudarla —sugiere Culo.

Una cosa más que he aprendido en esta complicada carrera es que, si por un lado con las secretarias no me toca tener nada que ver casi nunca, por el otro, cuando me toca, parece que tengo que burlar a toda una hilera de cancerberos de siete cabezas amarrados frente a la muralla china.

—Lo lamento, pero necesito hablar con Bianca personalmente.

—Empiece por decírmelo a mí.

Resoplo, y no precisamente de manera sutil.

—Por lo visto, puedo suponer que está usted perfectamente informada acerca del trabajo que estoy haciendo para Bianca. —Y si no lo está, lo lamento. Corresponde a Bianca tener que explicarle a Culo de Tweed cómo es que una desconocida la contactó pidiéndole instrucciones sobre qué escribir en su próximo libro—. Pues bien, tengo una propuesta de índice que me parece aceptable, pero después de los dos primeros capítulos introductorios necesito intercalar algunos ejercicios prácticos de visualización y de respiración. Antes de retomar los que ya aparecen en los viejos libros y manipularlos lo suficiente, necesito discutir con Bianca hasta dónde puedo permitirme llegar en el…

—Entiendo. Tiene usted razón: efectivamente, yo no puedo ayudarla —me interrumpe la secretaria, sin que su voz demuestre el mínimo estupor (Bianca seguramente debe de haberla informado antes. O quizás algún ángel debe de haberla lobotomizado durante el sueño. Si se le pudo quitar una costilla a Adán mientras estaba dormido, no veo por qué un conjunto de neuronas tendría que ser más complicado)—. Sin embargo, tendrá que esperar. Bianca no está en estos momentos. ¿No ha intentado llamarle a su celular?

—Un millón de veces.

Culo de Tweed hace una extraña pausa. Para las que hablan como ella, quiero decir como esos *cyborgs* sentados accidentalmente en una escoba, una pausa no prevista significa una enorme desestabilización emotiva.

—Como me imaginaba —dice—. Es muy extraño. Ni siquiera a mí me responde. Ayer por la noche salió a practicar su acostumbrado *jogging* y después de un momento me llegó un mensaje en el que me decía: «Estaré fuera, no me esperes». Después de lo cual tenía urgencia de llamarla para que me diera instrucciones sobre varias cosas, pero no hubo manera de comunicarme con ella.

—Sí, qué extraño —digo yo. En ese momento no consigo explicarme qué es lo que hay de extraño, pero siento que hay algo de eso.

—Pues… usted siga intentándolo —me sugiere simplemente Eleonora—. En cuanto a mí, si Bianca aparece le diré que la llame.

Asiento y cuelgo.

Dado que soy una persona de palabra, vuelvo a marcar el número personal de Bianca, que sigue sin responder. Maldita sea. Estoy trabajando para ti, maldita idiota. ¿Acaso crees que me encanta tener que consultar compulsivamente tus libros con todo ese rollo *new age*, y exprimirme los sesos para ver qué puedo volver a masticar para vomitar luego? En ese preciso instante suena el teléfono y yo lo agarro y disparo un «¡bueno!» que tiene todos los colores de la exasperación.

Pero resulta que no es Bianca.

—¿De cuándo acá se responde con ese tonito de voz? Ya estamos acostumbrados a escucharte enojada, pero ¡por lo menos no así de rápido! —trina una vocecita dentro de mi oreja. Es mi hermana. Ay de mí, que no tuve el cuidado de ver el número en la pantallita.

—¿Qué pasa, Lara? No pensaba que fueras tú —suspiro.

—¿Qué quieres decir con eso de que no pensabas que fuera yo? ¿No viste mi número en la pantalla? ¡No me digas que borraste de tus contactos los números de tus familiares! ¡No me extrañaría que lo hubieras hecho!

Perfecto. Sólo eso me faltaba hoy: mi hermana en su periodo de petulancia. Me dan ganas de colgar con cualquier pretexto y volver a llamar a Culo de Tweed por el solo gusto de volver a oír su voz.

Existe un único modo de hacer que mi hermana le pare a sus recriminaciones, o sea, preguntarle por los gemelos. «¿Cómo están los niños?», me apresuro a preguntarle y después trato de encontrar rápidamente algo que hacer mientras Lara, creyendo que realmente me interesa saber qué pasa con esos dos gordos mantecosos, latosos y maleducados, arranca en tercera con sus respuestas pormenorizadas sobre detalles relativos a dientes que están saliendo y frecuencia de los eructos.

Lara es un par de años más joven que yo. Las personas que, por distintas razones, se enteran de que tengo una hermana menor, normalmente se quedan como petrificadas. Probablemente no logran recuperarse del hecho de que mis papás, después de tener una hija como yo, hayan corrido nuevamente el riesgo en lugar de recurrir a la vasectomía. Como quiera que sea, parece que con Lara mis papás se hubiesen reivindicado con creces. Sólo por poner un ejemplo, ella parece un ángel: tiene el cabello de un rubio pálido, los ojos color del cielo claro. En efecto, bien podría hacerle una sesión de fotos en bata de dormir y con una lámpara encendida detrás de la cabeza y convencer a Bianca de incluir las imágenes en su próximo libro. Probablemente llenaría algunas páginas. Por lo demás, está casada con una especie de accionista mediano de una importante empresa de productos de cerámica y, para completar el idílico cuadro, el año pasado expulsó de su vientre a un par de insoportables gemelos. Todo esto hace de ella ni más ni menos que Miss Perfección.

El magnífico equilibrio de la oveja negra de su hermana.

—Tú nunca llamas —me dice mientras tanto (inesperadamente, mientras yo, preocupada por mis cosas, creía que todavía estaba disertando acerca de baberos y balbuceos)—. Espero que te acuerdes de que tienes una familia, ¿o me equivoco? No sería mala idea que uno de estos días nos pudiéramos ver, pero si ya te cuesta tanto tener que descolgar el teléfono...

—Lara, ¿qué quieres?

—¿Ves lo que te digo? Eres tan hostil que ni siquiera puedes entender que uno te pueda llamar sólo por el placer de estar en contacto. Te pones a la defensiva como si...

—Lara. Yo no me pongo a la defensiva, yo me baso en las estadísticas. Y las estadísticas me dicen que nuestras conversaciones por teléfono se desarrollan en dos fases: la primera, en la que tratas de hacerme sentir culpable por mi ausencia; la segunda, en la que me pides un favor. Dado que no tengo ninguna intención de sentirme culpable por ningún motivo, podemos ahorrarnos los rodeos y pasar de inmediato a la segunda fase: dime lo que tengo que hacer.

Un momento de silencio en el otro extremo del teléfono. A continuación:

—Nada, nada, lo que pasa es que Michele tiene que ir dentro de un mes a Fráncfort a la reunión de recursos humanos y...

—Tiene que dar una conferencia y no es capaz de escribir ni siquiera su nombre sin cometer errores de ortografía, ¿no es verdad?

Siento unas ráfagas de hostilidad que salen del teléfono y me arrastran como un tornado; vibraciones de frustración mezcladas con sentimientos de culpa, pero también —creo entender— con una sutil forma de admiración porque no caí, tampoco esta vez, en el ridículo teatrito que mi hermana intenta armar de manera infalible. Einstein decía: «Locura es hacer siempre la misma cosa con la esperanza de obtener resultados distintos». Yo pienso en mi hermana y en lugar de «locura» me siento tentada a recurrir a términos todavía menos lisonjeros.

Suspiro.

—Lara, ¿recuerdas cómo acabaron las cosas la última vez que me convenciste de corregirle un discurso a Michele?

Pausa.

—¿No? Pues entonces te lo recuerdo yo. Michele, que es un susceptible de mierda, me llamó para interrogarme sobre cada una de las correcciones que yo le había sugerido; pasó por alto todo y acabó haciendo su presentación como a él se le dio la gana, con lo que consiguió incluso jugarse el ascenso que estaba a punto de conseguir, provocando la burla de todos gracias a sus frases rebuscadas e incluso un par de subjuntivos equivocados. Por esta sencilla razón, Lara, no tengo la menor intención de volver a corregir ni siquiera una línea escrita por Michele, y no es culpa mía si te casaste con alguien que no sabe encontrarse las nalgas con sus propias manos, hablando con todo respeto.

—¡Vani, por favor! ¿Por qué tienes que ser tan vengativa? ¡Michele ya entendió y me juró y perjuró que esta vez la conferencia la va a leer exactamente como tú la escribas! Te lo suplico… Necesitamos ese aumento ahora que somos cuatro…

Ah, no, el patetismo sí que no lo aguanto. El heroico papelito de la mamita que se debate para garantizarle un futuro a su familia, Dios, me crispa los nervios.

—Mamá y papá se van a sentir tan desalentados cuando se enteren de que nos negaste hasta este mísero favor, cuando a ti no te tomaría más de diez minut…

—Mándame ese maldito discurso y ya veré lo que puedo hacer —la interrumpo—. Pero no te sorprendas si resulta que la escribió con las patas y no hay manera de corregirla: espero que sepas que te enredaste con un papanatas.

Cuelga sin siquiera despedirse.

¡Dios, lo que detesto tener que hablar con mi hermana!

El teléfono vuelve a sonar.

—¿Y ahora qué otra cosa quieres de mí? Ya te saliste con la tuya, ¿no? O tienes que pedirme otro fav…

—No sé de qué estás hablando. Yo sólo quería una llamada y no he recibido ninguna, ¿o me equivoco? —dice una inesperada voz masculina.

No lo puedo creer. Lo volví a hacer. Respondí sin mirar la pantallita. Y esta vez incluso es peor. Porque ahora se trata de Riccardo.

Yo diría que después de ésta tendría que haber aprendido la lección. Nunca más voy a dejar de ver la maldita pantalla del teléfono en lo que me queda de vida, poco pero seguro.

—¿Sabes? Nosotros los jovencitos somos gente sensible —continúa con su voz alegre, aprovechando mi silencio involuntario—. Cuando le damos nuestro número a una muchacha, esperamos a que ella lo use. O por lo menos lo deseamos. Ya dejen de tratarnos como si nosotros no tuviéramos también nuestro corazoncito.

—Y nosotras las chicas no esperamos que nos llamen cuando no le hemos dado nuestro número a nadie —protesto yo. Y después me doy cuenta de lo maleducada que es mi frase y me arrepiento… en silencio.

Pero Riccardo no parece tomárselo en serio.

—Me lo dio Enrico —me explica—. Fue suficiente con hacerle creer que te necesitaba para el nuevo artículo.

Pausa.

—Puedo deducir que no es así, entonces —me arriesgo.

Siento algo muy cerca del estómago. Algo muy parecido al miedo. ¡Mierda! Primero los nervios por lo de Bianca y por mi hermana, ahora esto. Demasiadas emociones en muy poco tiempo. Me voy a morir de un infarto y sólo albergo la esperanza de que Riccardo sea lo suficientemente listo como para mandarme una ambulancia cuando se dé cuenta de que dejé de responderle.

—Lo cierto es que te estoy llamando porque es la hora de la comida y quisiera estar seguro de que no dejarás que se echen a perder las cosas maravillosas que te mandé. Vamos a ver: ¿todavía tienes esos dos panecillos con ajonjolí y nueces y el frasquito con el paté de *foie gras*?

—Claro, ¿por qué? —balbuceo.

—Pues entonces tráetelos, además de un mantelito y un cuchillo. Del vino y de las copas me encargo yo. Nos vemos dentro de media hora enfrente de la Gran Madre.

Pausa. Más larga esta vez.

—Ánimo. Después de todo, tendrás que comer, ¿o no? Y dado que no te gusta que te inviten a un restaurante…

8

El comisario Berganza

—Hola, Vani. Entra, entra.

Entro-entro a la oficina de Enrico.

Me llamó al mediodía para convocarme a una reunión en las primeras horas de la tarde. No me explicó para qué. Me está esperando sentado ante su escritorio.

—Aquí me tienes. ¿Cómo es que me citas aquí? ¿Qué era eso tan importante que no podías comunicarme por teléfono?

Enrico está acabando de consultar algo en la pantalla de su computadora portátil y no parece tener mayor prisa por responderme. Esboza una sonrisa sin separar los ojos del monitor. No entiendo si está ganando tiempo porque debe hablarme sobre algo que le preocupa, o si está ganando tiempo porque está a punto de hablarme de algo que espera disfrutar. Finalmente se digna dedicarme su atención y mientras tanto me sonríe más ampliamente que hace un instante.

—Cuéntame cómo te va. ¿Todo bien?

Yo levanto una ceja. A Enrico nunca le ha importado un carajo cómo me trata la vida, ni siquiera me lo pregunta por educación.

—Bueno…, sí, el libro de Bianca es toda una bronca pero…

—Me enteré de que tú y Riccardo Randi se vieron, ¿es cierto?

Ah.

De eso se trata.

—Ayer a la hora de la comida. ¿Cómo lo supiste?

—Me lo dijo él mismo. Pasó por aquí esta mañana para firmar algunos ejemplares que hay que enviar al extranjero.

—¿Y no tenían nada mejor de lo que ocuparse que hablar de nuestra comida?

La sonrisa de Enrico se expande mucho más. No creía que sus músculos faciales tuviesen una elasticidad semejante.

—No entiendo cuál es el problema. Todo salió bien, ¿no?

Sí, en efecto, así es. Lo de ayer con Riccardo salió muy bien. Nos sentamos en una banquita en los márgenes del Po, bajo el sol tibio a media estación. Nos dedicamos a preparar unos sándwiches como dos estúpidos *boy scouts* y nos los comimos mientras mirábamos las canoas en el río, el perfil de la colina a lo lejos, un par de fulanos que hacían *jogging*, dos gansas pioneras.

Estuvimos en silencio durante toda la primera parte de la comida.

Me encojo de hombros, evadiéndome del rendimiento de cuentas retrospectivo.

—Dado que al parecer ya estás al corriente de todo, ¿podemos hablar de otras cosas?

—No, porque Riccardo me dejó esto para entregártelo en cuanto te viera.

Enrico extrae de un cajón del escritorio un paquetito envuelto en un papel de color rosa. Parece algo de pastelería. Yo miro a Enrico; luego, el paquetito, luego otra vez a Enrico. Enrico me observa con la cara paralizada en esa absurda sonrisa al filo de la navaja y yo entiendo que no tendré paz hasta que haya abierto el paquetito ante sus ojos.

—No olvides leer el mensaje —chacotea Enrico.

En el extremo superior de la envoltura hay una tarjeta roja doblada a la mitad. La abro y la leo:

Tu alimentación a partir de ahora se ha vuelto un asunto mío. Y esto me parecía particularmente adecuado.

Retiro la envoltura del paquetito, tratando de mantener una expresión imperturbable para no darle demasiada satisfacción al muy mirón de mi jefe. El contenido resulta ser un postrecillo en forma de libro. De hecho, es toda una joya de repostería: la base, el dorso y la cubierta superior son de un espeso chocolate *fondant* y, de relleno, las páginas están hechas con hojaldras de bizcocho y crema.

Enrico deja escapar una sonrisita melindrosa.

—¡Uh, parece que a alguien ya se le hizo! —exclama, y a mí, me vienen unas ganas repentinas de desmaterializarme.

Sin embargo, sí, ayer todo salió perfectamente bien con Riccardo.

Nos encontramos ya hacia el final del sándwich, y sobre todo de la copa de vino, cuando me atrevo a hablar por primera vez:

—Y entonces ¿qué estamos haciendo?

No logro formular mejor la pregunta. Lo que es absurdo, si consideramos que justamente formular mejor las cosas es a lo que me dedico como oficio.

—Comiendo —dice Riccardo con la boca llena.

Lo miro como diciéndole: «Entendiste perfectamente». Y de veras, lo entendió perfectamente.

Se encoge de hombros.

—La verdad es que tampoco yo lo sé. Volverte a ver fue... lindo. Y me di cuenta de que nunca te agradecí lo suficiente todo lo que hiciste por mí. Para ser sinceros, no sé si alguna vez te di las gracias *tout court*. Lo cual resulta imperdonable, por decir lo menos.

—Yo sólo hice mi trabajo, por el cual me pagan regularmente —minimizo, pero yo misma soy consciente de que estoy minimizando. El sonido del agradecimiento es tan dulce.

En serio. Parece miel cuando se tiene dolor de garganta. No me acordaba ya de cuánto me hacía falta. Me da miedo descubrir cuán sensible soy a un agradecimiento, especialmente a éste.

—Claro. Es más, a propósito… —Riccardo se pasa la mano por el cabello—. Disculpa la impertinencia, pero ¿Enrico te… paga lo suficiente? ¿Tú qué pensarías si yo…? He pensado que… Sí, ¿qué me dirías si yo renegociara el contrato con Ediciones L'Erica e hiciera que incluyeran un porcentaje para ti sobre las ventas del libro?

Yo frunzo el ceño y me doy la vuelta para mirar a Riccardo a la cara. Me siento casi decepcionada.

—No me malinterpretes —se apresura él a especificar. La mano regresa a su cabello—. No te he traído aquí para hablarte de dinero. Es que ahora por fin he entendido cómo funciona este mundo, y esta oferta, además de mi agradecimiento, es todo lo que yo puedo darte. Me da vergüenza por Enrico porque no te lo propuso él desde el inicio, pero…

—Riccardo —lo interrumpo—. Ambos sabemos muy bien que mi nombre no puede aparecer en contratos entre tú y Ediciones L'Erica porque sería todo un problema justificarlo si llegara a descubrirse. Desde que yo empecé a ejercer esta profesión, Enrico y yo estamos de acuerdo: como te decía, me pagan regularmente, por supuesto no de manera estratosférica, pero sin problemas, y sé lo que hago y cuál es mi lugar. Así está bien. Y… y tú no tienes que sentirte obligado a invitarme a salir o a hacerme regalos, sólo porque, de alguna manera, te sientes en deuda conmigo.

Para enfatizar cuánto creo en lo que acabo de decir, me tomo el último sorbo de mi copa. Beber hace que uno levante la barbilla y, en consecuencia, ayuda a crear una impresión de arrogancia, si bien un tanto artificial. Es un pequeño truco de comportamiento que aprendí a los dieciocho años, cuando con frecuencia salía a tomar y a comportarme como una fanfarrona.

Pero ¿de veras creo en lo que acabo de decir?

Pues, sí. Lo creo. El dinero nunca me ha importado. Siempre digo que sí, porque el dinero es sólo eso: dinero, y si me concentro en el hecho de que me paguen, si pienso que estoy realizando un trabajo como cualquier otro y estoy recibiendo una compensación consecuente, no tengo ninguna necesidad de pensar en lo que estoy haciendo ni en quién lo está aprovechando, y logro excluir de la mente todas las preguntas acerca de mi vida que, de otra manera, me mantendrían despierta toda la noche. Sin embargo, la verdad es que el dinero no me interesa en absoluto, especialmente ahora. Ahora me interesa mucho más este agradecimiento. Y saber lo que responderá Riccardo a mi última frase.

Él me mira un instante en silencio antes de volver a abrir la boca.

—Me siento en deuda contigo, es verdad. Sin embargo, no es ésta la razón de que tenga ganas de verte más a menudo desde que nos volvimos a encontrar.

¡Qué cabrón! La respuesta exacta.

—Enrico, supongo que no me has hecho venir a tu estudio para interrogarme acerca de mí y de Riccardo, ¿me equivoco? —exploto. Explotar es siempre una óptima manera para disimular el bochorno.

Enrico toma aire mientras busca las palabras.

—¿Y por qué no? En el fondo, yo aprecio mucho la felicidad de mis… —La llamada en el interfono lo rescata—. ¿Bueno? Ah, sí, muy bien. Por favor, mándelo a mi oficina. —Parece aliviado, como si hubiese terminado una espera—. Quizá sencillamente no podía esperar a que tu regalito de repostería se echara a perder —concluye con un tono provocativo.

Yo estoy a punto de responderle con un golpe directo, cuando la puerta a mis espaldas se abre y el personaje que veo entrar concentra toda nuestra atención.

Y por Dios, ¡vaya que se la merece!

El hombre que acaba de entrar tiene entre cuarenta y cinco o cincuenta años; probablemente esté más cerca de los cuarenta y cinco, pero tiene la cara de alguien que no se acuerda de la última vez que durmió más de tres horas. Tiene los ojos oscuros con ojeras muy marcadas, la nariz irregular, recién afeitado pero con un aspecto igual de maltrecho. Lleva puesto un impermeable muy parecido al que acostumbro a ponerme yo (no hoy, por cierto), pero color *beige*. Así, con el rectángulo de la puerta sirviéndole de marco, juro que tiene un fuerte parecido con Dick Tracy en una viñeta, sólo le hace falta el sombrero. Yo espero que una vampiresa rubia y un guardaespaldas típico de un *night club* aparezcan a sus espaldas de un momento a otro, y completar así la escena.

—Comisario Berganza —lo saluda Enrico.

¡No, por favor! De manera que el fulano disfrazado de comisario es realmente un comisario. Esto sí que es interpretar con seriedad el papel que uno desempeña.

Enrico sale de detrás de su escritorio, avanza al encuentro del recién llegado en medio de la habitación; se estrechan la mano farfullando algún saludo (ya se conocen, es evidente, pero no desde hace mucho, como me permite ver una cierta rigidez de parte de ambos). Después Enrico va a cerrar la puerta.

El comisario se aproxima a mí y me tiende la mano.

—La licenciada Sarca, supongo —me dice.

Hasta tiene la voz de un comisario. Ronca, baja. Me imagino que fuma demasiado y que no logra dejar de hacerlo a causa del estrés.

—Vani, el comisario Romeo Berganza vino porque está llevando a cabo una investigación muy delicada que es el motivo, ahora te lo puedo decir, por el que te he convocado el día de hoy.

—Se trata de la señora Dell'Arte Cantavilla —dice Berganza escrutándome—. La otra noche salió de casa y desapareció, y…

—No desapareció —intervengo yo—. La secuestraron.

Berganza se interrumpe, por un instante se vuelve hacia Enrico, con el cual intercambia una mirada vacilante, luego se vuelve para mirarme a mí.

—¿Y usted cómo lo sabe? Disculpe.

Me encojo de hombros.

—Ayer hablé por teléfono con Cul... con su secretaria, Eleonora, me parece que así se llama. Ni ella ni yo lográbamos ponernos en contacto con Bianca desde hacía un buen rato, y Eleonora lo definió como «muy extraño». Me dijo que Bianca salió a hacer su acostumbrado *jogging*, como todos los días, la noche anterior, pero que desde entonces no había regresado, y sólo había enviado un mensaje que decía: «Estaré fuera, no me esperes».

Yo guardo silencio, pues considero que es suficiente. Berganza inclina la cabeza hacia un lado, demostrando que no es así.

—De acuerdo, y... ¿de dónde deduciría usted que la señora no se fue sencillamente por decisión propia, sino que la secuestraron?

—En ese momento no presté mayor atención, pero el instinto me decía que había algo que no encajaba. Y luego me acordé de que Bianca, a su secretaria, la trata rigurosamente de usted.

Pasa un instante de silencio durante el cual Berganza me observa con interés y Enrico nos observa alternadamente a Berganza y a mí.

—A ver si estoy entendiendo —articula Berganza—. Si usted había intuido ya que la señora Cantavilla con toda probabilidad había sido secuestrada, ¿por qué no llamó a la policía?

Oh.

Muy buena pregunta, ahora que lo pienso.

Así es, tal vez debería haberlo hecho.

La verdad es que en ese momento yo registré el dato, lo extraño del mensaje de Bianca, pero no hice una reconstrucción de los hechos acerca de las implicaciones, que me saltaron a la mente sólo en estos momentos, ante las palabras del comisario. Eso fue, y entonces la pregunta es ésta: ¿por qué no pensé de inmediato en las implicaciones? Puesto que no soy ninguna estúpida, ¿o sí?

—Uhm…, seguramente porque pensé que era un asunto de la secretaria.

Berganza me mira como con una actitud de regaño.

—De acuerdo, la verdad es que no me importó un pit… que sencillamente no me interesaba mucho.

—Debe entenderla, comisario —se apresura a decir Enrico. Yo estoy sorprendida porque reconozco su tono: es el mismo que tenía mi madre cuando trataba de justificarme ante la profesora de matemáticas después de que yo hubiera hecho alguna estupidez en clase (como, por ejemplo, entregar la tarea en blanco, salvo por el mensaje que la acompañaba: «Discúlpeme, pero ayer tenía que terminar de leer *Guía del autoestopista galáctico*, y además en la última tarea me saqué un nueve: si ahora me pone tres me conformo con un promedio de seis»)—. La tiene que entender, comisario —repite Enrico, jactancioso—, por primera vez en su vida un hombre la está cortejando, es lógico que traiga otras cosas en la mente.

Yo volteo escandalizada hacia Enrico.

—¿Cómo te perm…? ¡Eso es asunto mío!… Pero, además, *no es cierto* que sea la primera vez.

—Desde la universidad —insiste Enrico mientras me guiña un ojo—. La universidad no cuenta; ahí todos tratan de llevarse a la cama a cualquiera. Hablando con todo respeto, comisario.

—De acuerdo, entonces probablemente sea cierto —farfullo, volviéndome de nuevo hacia Berganza, que tiene un semblante entre encantado y el clásico «sólo esto me faltaba»—. Pero, por supuesto, no son cosas que me quiten el sueño —insisto—. Lo que sencillamente ocurre es que…, bueno, como le iba diciendo, si usted me conociera sabría que no soy el tipo de persona a quien le interesa la gente.

Enrico entrecierra los ojos con esa expresión de «¡quisiera matarte, pero no puedo!» que yo conozco desde siempre por haberla visto en el rostro de mi madre (por ejemplo, aquella ocasión en que me fui a la escuela con un lápiz labial color negro justo el día de la foto del grupo, y ella lo descubrió una vez que recibió la foto).

—No es cierto que las personas no te interesan —susurra Enrico en un último intento.

—No *todas* las personas —lo contradigo yo. Y luego le digo a Berganza—: No me interesan las personas odiosas como Bianca.

Miro con el rabillo del ojo a Enrico, quien reprime el gesto de mandarme al diablo.

Berganza no ha dejado de observarme un solo instante, y ahora la comisura izquierda de los labios se le contrae en una ligera sonrisa.

—Bueno, sí, la cuestión es, licenciada, que necesitamos interrogarla. Puede decirnos si prefiere que lo hagamos aquí mismo, como generosamente nos ha sugerido su jefe, o desea acompañarme hasta la comisaría.

—Por lo que a mí respecta, podemos incluso… ¡No, no, un momento! —Mucho más que una iluminación, lo que acabo de sufrir es una tremenda descarga eléctrica. Mierda. Ahora entiendo por qué Enrico acaba de hacer toda esa pantomima para fingir que me comporto como una persona bien educada—. Espero que usted no esté diciendo que soy sospechosa de haberle hecho algo.

Berganza trata en vano de abrir la boca. Sin embargo, es uno de esos hombres reflexivos que escogen meticulosamente las palabras que están por decir, lo que significa que yo me anticipo.

—Oigan, no, disculpen: la tipa esa tiene hordas de fanáticos cabezas huecas y deschavetados que la siguen como tantos potenciales Mark Chapman, y ustedes en el primer sospechoso que piensan es en mí. ¿Y en dónde creen que la estoy escondiendo, puesto que tengo un departamento de cincuenta metros cuadrados sin solario ni ático ni sótano? ¿La tendré en el balcón? ¿O en el horno de microondas, dado que no cocino? ¿Y cómo me la habré llevado: en la espaciosa cajuela de mi carcachita? Dios, ¿se puede saber cómo diablos se les…?

—Vani, eres *tú* la que tiene que entender —se entromete Enrico, servil.

Una nueva iluminación. No estaba tratando de hacerme pasar por una persona buena y apreciable para salvarme el pellejo *a mí*: lo que ocurre es que siente un miedo aterrador de las investigaciones y de las consecuencias que podrían tener para sus queridos ingresos. Quiere ver sana y salva a Bianca y *probablemente* también a mí, pero si de plano yo tengo que pagar los platos rotos, que por lo menos no sea él quien me pone la zancadilla. Pero claro: es el clásico oportunista de mierda.

—El comisario sólo está llevando a cabo su trabajo. Es inevitable que quiera investigar también tu grado de implicación: eres la escritora fantasma de la autora desaparecida. —Y noto que baja cobardemente la voz cuando pronuncia «escritora fantasma», casi temeroso de que alguien lo escuche desde el pasillo—. Eres la que trabaja tras bambalinas para el éxito de otros, en consecuencia, es plausible que un instinto de venganza...

—¡Venganza, mis huevos! ¡*Esto* es la máxima venganza a la que puedo llegar! —exploto. Tomo el postre de Riccardo, lo arrojo sobre el teclado de la *laptop* de Enrico y cierro de golpe la computadora.

Sándwich de computadora con chocolate y crema.

Enrico se queda mudo mientras observa el estado en que ha quedado su modelo Hewlett-Packard.

Berganza ha observado toda la escena con atención. Tiene una especie de centelleo en los ojos, pero todavía conozco muy poco su cara como para poder decir si se trata de diversión, de interés profesional o de un inicio de fiebre.

Me dirijo, decidida, hacia la puerta.

—Y ahora acompáñeme a la comisaría, si no le molesta —le digo—. Así trataremos de despachar cuanto antes esta formalidad. Y no ante los ojos de esta víbora.

9

Incluso tiene un impermeable

Parece que no hay mucha diferencia entre la oficina de un comisario de policía y la de un redactor. Un enorme escritorio, una computadora con impresora, un montón de papeles.

En cada habitación y en cada pasillo, las luces son de neón típicas de un comedor, de ésos demasiado blancos que hacen que a uno le dé dolor de cabeza. En sí mismo, el edificio no es horrible —después de todo no deja de ser uno de los edificios históricos del centro de Turín—; sin embargo, esas luces le dan un aspecto lívido y hostil a sus vísceras con techos de bóveda. Los pisos de linóleo rechinan bajo las suelas de los agentes, que van de arriba abajo sin parar. Durante mi interrogatorio, dos jóvenes de uniforme, un hombre y una mujer, entraron para traerle a Berganza un expediente y para responder a tres rápidas preguntas sobre algo que debe de haber ocurrido en la Falchera. Él los despidió de prisa, de manera cortés pero también escueta. Se ve que es un jefe nato. Los pasos de los dos agentes a lo largo del pasillo me dejaron una estridencia en los oídos durante los diez minutos siguientes, como cuando una uña rasca la superficie de un pizarrón. Me pregunto cómo le hace Berganza para trabajar en este lugar durante todo el día. Ahora sólo falta que el café de la maquinita ésa sea una porquería, y el semblante ojeroso del comisario habrá encontrado plena justificación.

—Vamos a ver si estoy entendiendo —empieza a decir Berganza en este momento. Son ya más de las siete de la noche; en la oficina sólo estamos él y yo, él y el imberbe agente encargado de la transcripción de la declaración, en un rincón a mis espaldas. Berganza está cansado. Quién sabe desde qué hora de la mañana está en activo. No es que yo logre imaginarme una cara como la suya en una versión reposada y radiante: es uno de esos tipos que parecen haber nacido para tener un aspecto exhausto y una copa de *bourbon* en la mano.

Para decirlo en pocas palabras, el rostro de este hombre es todo un espectáculo. No puedo hacer menos que estudiarlo. No es que sea particularmente bello; lo que ocurre es que —no sé cómo expresarlo de mejor manera— desde el momento en que lo vi, es como si todo comisario, detective, investigador privado de los que haya leído en alguna historia tuviese exactamente ese rostro. Este hombre parece sacado de un libro; mejor aún, de la fusión de miles de libros. No es el rostro de un ser humano común y corriente; el suyo es el rostro de un prototipo. Casi no puedo evitar sonreír. Bueno, no, no precisamente sonreír —después de todo me están interrogando como potencial acusada del secuestro de una persona—, pero hay algo en el hombre que tengo frente a mí, en su rostro tan *literario*, que inexplicablemente me hace sentir en confianza.

Por otra parte, resulta más bien normal que la doble de Lisbeth Salander se sienta en confianza con el doble de Philip Marlowe, ¿o me equivoco?

Si yo estuviese vestida como acostumbro, esta habitación parecería el lugar de encuentro de *cosplayers*.

El comisario se restriega los ojos con las yemas de los dedos pulgar e índice.

—Ayúdeme a entender —repite—. Deme un ejemplo práctico para ver cómo le hace usted.

Acerca de cómo le hago yo, en el caso de mi profesión, ya hemos hablado más o menos durante una hora, sin considerar que Enrico ya debía de habérselo explicado a Berganza. A estas alturas, debe de haberle quedado más claro que la luz neón que cuelga sobre nuestras cabezas que como escritora fantasma finjo ser Bianca, o cualquier otro autor de turno, y escribo un libro en su nombre. De mi trabajo ya no le queda nada por descubrir desde el ámbito legal, técnico y contractual. Sin embargo, ahora al comisario no le interesa qué hago, le interesa cómo le hago. Y no es una pregunta del todo banal.

—Pues ¿cómo quiere que le haga? —empiezo, fingiendo que no tiene nada de especial—. Simplemente escribo.

—Sea más específica.

—Digamos que pienso en lo que escribiría el autor y lo escribo yo.

—¿Podría ser un poco *más* específica?

Suspiro. De acuerdo.

—Tomemos su caso, por ejemplo.

—¿El mío?

Asiento.

—Pongamos, por ejemplo, que usted debe emitir un comunicado para una conferencia de prensa, o una breve entrevista al noticiario televisivo sobre el desarrollo de las investigaciones y no tiene tiempo de encargarse de ello; en consecuencia, me pide que lo escriba yo en su lugar. ¿Cómo se expresaría usted de manera eficaz y convincente? Ésta es la pregunta de la que yo partiría.

Ambos guardamos silencio. Demonios. Cuando dice específica, quiere decir realmente *específica*. Así que me toca continuar.

—Ante todo, hay que notar que usted habla muy bien, posee un vocabulario refinado y no es víctima de esa jerga burocrática que con frecuencia se asimila trabajando dentro de la fuerza pública. —El comisario lanza una veloz mirada por encima de mi hombro derecho. Yo intuyo que acaba de decirle con los ojos al secretario que prosiga con la toma de notas, puesto que no tiene intenciones de objetar—. En suma, es usted un hombre culto, creo que ha estudiado algo relacionado con las humanidades, por lo menos durante alguna parte de su vida, y tengamos en cuenta que en esta entrevista debería dirigirse particularmente a los fans de Bianca, que después de todo es gente que lee, aunque lea pura basura. Discúlpeme, quería decir estupideces… No, para nada, a quién quiero engañar, lo que quería decir era precisamente pura basura y, además, usted ya lo sabe. —Se me escapa una pequeña sonrisa, y Berganza, antes de que se dé cuenta, sonríe también. Luego, vuelve a ponerse serio y a concentrarse, como si se hubiese arrepentido—. Justamente por este motivo, yo abandonaría la jerga rígida propia del habla policiaca, porque no se ajusta ni a usted ni a aquellos a los que les estaría hablando.

»En segundo lugar, usted es un hombre de pocas palabras, a quien no le gusta tener que dar demasiadas explicaciones. He notado, hace unos momentos, cómo trató a sus subordinados cuando vinieron a entregarle esos informes. Por lo tanto, yo explotaría esta característica, de tal manera que parezca que no tiene ganas ni interés en perder el tiempo con tanta palabrería, en lugar de dejar pensar que todavía no tiene nada que decir. Yo le sugeriría que mantuviera ese talante sombrío, esos modos toscos, sin mostrar indisposición, sino sencillamente torpeza natural. Y… creo que no le costaría ningún esfuerzo.

La mirada de Berganza se vuelve más incisiva.

—Y en tercer lugar…

Berganza parece sinceramente interesado, pero yo vacilo.

Ahora bien, yo no soy alguien que anda buscando problemas. A mí, en la vida, me basta con que se me permita hacer mi trabajo y que no me anden jodiendo. Tengo decenas y decenas de anécdotas personales que dan testimonio, lo juro por ésta, de que éste es el principio rector que guía mis decisiones.

Con todo, por alguna razón que no consigo identificar, el rostro de Berganza me tienta a jugar con fuego. De ir mucho más allá, por el único gusto de ver si adivino y descubrir qué sucedería si lo consigo.

Así que, en efecto, vacilo, pero sólo durante medio segundo. Después escucho que la voz que sale de mi boca y una parte de mi cerebro se preguntan qué diablos estoy haciendo.

—En tercer lugar… En cierto modo, usted es un personaje típico de *hard-boiled*, ¿sabe? Por supuesto que lo sabe. Esa manera en que se restriega los ojos, en que dice «a ver si estoy entendiendo»… Incluso tiene un impermeable. Probablemente lee un montón de novelas negras, porque son los únicos libros que no lo hacen sentirse culpable cuando no trabaja, aun cuando se avergüenza un poco porque usted mismo combate cada día la tentación de identificarse con los personajes de esas historias. Muy probablemente está usted disgustado a causa de la diferencia entre el mundo artificial de la ficción y las miserias cotidianas, entre el aburrimiento y la lentitud de su profesión real. Probablemente usted está desilusionado y en el fondo alberga un sentimiento de aventura. Por lo demás, se parece a Robert De Niro y, para agregar otro «probablemente» a la lista, probablemente lo sabe y no hace nada por esconderlo.

Los ojos de Berganza ahora son dos ranuras.

Me acomodo algo rígida en mi silla. Acabo de cortarle un traje a la medida a un hombre: 1) al que conozco desde hace tres horas; 1b) por supuesto, siempre que se pueda decir que lo conozco; y 2) del cual depende mi inminente libertad. ¡Qué tal! *Ahora* me siento incómoda y con un impulso fortísimo de hacer una broma idiota. Sólo que no puedo permitírmelo. Lo único que puedo hacer es seguir adelante, tratando de mantener el tono y de parecer muy convencida de cuanto digo.

—De manera que, para concluir, yo le pondría en la boca palabras refinadas, seguras y concisas, e incluso un poco ásperas de ser necesario: a gente acostumbrada a leer, le parecerá que lo conocen de toda la vida; lo identificarán con Marlowe y con

Wallander y con Montalbano y confiarán en usted. Y usted se sentirá en libertad de decir sólo aquello que considera oportuno, sin que por ello se eche usted mismo encima, o le eche encima a la policía en general, la desconfianza o la insatisfacción del público.

Finalmente, cierro mi estúpida boca.

Berganza se me queda mirando en silencio durante algunos segundos. Yo me espero que, de un momento al otro, extraiga de debajo del escritorio, qué sé yo, un diploma de perito industrial, la *Gazzetta dello Sport*, un *Diccionario de términos rebuscados pero comprensibles para fingir una cultura literaria que no se posee*. Cualquier cosa capaz de restregarme en la cara la dura realidad. Esta vez, a despecho de mis métodos a la Sherlock Holmes de los pobres, me arriesgué a ver si me salía, basándome en nada más que en sensaciones, presentimientos y corazonadas, por el solo gusto de tratar de impresionar al comisario.

El cual, de hecho, mete la mano debajo del escritorio.

Sin decir palabra, me avienta el libro que tenía en el cajón: un libro de bolsillo todo maltratado que, evidentemente, lee durante la hora de comer o en los momentos de cansancio, con un separador para señalar las páginas.

Se trata de *La soledad del manager* de Manuel Vázquez Montalbán.

Me cuesta un gran esfuerzo no sonreír.

—Le gusta Pepe Carvalho —constato.

—Me gustan *todos* —suspira el comisario Berganza—. Philip Marlowe. Nero Wolfe. Sam Spade. Hercule Poirot. Me gustan Leonard, Lansdale y Ellroy, y McBain, y Scerbanenco y Malet y la Vargas y la Highsmith. Y más o menos cualquier otro que se le ocurra. —Me mira con ese aspecto de sabueso exhausto que sólo quisiera un *whisky* y largarse a dormir, y me doy cuenta de que yo también desearía lo mismo.

Esta vez no es sólo una impresión que el comisario responde a mi pequeña sonrisa.

—Tengo que preguntárselo, Sarca. A ver si estoy entendiendo. ¿Cómo aprendió a hacerlo? ¿Nació ya así? ¿O se volvió así en algún momento de su vida? Y si es así, ¿a causa de qué?

—Discúlpeme, comisario, pero no entiendo. «Me volví así», ¿así cómo?

—Pues así, Sarca. Capaz de introducirse en la cabeza de los demás. En el primer intento, incluso improvisando, como acaba de hacerlo conmigo. No me venga con que es algo del todo normal. No existe una sola persona en esta comisaría que sea capaz, ni siquiera lejanamente, de hacer todo eso que acaba de mostrarme usted, y vaya que aquí usamos todas nuestras dotes deductivas en el ejercicio de nuestra profesión. ¿Estudió psicología? ¿Criminología? O bien, como soy más propenso a creer, ¿es una especie de capacidad innata que usted se ha limitado a cultivar en la vida de todos los días?

Suspiro.

—Comisario. Usted me está haciendo parecer una especie de fenómeno circense.

—¿Así que no hay nada que contar? ¿En serio? ¿Un pasado de lo más común? ¿Ninguna anécdota de cuando iba a la escuela y tal vez era capaz de responderle a cada profesor exactamente aquello que esperaba escuchar? ¿Hermanos, hermanas, nada? ¿Ninguna complicación en su relación con sus padres o familiares? ¿Ninguna hiperresponsabilización? ¿Ningún sentimiento de soledad? ¿Ninguna envidia de parte de amigos, o desconfianza, por temor a ser leídos como si fuesen libros abiertos? ¿Ninguna tentación juvenil de aprovecharse de este don suyo para cobrarse alguna pequeñísima venganza?

Esta vez resoplo abiertamente, aun cuando no de una manera abiertamente exasperada como para ofenderlo. Es inútil negarlo: el comisario me resulta muy muy simpático, y todo este interés insistente hacia mi presunta historia personal me parece halagador. Pero sobre todo: maldita sea. Yo seré una dotada de manera natural, pero él es un policía que ejerce la intuición como profesión cada día de su vida y desde hace décadas. Y se ve que lo hace muy bien, porque acaba de tocar con una precisión de cirujano todos, exactamente todos los puntos sensibles de mi vida. Me siento realmente impresionada. «Ahora entiendo cómo se deben de sentir los demás», me digo. Esto no significa, de ninguna manera, que yo tenga ganas de darle cuerda y ahora me vaya a poner a contarle en detalle episodios conmovedores por cada punto que él ha mencionado, pero el resultado es que este hombre es un policía asombroso. Tengo que tener cuidado con este tipo, porque estoy segurísima de que si me pescara en un momento de vulnerabilidad sería capaz de contarle incluso sobre aquella vez que le robé el baberito a Lara para vomitar en él aquella crema de chícharos.

—Juro por ésta que no lo haré. —Me decido a cortar por lo sano—. Oiga... yo puedo entender que un apasionado de las novelas policiacas tenga la tentación de excavar, de descubrir cosas del pasado, anécdotas reveladoras, historias turbulentas y cosas semejantes, pero se lo aseguro: no soy una vidente, no soy ninguna experta en telepatía, no soy un fenómeno humano. Tampoco me ha mordido ningún camaleón radioactivo que me haya transferido sus poderes. Soy una persona de veras poco interesante que sencillamente sabe hacer su trabajo.

Berganza aguarda un instante; luego asiente. No lo he convencido en absoluto, es obvio. Sin embargo, parece haber aceptado respetar mis reticencias.

—Debe usted admitir que la idea del camaleón radioactivo era sumamente convincente —concluye.

El resto del interrogatorio se lleva a cabo de tal modo que ni siquiera parece un interrogatorio. Algo así como pedir que te devuelvan lo pagado. El comisario no trata de ponerme en dificultades ni siquiera por un momento. Me deja decir lo que sé, asiente, casi casi me pide opinión. Parece que está consultando a una colega, en lugar de sondear la inocencia de una sospechosa. Tengo que conseguir que Enrico me asigne una novela policiaca como próximo encargo, porque evidentemente necesito entrenarme en el verdadero mundo de las investigaciones y una cosa la aprendo bien sólo cuando la tengo que estudiar para escribir un libro.

Al final, Berganza asiente y hace un movimiento con la cabeza para decir que eso fue todo.

—¿No me pregunta si tengo acceso a otros automóviles además del mío? —insisto.

Me mira con una expresión interrogante.

—Un automóvil más grande para transportar a Bianca en la cajuela —le explico—. Bien podría tener las llaves del automóvil de, yo qué sé, mi padre, una hermana. Lo mismo puede suceder con la casa: considerando que la mía es inadecuada como escondite, debería preguntarme usted si mis padres viven en el campo, o si he heredado de alguno de mis abuelos alguna cabaña en los montes del valle de Susa o algo así. ¿No le parece?

Ahora conozco su rostro lo suficientemente bien como para poder captar al primer intento el matiz de diversión.

—No.

—Sin embargo, debería.

—Probablemente. Pero no lo necesito.

—¿Y por qué?

—¿Está usted tratando de enseñarme mi oficio, Sarca? Fíjese que la mayor parte de la gente que se sienta en su lugar es más feliz sabiendo que le hago menos preguntas de lo previsto.

—Es pura y simple curiosidad. Usted tiene la apariencia de ser una persona escrupulosa, así que debe de tener excelentes motivos para pasar por alto preguntas tan importantes. Quizás no necesita preguntarme cosas semejantes porque de algún modo, gracias a sus bases de datos y controles cruzados, ya sabe que no tengo acceso a ningún segundo automóvil o segunda casa, mucho menos en la montaña o en lugares aislados, y que mis familiares son las últimas personas a las que recurriría en caso de necesidad.

Berganza asiente como si estuviese sopesando la hipótesis.

—No sabe cuánto me gustaría poder decirle que nuestros sistemas de investigación son muy rápidos y eficientes, pero no, no tenía en absoluto la más remota idea de todo eso. —Durante un momento, las cejas se le contraen en un gesto que podría ser de amargura o ironía—. Es muy triste, por lo demás. Que usted no pueda recurrir a sus familiares, digo. Pero, créame, el estado de ineficiencia de nuestros sistemas es todavía más triste. —De acuerdo, era amargura e ironía. Realmente me estoy familiarizando con las expresiones del comisario.

—De manera que la única razón por la que no me está poniendo en aprietos es que ya ha decidido, en su interior, que yo no soy la psicópata secuestradora de Bianca Dell'Arte Cantavilla.

En esta ocasión, la sonrisa en el rostro de Berganza es explícita.

—Digamos que así es. Me echo encima una enorme responsabilidad, pero siento que puedo declararlo oficialmente: creo que usted no es la psicópata secuestradora de Bianca Dell'Arte Cantavilla. Aun cuando…

—¿Aun cuando…?

—Aun cuando sigo sin querer poner las manos al fuego acerca de su completa normalidad.

Nos miramos.

Berganza se levanta y yo hago lo mismo.

—Tómeselo como un cumplido y váyase a casa, que es tardísimo. Voy a decirle a Petrini que la acompañe.

10

¿Quieres confiar?

Bajo de la patrulla con las sirenas apagadas; le hago una señal de despedida a Petrini (el agente que levantó el acta de mi interrogatorio. Quién sabe si puedo obtener una copia, así, como si fuera un recuerdo: ¡mi primer interrogatorio policiaco!), avanzo unos cuantos pasos hacia mi portón y me doy cuenta de que hay una silueta en la oscuridad. Está cómodamente apoyada contra la pared y se mezcla con la sombra que proyectan los postes de luz. Está esperando a alguien. A mí.

Es Riccardo.

Me detengo en la acera.

—Son más de las diez —le digo.

—Muy buenas noches también para ti. —Me sonríe.

—Entendiste perfectamente lo que quiero decir. ¡Es muy tarde!

—En efecto. Me parece que haces muy bien pidiendo que te escolte la policía cuando sales a pasear a esta hora.

—Solamente quiero saber qué demonios haces aquí —resoplo.

—¿Ya cenaste?

—No.

Riccardo esboza una sonrisa blanquísima en la oscuridad.

—Eso es justamente lo que sospechaba. Ya te dije que tu correcta alimentación se ha vuelto un asunto de mi incumbencia. Así que ahora mismo te llevo a comer algo.

Manoteo. Por una parte, el oso que hay en mí se agita por la indignación y el desconcierto. Encuentra imperdonable esta violación de su espacio privado y de su autogestión de los horarios, y lo único que quiere es meterse a la cama en santa paz. Por otra...

—Por Dios, Riccardo, tú y tus ocurrencias novelescas. Para mí, hoy fue un día absurdo, y además, ¿a quién se le ocurre ir a cenar a esta hora de manera tan formal?

—¿Quién te está invitando a cenar de manera tan formal? —protesta él de inmediato—. Por favor. —Extrae del bolsillo un objeto que se ilumina y emite un *bip*. Simultáneamente se iluminan también cuatro faros a un costado de la acera, así que entiendo que se trata de las llaves del automóvil. Automóvil hacia el cual hace señas para que yo suba.

Permanezco inmóvil.

—¡Vamos, sube! —exclama él—. ¿Quieres confiar, por una única miserable vez en toda tu vida? Yo lo único que quiero es llevarte a cenar, no comerte.

Ante esas palabras, me siento tan ridícula, que levanto los ojos al cielo y me decido a subir.

No tengo idea de hacia dónde nos dirigimos y me siento incómoda. Todavía estoy vestida como al mediodía, cuando tuve que ir a la editorial, es decir, de manera anónima, sin mi impermeable ni mis botas, lo cual me hace sentir aún más vulnerable. Tengo mucha hambre y me siento incómoda también por eso, porque un hombre con planes para la cena tiene un enorme poder sobre una mujer que tiene hambre. Con toda esta incomodidad estratificada, yo sé que si me tocara abrir la boca, el riesgo de emitir opiniones estúpidas sería muy alto, de modo que cuando Riccardo empieza a entablar conversación alegremente siento que me estremezco, presagiando el peligro inminente.

—¿Acaso crees que yo no entiendo? Pues fíjate que entiendo perfectamente —dice—. Tus titubeos, quiero decir, tu desconfianza. Seguramente piensas que no nos conocemos todavía lo suficiente, es más, que no nos conocemos en absoluto, y te parece incomprensible que alguien que no te conoce haga por ti todas las cosas extrañas que estoy haciendo yo. ¿Y sabes lo que te digo?

—¿Qué?

—Que tienes toda la razón. La tuya es una posición que cualquiera compartiría. De manera que ahora mismo intentaremos resolver el problema.

Debo de estar observando con una mirada inexpresiva la ciudad, que avanza a través del parabrisas. Ni siquiera durante el interrogatorio en la comisaría —que acaba de concluir hace menos de una hora, y me parece que fue en otra vida— me sentí así, totalmente a la merced de alguien.

—¿Y sabes de qué manera lo vamos a resolver? —continúa Riccardo, cada vez más alegre, al tiempo que sigue mirando la calle.

—No. No lo sé. No sé cómo demonios resolveremos este maldito problema. —Suspiro—. Vamos a ver. Dime qué vamos a hacer para conocernos mejor. ¿Qué, me vas a pasar un expediente completo de tu vida, con boletas de la escuela y diagnósticos médicos? ¿Vas a hacer que te llene un cuestionario con preguntas específicas acerca de mi pasado? ¿Vas a entrevistar a todos mis parientes y a mis maestras de la primaria?

Riccardo finge reflexionar. Parece de muy buen humor. Para ser más precisa, parece que mi evidente estado de crisis lo hace envalentonarse más cada vez.

—Me parecen métodos bastante eficaces, pero tal vez un poco largos. No: nos atendremos a las soluciones simples. Haremos el juego de las preguntas, como los niños. Práctico, rápido y eficaz. Iniciamos: ¿tu color favorito?

Ahora lo estoy observando con horror en los ojos.

—Estás completamente loco —sentencio.

—En absoluto. Ánimo: ¿tu color favorito? Espérate, voy a tratar de adivinar. ¿Negro?

—No puedo creer que estemos manteniendo esta conversación surrealista.

—¿Negro? Adiviné, ¿eh?

Sacudo la cabeza. Dios. Por lo que veo, no hay otra salida. Al diablo, pues. Después de todo, perdí el control de los eventos de mi vida desde que este impúdico me mandó ese paquete de regalo.

—Violeta. Por poco le atinas. *Sin embargo*, no era demasiado difícil.

—Adivina el mío.

—El verde, como la mala hierba.

—Muy buena respuesta, pero es el azul. ¿Tu banda preferida? Si no me equivoco, debe de ser Joy Division.

—Los Smiths.

—Tienes que admitir que esta vez estuve muy cerca. ¿Y la mía?

—Cuál puede ser… Seguramente alguna estadounidense de época: los Creedence o los Eagles…

—Creedence. Un punto a favor de la señorita. Ahora una más difícil: película preferida.

—La tuya seguramente será algo así como *Gigante* o *Los imperdonables*.

Riccardo se ríe intensamente.

—Las adoro, pero frío, frío. La tuya es: *¿Qué pasó con Baby Jane?*... No, seguramente *El ocaso de una vida*.

—No, helado. Nunca vas a poder adivinarlo. *¿Érase una vez en América?*

—Tibio. Por ahí vas, pero todavía no llegas. *¿La malvada?*

—Ya te dije que estás a años luz de adivinarlo.

Y de pronto, decimos al unísono:

—*Lo que el viento se llevó.*

Un instante de silencio sin duda lleno de estupefacción por ambas partes.

—¡*Wow!* —comenta Riccardo. Juraría que está sorprendido en verdad, a juzgar por la pátina de alegre seguridad en sí mismo—. Bueno, después de todo no es tan extraordinario que sea *mi* película preferida. Es un magistral pero disfrutable fresco de un fragmento de historia de Estados Unidos. Pero que sea también tu favorita, ¿por qué?

—Obviamente porque Scarlett es una insensible oportunista que nunca necesita a nadie —le digo.

—Obviamente —asiente él.

Por un momento se vuelve para mirarme y, que Dios me perdone, intercambiamos una sonrisa.

—¿A dónde demonios nos dirigimos?

—Es una sorpresa.

—No me gustan las sorpresas.

Sonríe. Se está divirtiendo. Y vuelve a empezar con sus fabulaciones:

—Bueno…, no niego que hay sorpresas muy feas. El ataque de Pearl Harbor, por ejemplo. La erupción del Vesubio sobre Pompeya y Herculano. La bomba sobre Hiroshima. El asesinato de Jesse James. Sin embargo, también el desembarco en Normandía fue toda una sorpresa, o la caída del muro de Berlín. A Napoleón le encantaba mezclarse con sus soldados de tal manera que, en cierto punto, alguno de los suyos se daba la vuelta en pleno corazón de la batalla y veía a su general combatir a su lado. Roxanne se presenta inesperadamente en el campamento de Cyrano en medio de la guerra, con muchos víveres y su hermosa sonrisa. O también: ¿tú sabías que en una ocasión Marilyn Monroe fue a visitar a Yves Montand y se presentó completamente desnuda bajo un abrigo de visón? Como podrás ver, también existen sorpresas hermosas.

—Ojalá lo sea también ésta.

—Antes de que te decepcione, debes saber que yo sí estoy vestido bajo el abrigo.

Muy a mi pesar, no puedo evitar reírme.

—Llegamos.

Detesto darme cuenta, pero casi me desagrada que el viaje en automóvil haya terminado.

Riccardo se estaciona con desenvoltura a la orilla de una acera del centro. Hay cierto movimiento, pero no mucho, dado que se trata de un día entre semana, y además ésta no es una avenida de locales, así que la gente sólo pasa porque se dirige a otra parte. Efectivamente, en esta avenida parece haber solamente tiendas cerradas. Yo me pregunto qué demonios vamos a hacer aquí.

Riccardo baja del automóvil, lo rodea y, antes de que pueda abrirme la portezuela, yo bajo por mí misma. Con una sonrisita que quiere decir «sabía que lo harías», se acerca a una puerta que parece la entrada secundaria de algo, y extrae una llave del bolsillo.

—¿Tenemos que entrar por la puerta trasera? Das asco como VIP —le digo.

—Tú espera a ver el local —responde Riccardo. La puerta se abre y él me hace una señal para que yo entre.

El interior está a oscuras.

Hay un olor extraño, dulzón.

Oigo que la puerta se cierra a mis espaldas; después, el clic de un interruptor bajo la presión de Riccardo, el cual, a juzgar por el sonido de su respiración, permanece de pie detrás de mí. Se encienden las luces.

—¡Puta madre! —se me escapa.

Es una pastelería. Apuesto a que se trata de la misma pastelería de la cual proviene el postrecito que yo sacrifiqué sobre el altar de mi dignidad, es decir, la *laptop* de Enrico. Para ser todavía más específicos, es la pastelería más elegante, lujosa y digna de una fábula en la cual haya entrado. Tiene un cierto aire retro, con pequeñas sillas de terciopelo, mesitas de patas arqueadas, espejos con marcos de latón y tapicerías de minúsculos dibujos delicados. Los postres en las vitrinas son ricos, ¡más aún!, son *voluptuosos*, y hay flores verdaderas en los floreros del mostrador y de las mesitas. Hay un enorme candil envuelto en hilos de perlas de vidrio que, no obstante, ahora está apagado: el interruptor que oprimió Riccardo encendió en cambio una hilera de lamparitas de pared veladas por pantallas de tela. Emanan una luz calurosa, íntima, que mitiga la formalidad del ambiente. La ciudad de Turín es más bien famosa por su cultura ancestral del chocolate y sus pastelerías de época. Ésta debe de encontrarse entre las cinco mejores. Y es de noche, Riccardo tiene las llaves y está abierta sólo para nosotros dos.

—Como puedes ver, creo que no soy tan malo como VIP. El propietario es amigo mío, digamos que se autoeligió como amigo mío desde que yo me convertí en un escritor de cierta fama, y cuando le expliqué que necesitaba un favor se sintió muy contento de prestarme este lugar.

Yo sigo observando el escenario, inmóvil y en silencio.

—Puedes tomar lo que quieras, ¿sabes? —agrega Riccardo. Esta vez menos arrogante, tal vez atemorizado por mi silencio—. La idea era ésta. Estarás hambrienta, puesto que no...

No me muevo. No hablo.

Después de unos instantes, siento que las manos de Riccardo resbalan sobre mis hombros.

—Ya entendiste lo que es esto, ¿verdad, Vani? —me dice. Pero ahora habla mucho más bajito. Su tono es comparable con las luces tenues y suaves. No ha quedado ni rastro de la jocosidad de nuestra conversación en el automóvil. Es como si hubiésemos llegado al meollo del asunto: al final del último truco de magia, cuando al mago no le queda más que inclinarse humildemente y esperar el aplauso del público.

—La escena de la pastelería —murmuro yo. La escena de su..., de *nuestro* libro. El capítulo en el que los protagonistas, Art y June, vuelven a encontrarse por pura casualidad en una pastelería desierta, de noche, y toda la dulzura, la esperanza, la belleza que hay en ellos y en sus vidas encuentra un momento de celebración y de paz. La escena en la cual, entre tantas otras cosas, se confiesan lo que ya sabían desde hacía tiempo; es decir, que están enamorados.

Tengo miedo de que, bajo sus manos, Riccardo advierta lo tensa que estoy. De hecho, me siento como una porcelana que está a punto de romperse en añicos. Cuando empieza a apretarme ligeramente los hombros, yo me sobresalto. No puede no darse cuenta. Por toda respuesta, él me aprieta con más decisión.

—Tú me regalaste un libro, Vani. Me regalaste el éxito. Me regalaste todo lo que tengo y lo que soy ahora. Yo no tengo un libro que regalarte, pero en cambio sí tengo la escena de la pastelería. Es lo mejor que hice nunca, lo más precioso que tengo. Porque toda esa escena es harina de mi costal, al menos por una sola vez. Una de las pocas cosas de las que puedo decir que es verdaderamente mía. Aquí la tienes: te la regalo. Esta noche es totalmente verdadera y es tuya, es para ti.

Y así aprendo una cosa más acerca de mí. Cuando me siento a disgusto, digo cosas estúpidas. Cuando me siento *más allá* del disgusto, es decir, cuando me encuentro completamente desestabilizada, estupefacta y fuera de control, me paralizo. Como los armadillos cuando fingen que están muertos. Estoy tan vacía de experiencias acerca de cómo sería normal reaccionar ante estos casos, que simplemente no reacciono. Soy como una especie de cuerda de violín a punto de romperse, pero a simple vista perfectamente inmóvil.

Las manos de Riccardo vuelven a acariciarme y ahora me está abrazando por detrás, con su pecho contra mi nuca. Enseguida inclina la cabeza, se acerca un poco más y me da un beso.

Es el primero de toda una serie.

A la mañana siguiente, vuelvo a casa, todavía disociada y perturbada, a tiempo para encontrarme con Morgana, que está esperando a Laura frente al portón.

—¡Vani! —exclama corriendo hacia mí. Gracias al cielo no me pregunta cómo es que estoy *regresando* a casa a esta hora en lugar de estar saliendo, porque no sé nada de pedagogía y no sabría si responderle con la verdad o con algo acerca de las abejas y las flores.

—¡Ah, no sabes las ganas que tenía de encontrarte! Estuve a punto de ir a buscarte a tu casa… Tengo que darte las gracias: la idea que me diste para la composición funcionó de maravilla, ¡la maestra me puso un nueve!

«Éstas deben de ser las veinticuatro horas de los agradecimientos apasionados», digo para mis adentros.

—Yo no creo que el hecho de que te saques un nueve en literatura sea tan sorprendente. —Le quito importancia, pero sonrío.

Morgana pega pequeños saltos, radiante. Yo me pongo a buscar en la bolsa las llaves del portón, pero ella, que acaba de salir y todavía las tiene en la mano, se apresura a adelantárseme y a abrir en mi lugar.

—¡Todo fue gracias a ti! A propósito…, si de pura casualidad para la próxima composición volviera a tener alguna duda, ¿podría volver a pedirte un consejo? Ya sé que se trata de calificaciones que no significan gran cosa, pero ahora que me saqué un nueve no me gustaría nadita echar a perder mi promedio, y no estoy segura de que yo sola pueda hacerlo…

—Ni lo digas, por favor. Tú siempre fuiste una campeona, no necesitas ninguna sugerencia de mi parte. Esta vez fue sólo una excepción, una especie de estímulo, pero tú sabes muy bien que normalmente tu cabeza se las arregla de maravilla sin ayuda.

—Pues entonces digamos que yo te busco para explicarte lo que pienso escribir y tú me dices si te parecen buenas ideas o no, ¿okey? —exclama Morgana—. Lo que pasa es que de ahora en adelante confío *ciegamente* en ti. Y... y yo nunca confío mucho en nadie, ¿sabes? —agrega bajando la voz, como si no hubiese previsto confesar algo tan íntimo precisamente en este momento, así, sin más ni más, en la acera enfrente de la entrada de nuestro edificio.

Ya lo sé, mi pequeña Morgana. No es casualidad si siempre digo que te pareces tanto a mí.

Y cada vez será peor, ¿sabes, mi clon en miniatura? Cada vez será peor y acabarás por no confiar en absolutamente nada y sobre todo en nadie, si resulta que nadie se toma la molestia de demostrarte —si es posible cuanto antes, como, por ejemplo, *ahora*, ahora que todavía puedes aprenderlo, ahora que todavía eres suficientemente joven y maleable como para grabártelo en los huesos— que a veces uno sí puede confiar. Que confiar está bien. Al fin y al cabo, no todo importa un carajo.

Sólo es necesario que alguien llegue a tiempo, o después puede resultar demasiado tarde, difícil y extenuante, como me sucedió a mí.

—Por supuesto, mi pequeña Morgana. Por supuesto que podemos hacerle así, si es esto lo que quieres.

Se despide con un grito por lo demás entusiasta, mientras yo cierro la puerta.

Claro, porque si a los quince años eres ya desconfiada por naturaleza y luego tropiezas con gente que te jode, es obvio que después tengas deseos de volver a encontrar tu camino. Cada pequeña traición es una minúscula sacudida telúrica que te empuja un poco más lejos. Y resulta que un buen día —por ejemplo, el día en que confías en alguien por primera vez después de un montón de tiempo, digamos mientras esperas el elevador de tu edificio de regreso de una noche con ese alguien—, te sorprendes echando una mirada hacia atrás y preguntándote cuándo comenzaste a no permitir que nadie se te acercara, a decidir que en el fondo la gente no te importa nada. Y sorpresa: todo lo que logras recordar es una cadena de pequeños sinsabores. Ningún terremoto, ningún gigantesco acontecimiento traumático, como en las películas, donde un evento significativo explica toda una personalidad. Ningún papá o mamá que se largó de casa, ningún exmarido sorprendido en la cama con tu mejor amiga. Más bien: nimiedades de niños, si acaso. Minucias, algo que casi es motivo de risa. Pequeñísimos movimientos de indiferencia, de deriva continental, que en realidad no te movieron para nada el piso, pero que, milímetro tras milímetro, grabaron en tu interior la certeza de que es mejor no apoyarse nunca totalmente, porque el piso no es estable, y debes estar siempre lista para saltar antes de que se abra una grieta en el suelo. Y sólo ahora que, por una sola noche, te concediste una tregua, te dejaste llevar y te relajaste, sólo ahora que finalmente permitiste que alguien se acercara y —¡qué increíble!— no sólo no te moriste, sino que te agradó más de lo que podías imaginar, sólo ahora te das cuenta de que hasta este momento todo fue terriblemente agotador.

Octubre de 1995.

Preparatoria. Escalones de entrada a la escuela. Hace un poco de frío. Las motos de los chicos más grandes hace rato que se fueron, al igual que el autobús que se llevó al grueso de los estudiantes. Sólo quedan dos muchachos a los que se les hizo tarde después de la última clase. Están sentados en esos escalones y conversan animadamente. Tienen cosas importantes en las cuales pensar.

Se trata de un chico y una chica. Él es flaco y chaparrito, no precisamente el tipo de chico que destacaría en los campeonatos regionales de atletismo; fuera de eso, incluso tiene el aspecto de alguien a quien los campeonatos regionales de atletismo no podrían importarle menos. Tiene una cara bonita: un poco demacrado, la piel clara y un mechón rubio; parece un filósofo existencialista o un poeta bohemio. Tiene un esbozo de ojeras que le confieren algunos años más de los dieciséis que acaba de cumplir. Incluso oyéndolo hablar, parece mucho mayor. Son éstas precisamente las cosas por las cuales ella se ha sentido atraída.

—¿Qué significa eso de que mis ideas no son las correctas? —pregunta él.

También ella es rubia, pero está vestida toda de negro. Lleva puesto un pequeño abrigo bonito, unos *jeans*, un suéter ligero: nada excéntrico, ¡al contrario! Sólo que todo es rigurosamente del color de las tinieblas. Si se considera que la muchacha es de por sí un palillo y que el negro hace que nos veamos más flacos, resulta prácticamente una miniatura sentada allí, en la vasta escalinata de la escuela. La pesada línea del lápiz que le marca el borde de los ojos crea un extraño contraste con el rostro todavía redondo de niña y el flequillo que le ensombrece la mirada.

La chiquilla titubea. Se frota las manos; lleva puestos unos guantes negros de lana de supermercado que, no obstante, cortó de tal manera que le dejan al descubierto los dedos con las uñas pintadas de un color oscuro. Aprieta entre las manos una hoja de papel doblada y gastada. Los dos chicos mantienen una relación desde hace unos meses; para ella es su primer novio, y le gusta en serio. No quiere ofenderlo ni hacerle daño, así que escoge escrupulosamente las palabras.

Algo que, además, es lo que mejor sabe hacer.

—Fabio, tú eres inteligente. Mucho más inteligente que el promedio de los chicos de tu edad. Sabes que es por eso por lo que me gustas tanto. Porque eres prácticamente un genio. —«Quizás estoy exagerando», piensa, pero sólo durante unos instantes, porque inmediatamente la mirada del chico se endulza. A los dieciséis años no hay tiempo para sutilezas: si quieres llevarte bien con alguien, tienes que pisar a fondo el pedal del ego, y ella, en virtud de no se sabe bien qué intuición innata, lo sabe—. El problema es que eres demasiado genio para esta bola de trogloditas. La mayoría de nuestros compañeros de la escuela están desprovistos de cerebro. Y si lo que quieres es que te elijan como representante del instituto, no puedes pretender obtener sus votos hablando en tu lengua. Tienes que adecuarte y adoptar la suya.

Fabio frunce el ceño. Por mucho que se lo esté diciendo con las mejores palabras, no hace otra cosa que criticarlo de algún modo y a él las críticas no le agradan. Ni siquiera si vienen de la chica más inteligente de la escuela.

Porque, no cabe ninguna duda, ella es la chica más inteligente de la escuela. Los profesores hablan de ella. En junio del año pasado, al final del segundo año de prepa, todos los alumnos fueron a echarle una miradita a su sorprendente boleta de calificaciones en el enorme tablero de la entrada. Casi nadie tenía la menor idea de quién era la tal Silvana Sarca que tenía puros dieces. Cualquiera hubiese apostado que se trataba de una de esas *nerds* semiautistas que se aprenden de memoria las declinaciones, pero no hay modo de que aprendan a depilarse las piernas. Sin embargo, no era así. Cuando volvieron de las vacaciones de fin de año, todos aquellos que todavía no podían identificarla la buscaron con la mirada: una chica rubia diminuta, tímida, carente de cualquier atractivo. Pero, sorprendentemente, también bastante simpática. Con cierto potencial. Y con esa extraña costumbre inofensiva de vestirse siempre de negro y de pintarse los ojos y las uñas un poquito más de la cuenta. Fue entonces cuando Fabio decidió que él y la chica más genial de toda la escuela tendrían que hacerse novios. Porque un genio no puede estar con nadie más que con otro genio, ¿no?

—¿Qué quieres decir? ¿Que mi manera de expresar mis ideas es demasiado complicada?

De cuando en cuando, Fabio piensa que no debe de ser fácil ser Vani. Con tanta presión. Con cien personas que el primer día de clases se dan codazos y te señalan, ansiosas por descubrir qué cara tienes. Con los padres de tus compañeros que te escudriñan con una lupa para tratar de descubrir algún trastorno en tu comportamiento que les permita superar su frustración: aunque seas súper inteligente, seguro que tu madre y tu padre deben de haberte echado a perder en algún aspecto. Con los profesores que si perdieras el nueve de promedio en su asignatura se sentirían traicionados y se lo tomarían de manera personal. En serio: si juzgamos las cosas con toda honestidad, en ocasiones Fabio no sabe cómo logra sobrevivir Vani. En ocasiones. Otras veces ni se plantea el problema. Por ejemplo, en este momento, que está empeñado en comprender qué hay de malo en su agudísima expresión de las ideas.

Vani desdobla la hoja. Es una hoja cuadriculada, arrancada de un cuaderno de matemáticas. Una caligrafía apretada y puntiaguda cubre ambas páginas.

—No me malinterpretes: es un discurso muy interesante y te agradezco mucho que quisieras que yo lo leyera antes que nadie. Pero…, para empezar, es demasiado extenso, y la atención de nuestros compañeros dura menos de un nanosegundo, ¡ya lo sabemos! Y eso no es todo… —Señala con la uña violeta de su dedo índice el primero de toda una serie de fragmentos subrayados a lápiz—: «Como enseña Kant, el imperativo moral que es el motor de nuestra conducta política…». Kant se estudia en el último año, lo que quiere decir que el ochenta por ciento de los compañeros no van a saber de qué estás hablando, si es que los del tercer año lo entienden. Corres el riesgo de resultar incomprensible y, lo que es peor, te arriesgas a que te vean como el *nerd snob* que se adelanta estudiando por su cuenta con tal de hacer sentir ignorantes a los demás…

—Ah, bueno, si consideramos entonces que la cultura y la iniciativa personal son características negativas… Yo lo único que quiero es diferenciarme claramente del estúpido de Maserati, que seguramente se limitará a mascullar algo acerca de la fiesta de fin de año y del permiso para fumar en los baños —protesta el chico rubio.

Ella asiente. No ignora que Marcello Maserati es el fulano ese que está saliendo desde hace poco con Michela Melchiorri, la chinita del segundo B y que todo el mundo sabe que Fabio estuvo cortejando todo el año pasado, y que esto podría tener un cierto peso en la obsesión de Fabio con querer aplastarlo a como dé lugar. No obstante, se esfuerza por desechar estos pensamientos.

—A ver, tesoro, yo no estoy diciendo que tú tengas que parecerte a ese tarado. En un mundo ideal tú serías el candidato perfecto. Pero nuestra escuela no es el mundo ideal, lo dices siempre: son una masa de imbéciles, y seguramente tú obtendrías más votos si usaras tus capacidades intelectuales para…, ehm, perdóname por decirlo así, para manipularlos. Ya sé que tu honestidad hace que esta idea te parezca sencillamente repugnante. Sin embargo, sería por el bien de la comunidad, no por tu interés personal…

La expresión del chico se vuelve cada vez más interesada. A ella no le pasa inadvertida. Ni siquiera cuando, con una reticencia no disimulada, él le dice por fin:

—Te escucho.

—¡Fantástico! —exclama ella, agradecida, aliviada—. Por ejemplo: si en este punto, en lugar de hacer mención a Kant, tú dijeras… —Y así empieza a exponerle las modificaciones que aportaría a su discurso electoral, con una felicidad sincera por poder echarle la mano e impedirle que haga el ridículo frente a un centenar de adolescentes despiadados.

Al día siguiente, Fabio Olivari pronuncia su discurso ya corregido ante la asamblea general de la escuela y gana las elecciones.

—Nunca lo hubiera conseguido sin tus valiosos consejos —le susurra a Vani Sarca mientras la abraza, haciéndola sentir Eleanor Roosevelt.

Diecisiete días más tarde, Fabio Olivari abandona a Vani Sarca echándole en cara que es una pesada llena de críticas destructivas y de consejos que nadie le pide, que sólo le menoscaba la autoestima, que siempre tiene la verdad en el bolsillo y se cree la gran cosa, y se hace novio de Michela Melchiorri, la cual se le acercó después de la victoria electoral para felicitarlo, entre tantas otras cosas, y le dice: «El año pasado no eras más que un *nerd* engreído y, sin embargo, este año te has convertido en todo un hombre, con un sentido práctico y con los pies bien puestos sobre la tierra».

11

En el blanco

Durante toda la mañana, mis pensamientos siguen un esquema repetitivo. «Estoy aquí, en mi casa. Todo marcha bien. Estoy ante la computadora terminando el sexto capítulo del libro de Bianca. Me fui a la cama con Riccardo». Pequeño esfuerzo de voluntad, recuperación del hilo argumental, atención focalizada de nuevo en el monitor. «Ahora introduzco un párrafo acerca del tema del perdón consciente. Es una buena idea. A los ángeles les encanta hablar de perdón. Éste probablemente hará inevitable un párrafo más acerca de la relación entre perdón y justicia, pero puedo posponerlo para el capítulo siguiente. Ah, y me fui a la cama con Riccardo».

Bueno…, acabó siendo una velada notable. Es normal que no pueda dejar de pensar en esto. Es lamentable sólo por un detalle: *no me queda para nada claro si ahora Riccardo y yo somos una pareja o no.*

¡Carajo! No puedo creer que tenga esta duda. No es posible marcharse de la casa del fulano con el cual pasaste la noche —una hermosísima noche— y sorprenderse de pronto con preguntas como ésta. Tendría que haber preguntado. Desde luego, pero ¿cómo se preguntan estas cosas? «Oye, disculpa, sólo para que no haya dudas, ¿ahora somos novios? Lo pregunto para organizarme con los anticonceptivos». Nada. Es claro que Riccardo no piensa que somos novios. Seamos realistas. Sólo por poner un ejemplo, de su boca nunca llegó a salir ninguna de las siguientes expresiones: «tenemos/tener algo», «novio/novia», «hasta luego/hasta la noche». No es que siempre sea indispensable pronunciarlas de manera explícita, por supuesto; existen casos en los cuales la química es tan perfecta que ambas partes se consideran comprometidas de un modo inequívoco. (Y si tengo que ser objetiva, la química que hubo entre nosotros anoche podría efectivamente circunscribirse dentro de esta categoría). Sin embargo, no es un sistema en el que pueda confiar. La historia está llena de pequeñas infelices que se basaron en la «química», dieron por sentado que sus compañeros las habían ascendido a compañeras de toda la vida, y luego oyeron cómo les respondían al teléfono con un: «¿Antonella? ¿Cuál Antonella?». Yo prefiero una declaración formal, de ser posible en papel membretado y con una firma autógrafa al calce.

Lo cierto es que no hubo ninguna declaración formal, así que el resultado es que nada, justamente nada, me autoriza a pensar que Riccardo ahora me considere su novia.

Es tan evidente que no sé por qué lo sigo pensando aún.

Cristalino.

Claro como el sol.

Es más, ¿para qué andarse con tantas vueltas? Sólo un retrasado mental podría querer que Vani Sarca fuese su novia. Y sólo si Vani Sarca fuese retrasada mental, podría pensar que es la novia de alguien. Por Dios, casi sería como ser la novia de un oso negro. De acuerdo, pues: Riccardo armó un relajo, esto ni quien lo niegue. Los regalos. Las invitaciones. La pastelería. Normalmente uno no hace todos estos trucos de magia sólo para meterse a la cama con una tipa, también porque, si un tipo como Riccardo quiere meterse a la cama con una tipa, le basta la décima parte del esfuerzo para conquistar a decenas y decenas de estudiantes veinteañeras adorables y con curvas antigravitacionales. Así que entiendo que pueda parecer que Riccardo apostó por algo mucho más serio. Sólo que nos estamos olvidando de que yo tengo también un carácter de mierda. Lo sé yo, lo sabe Riccardo, lo sabe todo el mundo. Probablemente, si existe vida en Marte, también allí lo saben: en la cuenca de Hellas, el día en que aprendan a descifrar la escritura de los marcianos, verán grabado con letras muy claras: «Vani Sarca tiene un carácter de mierda». En consecuencia, ¿qué resulta más viable? ¿Que Riccardo sólo quisiera llevarme a la cama, presa de una atracción física irresistible, o convertirme en su novia, deslumbrado por mi carácter de mierda? Ambas cosas suenan poco probables, pero, si tengo que escoger, estoy bastante segura de que mi carácter es peor que mi aspecto físico —y juro que no es un cumplido para mi aspecto físico—. Y por lo tanto, en último análisis, concluyo *de una vez por todas* que Riccardo no me considera, ni debe de haber tenido nunca la intención de considerarme, su novia.

Bien.

Es bueno saberlo.

No hay ningún problema. Todo lo contrario. Sin duda es la mejor solución incluso para mí. Tengo treinta y cuatro años, soy independiente, moderna y emancipada. Es perfectamente normal que me suceda, de cuando en cuando, la clásica aventura de una sola noche. No estoy diciendo que sea la primera vez. Sólo tengo que pensar con satisfacción que esta vez sucedió con uno de los fulanos más codiciados y fascinantes que están en circulación; felicitarme a mí misma por cuán independiente, moderna y emancipada soy; probablemente recordar también con satisfacción que de veras fue una agradabilísima noche y, después, concentrarme finalmente en este aburridísimo libro de mierda.

Suena el teléfono.

—¡Vani! —Es Riccardo, mi compañero ocasional. Parece eufórico—. Habría querido llamarte mucho antes, pero apenas ahora pude hacer la reservación. —No sé de qué me está hablando—. Prepárate, paso por ti a las cuatro. Hay un lugar fantástico al que quiero llevarte para nuestra primera salida oficial como pareja.

Oh.

—Tú vístete normal —agrega y cuelga.

Sin embargo, me quedo con el teléfono en la mano, preguntándome en qué momento mis famosas capacidades deductivas se fueron al diablo.

El automóvil de Riccardo se desplaza como una flecha a todo lo largo de Via Reiss Romoli, que es probablemente una de las calles más feas y descuidadas de Turín. Riccardo está alegre. Yo voy vestida de manera normal; es decir, normal para mí, con mi clásico impermeable y el lápiz labial color violeta. Riccardo platica de cosas irrelevantes, y yo entiendo que lo hace adrede para eludir mis preguntas.

—Escucha —lo interrumpo—. Lo de anoche también a mí me gustó, ¿okey? Si fuese el caso, no tengo nada en contra de repetirlo. Te lo prometo. Así que, puesto que no tienes que hacerme tus pirotécnicas sorpresas para convencerme de meterme a la cama contigo, ¿podrías decirme de una maldita vez a dónde vamos?

—No. Calla y confía en mí.

Ya dije que está alegre, ¿verdad? Él.

—Riccardo.

Probablemente la mejor opción sigue siendo preguntar.

—¿Sí?

—Vamos a ver, en la práctica, ahora, tú y yo…

—¿Sí?

—Lo que quiero decir es si vamos a ser… oficialmente…

Riccardo voltea y me lanza una mirada socarrona. Estará muy alegre, pero no tiene un pelo de tonto. Entendió perfectamente en qué estado me encuentro.

—Ni siquiera logras decirlo, ¿verdad? —Sonríe.

—*Novios*. Logro decirlo *perfectamente*. —Ahora lo ahorco y habrá sido la relación más corta del mundo.

—Bueno, sí, ¡por supuesto! —exclama. Luego, se vuelve otra vez—. Quiero decir, si tú así lo quieres... Así lo quieres, ¿no es cierto?

Pausa.

Suspiro.

—Yo diría que sí.

Riccardo da vuelta en una callecita lateral y se estaciona. Parece el escenario de un homicidio entre delincuentes habituales, de esos que ocupan al máximo una columnita en la nota roja local.

—¡Qué romántico! —digo, mientras miro a mi alrededor.

—¿Te gusta?

—Pero por supuesto —asiento—. Me imagino que las alternativas eran una obvia, ordinaria cena en el Cambio, o bien una mortífera velada en el Teatro Regio. Hiciste muy bien en optar por la tercera posibilidad: un excitante paseo por las zonas preferidas de los *dealers* del norte de esta ciudad.

Riccardo se ríe.

—Procura mirar para el otro lado, tontita.

Yo me inclino para ver qué maravillas se esconden más allá de su persona, y en la ventanilla izquierda del automóvil aparece un edificio en cuya fachada puede leerse en letras enormes: TIRO AL BLANCO NACIONAL-SECCIÓN DE TURÍN.

—¿Me estás trayendo al campo de tiro? —digo sorprendida.

Riccardo está radiante como una luciérnaga.

—Ahora dime que no te gusta.

—¡Que se vayan a la mierda el Cambio y el Regio! —exclamo extasiada como una colegiala.

—Me imagino que en lenguaje «vanisarqués» significa «un hombre capaz de traerme a un lugar como éste realmente se merece ser mi novio». —Titubeo. Me ruborizo. Él se ríe—. Me gusta también en tu lengua. —Me da un beso; luego se baja del auto. Parece muy orgulloso de sí mismo.

Hace bien en estarlo.

La mujer del mostrador de recepción arregla con Riccardo todos los asuntos del alquiler del lugar y de las armas, mientras yo echo una mirada a mi alrededor. El ambiente es marcial, minimalista y tan cargado de testosterona que si respirara profundamente correría el riesgo de quedar embarazada.

—¿Cómo supiste que quería venir aquí desde hace una eternidad? —le murmuro a Riccardo mientras esperamos—. Oh, sí, ya sé. Lo tengo escrito en la frente, ¿verdad?

—Yo estaba indeciso entre esto y un curso de *cake design* —responde Riccardo muy serio.

—Tendrían que proporcionar estos datos —nos informa la recepcionista, al tiempo que nos alcanza cuatro formularios y dos plumas. Los llenamos. Uno de los formularios es una autocertificación que debe garantizar que estamos en plena posesión de nuestras facultades mentales y volitivas. Por unos instantes me viene a la cabeza el comisario Berganza, quien pone en duda que ésa sea mi condición, y se me escapa una sonrisita. Una de las preguntas tiene que ver con el consumo habitual de bebidas alcohólicas. Yo marco «no». Discúlpame, mi amado Bruichladdich, yo sé que lo entenderás. Devolvemos los cuestionarios, y la mujer examina el que contiene mis datos.

—Espere un momento, señorita. —La rigidez con la cual se dirige a mí es directamente proporcional al desfallecimiento con el cual la sorprendo observando a quien, por lo que parece, a todos los efectos, sin ninguna probabilidad de equivocación, es mi nuevo novio. Quizá tendría que ponerme celosa. ¿Qué debe hacer una novia en estos casos? ¿Qué debe hacer una novia *en general?* Dios mío, ¡en qué locura me acabo de meter! Yo, estas cosas, no las sé hacer.

—Lo lamento, pero su nombre no coincide con su número de identificación fiscal —me comenta—. No existe correspondencia con la quinta y la sexta letra. De casualidad, ¿tiene usted un segundo nombre?

¡Mierda!

He aquí una demostración de lo que ocurre cuando las hormonas superan a las neuronas. Bajamos la guardia cuando menos deberíamos.

La tipa lo toma como un sí y me acerca un nuevo formulario para que vuelva a llenarlo. Titubeo.

—Date la vuelta —le digo a Riccardo.

Él estalla en una carcajada.

—¡Ni que fueras a desnudarte!… Y si ése fuera el caso, no me daría la vuelta. Más bien al contrario.

Casi me ruborizo, pero estoy tratando de evitarlo.

—Dije que te des la vuelta. No quiero que veas lo que estoy por escribir.

Riccardo murmura un «bueno, como quieras». Se da la vuelta; luego, vuelve a voltearse con toda naturalidad un instante antes de que yo pueda devolverle el cuestionario a la recepcionista, la cual no parece para nada molesta por las exuberancias del encantador jovencito vestido de saco y sin corbata.

—Ahora me veré obligada a matarte —suspiro—. Ya lo sabía: soy incapaz de mantener una relación por un buen tiempo.

—No puedo creer que te llames Cassandra —murmura Riccardo.

—Silvana Cassandra Sarca —entono yo—. Te concedo otros veinte segundos para que te rías en mi cara, luego no volveremos a tocar el tema.

Pero Riccardo me está observando repentinamente con los ojos entrecerrados y penetrantes. (Al mismo tiempo, la recepcionista está observando con los ojos entrecerrados y penetrantes a Riccardo. Yo empiezo a intuir que debe de ser un maldito estrés andar paseando por el mundo con este codiciadísimo novio. Y sin embargo, después de todo, es un riesgo que podría estar dispuesta a correr).

—Vani, estoy a punto de hacerte una pregunta estúpida y personal, pero quisiera que antes me dieras tu palabra de que no me mandarás al diablo si lo hago.

—Sólo que habría que tomar en cuenta eso que dijiste hace un rato acerca del *cake design* —le advierto.

—¿Alguna vez te pasó por la mente que el hecho de llamarte Cassandra podría haber influido en tu personalidad y en las grandes decisiones de tu vida?

—¿De cuándo acá tener cierto nombre debería influir en la personalidad de alguien? —protesto, ignorando el holograma de Morgana que acaba de materializarse frente a mis ojos, cual padre de Hamlet, para echarme en cara lo que yo misma le dije en el tranvía número 4 hace exactamente unos días.

Riccardo se rasca la cabeza.

—Ya sé que es una teoría estúpida, pero, ¿sabes…? También tú habrás sido una chiquilla, también tú te habrás agarrado de algo para construirte una identidad propia, en especial a tu propio nombre… Y Cassandra es una mujer que vive ignorada y acallada, relegada a la sombra, pero que tiene el don de la profecía; es decir, en sentido amplio, el don de saber decir las palabras más cruciales, esas palabras que todos anhelan… —De repente sacude la cabeza. Sus cabellos no parecen resentirlo. La recepcionista lo mira embelesada—. Olvídalo, por favor. De cuando en cuando, me dejo arrastrar por estos consejos propios de un psicólogo de pacotilla. —Me dedica una amplia sonrisa burlona.

Yo lo observo durante un instante, en silencio por el *shock*. Ayer fue Berganza quien me expuso la mitad de mi vida en un puñado de frases. Ahora es Riccardo. Éste se supone que es mi papel, ¡carajo! Devuélvanme inmediatamente junto a la barricada que me corresponde.

Aunque tengo que admitir que encontrarme rodeada de todos estos hombres que, excepcionalmente, están a mi altura en cuanto a nivel de intuición, no deja de ser una inesperada bocanada de aire fresco.

—Si intentas psicoanalizarme otra vez, no te dejo: te mato —refunfuño.

Sin embargo, le devuelvo la sonrisa antes de abrirme paso a lo largo del pasillo.

No estoy segura de haber pronunciado una frase propia de una novia, pero una hace lo que puede.

El que supervisa el *stand* de las pistolas de aire comprimido me barre con una mirada de desconfianza deliberada.

—Te dije que te vistieras de manera normal —me susurra Riccardo, mientras yo examino el arma que nos corresponde dada nuestra condición de neófitos del campo sin armas.

Debo admitir que me siento un tanto desilusionada. No parece para nada una pistola. Parece más que nada la hija ilegítima de unas tenazas para el pelo y una secadora. Vamos, como si la hubiese dibujado un niño al cual le describieron con palabras lo que es una pistola. El cañón es demasiado largo y delgado, la empuñadura es tan ergonómica que casi resulta una ofensa. El oficial se aproxima y, hablando lo menos posible, me muestra cómo debo cargarla. Esto resulta ya un poco más interesante. Para demostrarle que no tengo ninguna intención de matar a nadie, me atrevo a sonreírle.

—¡Ojo! Las paredes de estas garitas son de madera —refunfuña él, y yo me acuerdo de que cuando me pongo el lápiz labial color violeta, mis sonrisas funcionan peor que de costumbre.

—Vamos, inténtalo —me da ánimos Riccardo. Me percato de que se puso a mi espalda, en medio del pasillo sobre el que se abren los llamados emplazamientos, o sea, las cabinas de madera que dan hacia los blancos.

—¿Tienes miedo? —digo—. Me da la impresión de que esto no haría mella ni siquiera en un trozo de pan.

—Bueno, de todos modos, el blanco se encuentra a diez metros. Después de todo no será una completa porquería si puede disparar a diez metros, ¿no crees? Vamos a ver qué sabes hacer.

Uhm. De acuerdo. Vamos a ver. Me asomo a la ventana que da sobre los pasillos de los blancos y adopto la posición que he visto en las películas: de perfil, el brazo estirado hacia un lado, el rostro inclinado sobre el hombro. Medio tiradora, medio esgrimista. Elegante. Me gusta. Disparo, y el mundo se divide en dos: dentro de mí, un terremoto de 7 grados en la escala de Richter acaba de convertir mi brazo derecho en gelatina; afuera, parece que no sucedió absolutamente nada.

—¡Maldita sea! —protesto, mientras me masajeo el codo.

—La próxima vez me pongo delante del blanco; parece que es el lugar más seguro —bromea Riccardo, fingiendo escudriñar el horizonte para identificar el lugar al que fue a dar el proyectil.

—Por todos los cielos, Sarca, ¿qué está haciendo? —dice desde el pasillo una voz que reconozco.

12

Nunca es el mayordomo

—¿Comisario Berganza? —exclamo—. ¿Qué hace usted aquí?
—De veras. Me parece como si yo lo hubiese invocado. Probablemente no se equivocaba del todo cuando insinuaba que yo poseía una especie de poder mágico.

—Sarca, la primera regla: cuando una persona se pone a hablar con alguien entre un tiro y otro, se mueve la cabeza pero no el arma. Si no, se corre el riesgo de acabar hablando con un cadáver. —Berganza camina los dos pasos que le permiten llegar hasta mí y desviar el cañón de mi pistola.

—Ups —comento. Desde el pasillo, el oficial nos observa, pero no se acerca. Probablemente conoce al comisario y sabe que puede estar tranquilo. Tampoco Riccardo se acerca, aunque nos está observando lleno de curiosidad. Además, desde la garita se asoma el rostro de Petrini, que me saluda agitando la mano.

—El muchacho necesitaba hacer un poco de ejercicio —explica Berganza en respuesta a mi pregunta, al tiempo que señala a Petrini con el pulgar.

Tierno. El tosco veterano acompaña al campo al más joven de la camada para que se entrene en el tiro al blanco. Casi podría llorar.

—Pero... ¿y usted? ¿Qué diablos anda haciendo por aquí?

—Fue idea suya —digo mientras señalo a Riccardo—. Pero, en honor a la verdad, me gustó mucho.

Berganza se vuelve y Riccardo avanza a su encuentro para saludarlo de mano.

—Vani, no sabía que conocieras a un comisario de policía —exclama.

—Sarca, no sabía que conociera a Riccardo Randi —dice Berganza a su vez. Basta una ligerísima inflexión de su voz para que, detrás de sus palabras, yo perciba todo un mundo de conjeturas y deducciones. «Si la escritora fantasma conoce al escritor más célebre de su editorial, se me hace que es porque el escritor más célebre *recurrió* a la escritora fantasma». Apuesto a que es esto sin duda lo que está pensando Berganza. Y en efecto, en lugar de una mirada neutra, la mirada que le dirige a Riccardo es una de esas miradas socarronas, con los párpados entrecerrados, que descubrí que esboza cuando intuye algo.

Este hombre es realmente un policía sorprendente.

—Es la primera vez —explica Riccardo mientras tanto, como si pretendiera justificarse.

—Me parece evidente —suspira Berganza. Al policía sorprendente no se le pasó que mi blanco sigue intacto. ¡Uff!

—No, a lo que me refiero es que se trata de la primera vez que salimos juntos, como pareja, y yo quería que fuese un tanto original —especifica Riccardo—. Si conoce a Vani, sabrá que no está acostumbrada a las citas tradicionales. —Yo le echo una mirada asesina desde detrás de Berganza, pero él parece no prestarme atención. ¿Qué diablos es esta moda de despepitarle mis asuntos sentimentales al comisario? Ayer fue Enrico; ahora es Riccardo.

Berganza se vuelve apenas hacia mí y adopta de nuevo esa expresión tan suya de entrecerrar los ojos.

—¿De manera que era usted el famoso pretendiente que, según el licenciado Fuschi...? Bueno, al parecer, las cosas evolucionaron muy de prisa.

Siento una irrefrenable necesidad de morirme. Quién sabe si una pistola de aire comprimido sea suficiente para dispararse en la sien.

Señalo perezosamente a Riccardo.

—Como podrá ver, se tomó muy al pie de la letra la intención de dar en el blanco. —Y en el acto elimino la frase «hacer un comentario estúpido» de la lista de cosas por hacer cuando me siento a disgusto.

Berganza sonríe. Muy sutilmente, como es su costumbre, pero yo noto que sonríe.

—Lo que es cierto es que con estas ventosas no van a conseguir nada. —Suspira. Le hace una señal al oficial, como para asegurarse de que cuenta con su permiso, y prosigue—: Vengan conmigo. Si se hace algo, es necesario hacerlo a conciencia.

—Ésta es una Beretta 92FS, y es el arma oficial de la policía nacional —me explica en este momento la voz del comisario, que me llega apagada y opaca a través de las orejeras que me protegen del ruido—. Se sostiene así. —Sus manos presionan con fuerza las mías y las obliga a tomar la empuñadura de la pistola. Después me asestan dos golpes sobre los hombros para posicionarme correctamente frente al blanco. O por lo menos *yo creo* estar frente al blanco, puesto que en este momento nos encontramos en el *stand* de las armas de mayor calibre y el panel al cual tendría que disparar se encuentra no a diez metros, como esperaba, sino a veinticinco. Es decir, para mí, prácticamente en China. Me sorprendo de que la superficie terrestre no me lo oculte, de tan lejano como me parece. —El pulgar contra el pulgar, la culata bien apoyada en el músculo, una mano empuja y la otra jala. ¿Entendido? De esta manera, evita el juego del arma en horizontal y puede aguantar el impacto. La posición que adoptó antes, con el brazo alargado lateralmente, es la de los profesionales; sin embargo, desafío a cualquiera a soportar con el brazo estirado el culatazo de una pistola que pesa un kilo.

En efecto, me parece que el monstruo de fierro que tengo entre las manos pesa lo mismo que un tonel.

—Okey, ¿está lista? ¡Dispare! —Berganza, Riccardo y Petrini apenas tienen tiempo de llevarse las manos a las orejas cuando yo ya estoy presionando el gatillo y, a continuación, siento que me avientan hacia atrás.

—¡Dios! —exclama Riccardo.

—Me parece que estuvo mucho mejor —comenta Berganza, mientras localiza algo muy parecido a un destrozo en el borde exterior del blanco.

Me siento un poco desilusionada de mi puntería, pero tan emocionada como una colegiala. Si sucediera que Enrico me pusiera alguna vez a escribir una novela policiaca, como yo me esperaba ayer, durante el interrogatorio, sabría exactamente qué efecto causa disparar con una Beretta 92FS.

—¿Puedo volver a intentarlo?

Berganza niega con un movimiento de cabeza.

—Por desgracia, no es posible: este emplazamiento está reservado para alguien más. El oficial es mi amigo, y sólo nos concedió un minuto por pura cortesía.

Me quita la pistola de las manos y la desmonta con suma experiencia.

Todos juntos, Berganza y yo al frente y Riccardo y Petrini detrás, recorremos el pasillo de regreso.

Yo miro con el rabillo del ojo al comisario.

Me imagino que bien podría preguntarle cómo avanza la investigación. Es decir, no es que me interese gran cosa, que quede claro. Si a Bianca la mandaron a entrevistarse personalmente con sus angelitos por deseos de un sobrinito ansioso por recibir su herencia, es problema suyo. Sin considerar que Berganza tendrá seguramente algunas normas de discreción que debe respetar y resultaría en verdad molesto mostrarme curiosa para luego provocar que me consideren y me traten como a una metiche. A pesar de todo…

—Hoy por la mañana tuvimos que acorralar a la secretaria —dice espontáneamente el comisario, mientras camina a mi lado.

Oh. *Oh.*

—¿A Eleonora? ¿Habla en serio?

Oigo a Riccardo y a Petrini, que avanzan trotando detrás de nosotros. Me da la impresión de que Berganza apresura el paso y baja la voz.

—Lo hicimos por el mismo motivo por el cual la interrogamos a usted, Sarca. Probables rencores o resentimientos, envidias, deseos de venganza. O quizá algo más trivial, malversación de fondos u otras cuestiones relativas al dinero.

Yo frunzo el ceño.

Berganza se da cuenta de inmediato de que fruncí el ceño.

—Piénselo y verá. Es imposible que Eleonora Mornaci no se diera cuenta, como en cambio sí lo hizo usted, de que en ese mensaje Bianca Cantavilla la tuteaba, en lugar de hablarle de usted, ¿no le parece? Y sin embargo, a nosotros, cuando hablamos con ella por primera vez, no nos dijo nada al respecto. ¿No le parece sospechoso?

Yo me muerdo el labio inferior.

—… Así que no le parece sospechoso. ¿Por qué?

—No se lo puedo decir.

—¿Por qué no me lo puede decir?

—Porque le parecería una sabihondilla prejuiciosa.

—Sarca, usted me sometió a unos escrupulosos rayos X durante por lo menos las tres primeras horas después de presentarnos. ¿No le parece que es un poco tarde para venir ahora con estos escrúpulos?

Touché!

—De acuerdo —suspiro—. Puedo contemplar la hipótesis de que Eleonora efectivamente se diera cuenta del tuteo pero que, no obstante, en lugar de reconocerlo como algo muy extraño digno de señalarlo a los investigadores, en su corazón, el júbilo por haber sido bendecida por tanta confianza de parte de su diosa obnubilara cualquier consideración lúcida y objetiva al respecto.

—No es un comportamiento muy inteligente, ¿no le parece?

—De hecho, yo no considero a Eleonora Mornaci particularmente inteligente. Y por favor, ¡no me mire de ese modo! Usted mismo dijo que podía dejar a un lado esta clase de escrúpulos. —Sólo estoy siendo sincera. En mi personal concepción del mundo, cualquiera es más inteligente que alguien que consagró su propia vida a servirle conscientemente de esclava a una estafadora. (A menos que Bianca le pague una fortuna. Porque si Bianca le paga una fortuna, yo estoy dispuesta a reconsiderar mi posición respecto a Culo de Tweed. Sin embargo, a juzgar por cómo se viste, probablemente le basta recibir cada dos meses una palmadita en la cabeza y un bono para el mercadito de segunda mano)—. No obstante, incluso suponiendo que Eleonora sea más lista de lo que yo la considero, si hubiese estado involucrada en el secuestro, ¿no cree usted que habría puesto más atención en escribir un mensaje lo más creíble posible?

—¡Magnífica consideración! Por otra parte, si Eleonora Mornaci hubiese estado involucrada en el secuestro y se le hubiese escapado (o hubiese dejado que se le escapase a algún cómplice) un error de tales dimensiones, ¿no cree que luego habría tenido cuidado de hacer que pasara inadvertido?

Reflexiono.

Y no resisto la tentación.

—De manera que la interrogaron, pues. ¿Y descubrieron…?

—Ah, qué diablos. Es cierto que nunca me interesa nada, pero fue él quien comenzó y, por si fuera poco, esta investigación me concierne también a mí y, además, Bianca me cae tan mal que si resulta que la torturaron casi podría querer saberlo. De modo que sí, esta vez, de manera excepcional, puedo permitirme ser curiosa.

El comisario Berganza sacude la cabeza.

—Todavía no hemos descubierto nada, pero estamos analizando atentamente sus cuentas y su vida. El problema es que el tiempo apremia, yo tengo pocos hombres y, a pesar de todo, mucho me temo que estas investigaciones sólo nos conducirán a un callejón sin salida.

—Y entonces ¿por qué no las interrumpe y mejor emplea sus recursos en cualquier otra dirección? —le pregunto. Inconscientemente, también yo comencé a bajar cada vez más la voz.

—Lo haría con gusto… si tuviera la razonable certeza de que sólo estoy perdiendo el tiempo. Pero, naturalmente, nadie puede entrar en la cabeza de Eleonora Mornaci ni de nadie más. ¿No es cierto?

Dicho esto, voltea para mirarme a los ojos.

En silencio.

En otras palabras, Berganza me está lanzando una larga mirada insistente, y por fin entiendo el porqué.

—Comisario, estoy segura de que su inglés es muy bueno y que no está confundiendo el término *ghostwriter* con el término *profiler*, ¿está de acuerdo?

—Sutilezas terminológicas. Adelante, Sarca, ya comenzó a hacerlo tan bien. Sea gentil conmigo y agradézcame la lección de tiro. Haga usted lo que mejor sabe hacer. Métase en la cabeza de los demás. Ése es su oficio. ¿Me equivoco?

¿Debo tomarlo como un *desafío*?

—Oiga. Yo no me meto «en la cabeza de los demás», ni hago otras graciosas estupideces de las que se leen en las novelas policiacas que tanto nos gustan a ambos. Yo escribo. Como le decía ayer, pienso en lo que escribiría un autor y lo escribo yo; eso es todo, fin de la historia. Así que, a menos que Eleonora Mornaci tenga que entregar a la imprenta un libro titulado *La noche que secuestré a mi jefa* o bien *Autobiografía de una inocente*, yo no tengo ningún tipo de autoridad para…

—¿Se da cuenta? Sutilezas, Sarca.

Pausa.

—No se sienta súper responsable —agrega—. Es claro que nos corresponde sólo a nosotros decidir si suspendemos o proseguimos estas investigaciones. Lo único que quisiera saber es: si usted fuese Eleonora Mornaci, ¿podría ser la persona que ordenó el secuestro de la señora Cantavilla, y por qué?

En este momento hemos llegado al final del pasillo. En teoría, aquí tendríamos que separarnos: Riccardo y yo deberíamos regresar a seguir matando el tiempo (o a los ocupantes del emplazamiento adyacente) en el *stand* para las armas de aire comprimido; Berganza y Petrini, a su vez, tendrían que volver a la comisaría. De manera que nos detenemos. Riccardo y Petrini se aproximan hasta nosotros y, puesto que al parecer Berganza está empeñado en mantener como privada nuestra conversación, si quiero darle gusto, será mejor que me dé prisa.

Pienso en Culo de Tweed.

Me concentro en las imágenes que tengo de ella.

Esa ropa tan deprimente, de tienditas de permanentes descuentos. Esos colores neutros de alguien que se reconoce en la invisibilidad, en la transparencia. Un vidrio límpido que le permite a la imagen de Bianca resplandecer a través de él: he aquí lo que es Eleonora Mornaci, además de una pésima modelo de pasarela de insípidas faldas de *tweed*. La voz monótona y aséptica de quien le deja a los demás la tarea de reanimar los corazones con sus propias palabras. Con esa presencia muda y solícita, incluso en domingo. La anulación de su propia personalidad y sus exigencias privadas en nombre del impecable éxito de las actividades de Bianca. El relámpago de una mal disimulada preocupación cuando le confirmé por teléfono que contactar a Bianca me estaba resultando imposible.

—De acuerdo, esto es lo que pienso —le suelto al comisario—: Cuando alguien es devoto, como lo es Eleonora, sólo existen dos posibilidades. Una, sin duda, es a la cual le están apostando ustedes, es decir, que, por alguna razón, incubara con paciencia su propio odio hacia Bianca en espera del momento oportuno para cobrárselas todas de un solo golpe. El móvil más probable es que, después de años y años de fiel servicio, Bianca le jugara una mala pasada, o pronunciara una frase que la hirió, o que dejara entrever una escasa estima hacia ella... La confiada asistente, que le dedicó a Bianca toda su vida, pudo haberse sentido de tal modo traicionada que debió de empezar a considerar cómo cobrar venganza. Y ese día probablemente llegó: Eleonora pudo encargar a una persona de mala reputación el secuestro de Bianca, y tal vez en este preciso momento está disfrutando de su propia revancha.

Mientras tanto, Riccardo y Petrini se detienen a un lado de nosotros y nos escuchan con perplejidad. ¡Adiós privacidad! Pero no tiene importancia. Tanto Berganza como yo estamos tan absortos en la visualización de lo que estoy diciendo que nos importa un cacahuate lo que pueda pensar el público.

—Sin embargo, en este caso particular, no será precisamente siguiendo el móvil del dinero como lograrán incriminarla. A Eleonora el dinero la tiene sin cuidado. Con él no tiene nada que hacer: cualquier mujer se pondría a renovar su guardarropa, si no por otra razón, cuando menos con la excusa de ser la asistente de una señora tan elegante como Bianca que, en consecuencia, no puede verse menos bien. Eleonora, en cambio, parece insensible a cualquier elogio material. Si en verdad es ella la persona que ordenó el secuestro de Bianca, no actuó por el dinero, sino por venganza, por pura satisfacción personal. Por el simple gusto de relegar a Bianca a la impotencia. Así que síganla, registren sus llamadas telefónicas: si es ella la autora intelectual, tarde o temprano querrá ir a ver personalmente cómo sufre Bianca, o al menos querrá escuchar de voz del guardián de Bianca la descripción de las penas por las que está atravesando.

Berganza me observa y asiente con un gesto casi imperceptible.

—Tiene sentido —murmura—. ¿Y en cuanto a la segunda posibilidad?

Suspiro.

—La segunda posibilidad, señor comisario, es que Eleonora Mornaci sea exactamente lo que parece. Es decir, completa e incondicionalmente una devota de Bianca. Una criatura insignificante y consciente de que lo es, muy contenta de brillar con el reflejo de la luz que le llega de la cercanía de su diosa, porque sabe que constituye su única posibilidad para estar muy cerca del sol.

—Y usted, Sarca, piensa que sea esto último, ¿no es verdad?

Yo asiento, casi con amargura.

—Así es, comisario. Me duele decirlo, porque sería bueno que Eleonora fuese la culpable. ¿No cree? Una cosa sencilla, lineal, tendría una lógica elegante. Sin embargo…, yo vi de qué manera miraba a Bianca, escuché su vocecita metálica mientras hacía una pausa demasiado evidente al hablar de su desaparición… —Sacudo la cabeza—. No podría argumentárselo de mejor manera, lo lamento, pero no, realmente no creo que sea Eleonora, de igual modo que usted ayer en la noche estaba convencido de que no podía ser yo. Y además, comisario…, como sus novelas policiacas enseñan…

Mientras Riccardo y Petrini siguen observándonos en silencio, resignados a no entender todo aquello de lo que discutimos, el comisario Berganza y yo dejamos escapar una simultánea sonrisa de entendimiento. Capta exactamente hacia dónde quiero ir.

—… El culpable nunca es el mayordomo —concluye por mí.

13

La vida en rosa

—¿Qué era toda esa escena extraña de hoy entre tú y el comisario? —me pregunta Ricardo por la noche de manera casual.

Estamos en la cocina, en *déshabillé*, él con una camiseta que tiene las costuras al revés, yo con la camisa que hasta hace una hora y media traía él. Volverse amantes significa convertirse ocasionalmente en unos extravagantes maniquíes surrealistas. En mi caso personal, significa sobre todo ponerme un artículo de vestir de color azul pastel por primera vez desde que iba en el último año de la escuela primaria. Esto es algo que no permitiría que sucediera si no fuera porque los pros son claramente superiores a los contras. Pero, como quiera que sea, después de un rato es necesario volver a vestirse y también alimentarse.

De hecho, ahora mismo preparo la mesa, mientras Riccardo, bajo la luz íntima de los foquitos de la cocina, programa el *timer* del horno de microondas. De cuando en cuando, lo sigo con el rabillo del ojo. Todavía no acabo de acostumbrarme a las novedades. Después de todo, es comprensible: en el fondo no han pasado ni siquiera veinticuatro horas. La cuestión es que, conociéndome como me conozco, podrían no ser suficientes ni siquiera veinticuatro mil. Si acaso, me estoy acostumbrando al hecho de que no logro acostumbrarme. Solución: dejo de pensar en todo esto y me concentro en los músculos de la espalda de Riccardo, que se mueven con gracia por debajo de su camiseta (el microondas se encuentra en un estante muy alto, así que debe levantar los brazos, lo cual será incómodo para él, pero para mí que lo observo está muy bien y funciona de maravilla para distraerme de mis crisis existenciales).

Riccardo cocina igual que yo, es decir, del carajo, pero me explicó que una providencial sirvienta peruana de nombre Rosa lo reabastece cada santo día de platillos suculentos. Rosa pone encima de cada platillo un *post-it* con las instrucciones acerca de cuántos minutos debe ponerlo en el microondas para calentarlo. Ella tiene una caligrafía muy clara y bien cuidada, como la de alguien que no tiene muchas oportunidades de escribir desde que terminó la escuela elemental. El *post-it* verde de hoy, colocado sobre dos raciones de lasaña, indica «2 minutos con el programa 3» y si yo no fuese la maldita *meimportaunacarajo* que todos sabemos, me despertaría algo semejante a la ternura. Simplemente me limito a imaginarme a Rosa cuidando atentamente que la vida de su fascinante empleador se desarrolle sin complicaciones. Me imagino a Riccardo tratándola con afecto, tal vez incluso bromeando con ella, y recurriendo a su famosa habilidad hacia el sexo débil para hacerla sentir en las nubes.

—Vani, ¿me estás oyendo?

—¿Perdón? —digo apenada—. No, pensaba en Rosa.

Riccardo voltea.

—¿Cómo puedes estar pensando en Rosa si ni siquiera la conoces?

—¿Tú bromeas de vez en cuando con Rosa?

—Por supuesto. Todas las veces que cocina algo particularmente sabroso; cada vez que me limpia a conciencia el baño o cosas así, yo finjo que estoy perdidamente enamorado de ella. Me pongo de rodillas frente a ella en medio del pasillo y le imploro: «¡Escápese conmigo, Rosa! ¡Verá que su marido entenderá!». Ella se ríe que da gusto. ¿Por qué me lo preguntas?

—Simple curiosidad. —Sonrío para mis adentros.

La casa de Riccardo me causa el mismo efecto que me causó entrar la primera vez a la página web de Bianca. Es tan impecable, tan perfecta para su función, que casi provoca fastidio. No es demasiado grande, porque para un tipo afortunado como un joven profesor asociado que se ha convertido por accidente en un gran escritor sería imperdonable presumir un departamento enorme o un ático con vista hacia la Mole. No es demasiado chic, por el mismo motivo. Tampoco se encuentra en una zona a la última moda, suponiendo que Turín, con su aire majestuoso y reservado, tenga de veras alguna zona «a la última moda». No obstante, se ubica en un hermoso barrio de época, tiene una vista bastante buena desde el tercer piso, es espaciosa y, si se excluye la pirámide de ropa en desorden que yace en este momento en la habitación contigua, lejos de nuestros ojos, está decorada con la sobriedad apropiada para un hombre joven que vive solo.

Pero, claro, es cierto que para encontrar un espacio donde estacionarse fue necesario dar ocho vueltas a las manzanas de alrededor, pero ¡qué importa! Así es la metrópoli, *baby*.

—No, te estaba preguntando qué era todo ese teatrito de hoy en la tarde con el comisario… Berganza. ¿Así se llama? Parecía como si le estuvieras dando toda una consul… ¡Ah! —Parece que se quemó—. Hazme un espacio, ¡está hirviendo!

—Ponlo aquí —improviso, moviendo de lugar dos vasos.

Riccardo deja el recipiente caliente como si éste hubiese intentado matarlo. Yo finjo un estremecimiento de emoción.

—¡Cielos, qué sexi: un hombre que coquetea con el peligro!

Riccardo me hace una mueca, pero aprovecha la ocasión para darme un beso ni muy rápido ni tampoco muy casto.

—Qué simpática. Fíjate que está científicamente comprobado que los hombres que saben cocinar resultan afeminados y poco atractivos.

—¿Cómo, cómo? ¿Estás seguro de que conoces tanto a las mujeres como presumes? Al contrario: saber cocinar te hace un macho alfa, en consecuencia, te vuelve independiente y destinado a la sobrevivencia. Las mujeres se vuelven locas con hombres así. ¡Dios, realmente tienes mucha suerte de que sea yo quien te va a escribir ese artículo para esa revista femenina!

Riccardo titubea. Se pasa una mano entre el cabello y se lo masajea.

—A propósito de eso… Sabes, Vani, para ser sincero, me siento un poquitín culpable de que lo tengas que escribir tú. Lo que quiero decir es esto: fui yo quien le dijo a Enrico que no me interesaba para nada y que me liberara de esa molestia, pero ahora me fastidia que tú tengas que perder el tiempo por una cosa para la cual, honestamente, bien podría encontrar yo un poco de tiempo.

Yo ya me serví y ahora estoy masticando.

—No digas tonterías —refunfuño—. Incluso existe un contrato ya, y yo no puedo cobrar por algo que acabarás haciendo tú. Si de veras quieres ayudarme, podemos escoger juntos el tema del artículo.

Riccardo se detiene con el tenedor en el aire.

—¡Espera un momento! —Se levanta y regresa después de dos segundos, proclamando—: *Et voilá!* Para la inspiración. —Tiene en la mano precisamente un ejemplar atrasado de *XX Generation*, la revista para cuya edición especial tendrá que, mejor dicho, tendré que escribir el artículo.

—¿Me estás tomando el pelo? Tú tienes en tu casa revistas femeninas y me vienes con la estupidez de que cocinar es muy poco viril, ¿no? Oh, claro, ¡qué tonta! No es tuya. Seguramente la habrá traído alguna de tus alumnas y la habrá hojeado, probablemente sosteniéndola al revés, mientras esperaba en el sillón a que tú salieras de la regadera.

—Es de Rosa —dice titubeante Riccardo. Claro, y yo le creo. Rosa cuando mucho podrá mirar las imágenes de una revista para prometedoras mujeres metropolitanas como *XX Generation*. Y ya ni hablar de que las entiende todas, puesto que con frecuencia tienen ese corte sofisticado que logra darle incluso a un reportaje de moda una muestra de arte abstracto en blanco y negro. Sin embargo, tomaré como buena la intención de mi neonovio de no perturbarme con los Fantasmas de sus Relaciones Pasadas y no insistiré.

—De acuerdo, entonces documentémonos —digo. Coloco la revista entre nuestros dos platos y la abro en la página del índice. Con el pretexto de que la veamos bien los dos, recorriéndome a todo lo largo del borde de la mesa, acerco mi silla a la silla de Riccardo y Riccardo acerca la suya a la mía, hasta que su pierna izquierda se adhiere perfectamente a mi pierna derecha. Es evidente que estamos en el pleno corazón de ese patético reflujo de adolescencia en el que cualquier excusa es buena para mantener el contacto físico. Dios mío, tengo que hablar a como dé lugar con Morgana. Tengo que prevenirla de que, si piensa que le basta con mantenerse inflexible durante cuatro o cinco años más para luego poder declararse fuera de peligro, hum, se equivoca rotundamente. La adolescencia es una maldita enfermedad crónica y, cuanto más grande eres, tanto más devastadoras son las reincidencias, hasta que finalmente nos morimos aplastados por el sentido del ridículo.

Eso no impide que el contacto con la pierna de Riccardo sea extremadamente placentero.

—Aquí está la sección en la que aparecerá tu artículo: *Hombres que aman a las mujeres*.

Riccardo se percata del rapidísimo gesto de exasperación que se me ha instalado en el rostro y ríe socarronamente. Nada: no hay alusión a Millennium que no me encabrone instintivamente. Discúlpame, Stieg, no es nada personal.

—Cada semana invitan a un hombre distinto a escribir un artículo acerca de su relación con el mundo femenino —continúo—. En este número el artículo es de…, ah, sí: del ganador del premio de la crítica en el último Festival de Sanremo. El prototipo de hombre que les gusta a las lectoras de esta revista: culto, fascinante, popular pero al mismo tiempo apreciado por el estrato más intelectual. ¿No te recuerda a alguien?

Riccardo le da vuelta a la página, recorriendo rápidamente con los ojos todo el artículo.

—«El elogio de la madre, figura fuerte y al mismo tiempo acogedora… Algunas reflexiones acerca del papel todavía desconocido de las mujeres en la sociedad»… ¡Dios, qué aburrimiento! Esta cosa transpira lambisconería en cada coma.

—No te hagas el que no sabe cómo funciona el *show business*. Si alguien te invita a escribir en una publicación como ésta, no te puedes poner a escupir en el plato del que comes.

Sin embargo, a Riccardo le ha dado por seguir hojeando con desaprobación todo el número.

—¿Quién escupe? No soy ningún estúpido. Lo único que digo es que esto es ridículo. Pero ¿tú te das cuenta de qué está hecha esta revista? —Se detiene al azar sobre una página cualquiera—. Aquí: la receta de un pastel de alta repostería: «Para hacer de ti la reina de la cocina». *La reina de la cocina,* ¿te das cuenta? A pocas páginas de distancia de…, aquí está: un reportaje sobre un empresario que antes de los cuarenta años llegó a ser el jefe de una multinacional de la informática. ¿Cómo es posible que las dos cosas estén en la misma revista? O ésta… —Hojea velozmente las páginas que se atropellan entre sí bajo sus dedos irrespetuosos. Lo divertido del caso es que podría hojearlas mucho más de prisa si se ayudara con la mano izquierda, sólo que la mantiene apoyada en mi pierna y parece no encontrar ninguna razón lo suficientemente válida como para moverla. Finalmente se detiene en un artículo—: Entrevista con la periodista francesa que acaba de publicar un libro acerca de aceptarte tal como eres, independientemente de los cánones estéticos dominantes, del peso, de las modas y de todo lo demás. Es de notar que la periodista en cuestión es guapísima, y si tiene algunos kilitos de más al parecer se han distribuido todos en el escote. Y después, como si este artículo no fuese ya una contradicción en sí mismo, ¿qué tenemos algunas páginas más adelante? Un reportaje fotográfico cuya protagonista es una modelo de dieciséis años con cuarenta kilos de peso. ¿Te das cuenta qué sarta de incoherencias?

Un nuevo remolino de páginas coloridas como las alas de un colibrí. Yo no consigo entender si Riccardo está explorando la revista al azar, interceptando de pura casualidad artículos que empatan con todo lo que quiere demostrar, o si se guía con conocimiento de causa porque en realidad ya la leyó antes. Si es así, debo absolutamente recordar burlarme de él más tarde.

—¡Aquí está! Ésta es mi favorita. Tú escucha nada más —continúa—. «Reportaje acerca de la explotación de las mujeres en el Cuerno de África», ¿okey? Toda una historia súper documentada sobre la mujer que llevó agua y organizó a sus compañeras en una suerte de sindicato rudimentario. Un artículo digno de respeto, ¿cierto? Y sin embargo, el reportaje central, el que merece ser citado en la portada, tiene como título *Diez maneras para conquistar a Iron Man. Cómo cambiar a un soltero empedernido sin que se dé cuenta.* ¿Entiendes lo que quiero decir? —Sacude la cabeza como un inspector de sanidad frente a un nido de cucarachas—. Es una tomadura de pelo. Toda esta cubierta para fingir que son modernas y emancipadas y al final, en cuanto vas un poco más a fondo, resulta que emerge el cliché más antiguo del mundo: la mujer frívola y superficial que sólo se interesa en la casa, en la estética, y sobre todo en los asuntos del corazón.

Sonrío. Con la mejilla apoyada en la mano, observo a Riccardo al igual que un entomólogo examinaría a una extraña variedad de escarabajos de Borneo.

—¡Fíjate tú, qué interesante! No me había dado cuenta de que acabo de involucrarme con *monsieur* Chauvin. ¿Sabes una cosa? *En serio* que tienes suerte de que sea yo quien te escriba el artículo.

—¡Atrévete a demostrarme que no tengo razón!

—No, no, explícame. —Me volteo para mirarlo mejor a la cara y, para facilitar el asunto ya que estamos en éstas, levanto las piernas y se las apoyo sobre las rodillas. Al parecer no le disgusta—. ¿Por qué te resulta tan imposible que a las lectoras les interese realmente a la vez la moda primavera-verano y, por ejemplo, la batalla por la igualdad de oportunidades en el Magreb, o el estado de la desescolarización de los niños chinos? Ustedes los hombres son capaces de atiborrar un periódico tanto de elevadas disquisiciones políticas como de interminables parloteos sobre el último partido de futbol.

—La razón es muy simpl... A ver, a ver: ¿lo que tú quieres es hacerme creer que compartes el punto de vista de esta gente? ¿Precisamente tú? ¿La reina de las contestatarias?

—Yo no comparto el punto de vista de nadie. Ten cuidado con las palabras. No obstante, como sabes, yo *procuro entender*. A diferencia de ti, que no eres más que un fanfarrón y un pedante.

—Adoro los adjetivos deliciosos que encuentras para mí, mi vida. Hablo en serio. —Y hace bien en decirlo, porque ambos estamos conteniendo la risa—. Me gustaría saberlo: ¿realmente serías capaz de disculpar semejante abominación? Te reto.

Suspiro. Es increíble lo que estoy oyendo: últimamente, parece que la gente no hace otra cosa que no sea desafiarme y poner a prueba mi manera de razonar. Mantegna, Morgana, Berganza y, ahora, también Riccardo. Parece que todos están confabulados. Tal vez la CIA me implantó en secreto un chip en el cerebro, y todos ellos son agentes secretos encargados de verificar si mis capacidades intelectuales se desarrollan conforme a sus planes.

Por otro lado, si es esto lo que quiere el mundo, ¿quién soy yo para sustraerme a tales deseos? De acuerdo, pues: divirtámonos. Otra ventaja colateral de la nueva situación: tener a disposición un compañero literato con el cual lanzarse en un brillante debate intelectual. Parece que esta cuestión de andar de novios no cesa de revelar algunos aspectos positivos. Y hay que tener paciencia si esta cocina está empezando a parecerse al círculo de Bloomsbury.

—De acuerdo. Sólo para empezar, he de confesar que yo, estas abominaciones, como las llamas tú, las encuentro... apreciables. Más todavía, me parecen incluso notables, desde un punto de vista profesional. Puesto que, como me dispongo a demostrarte, son pequeñas obras maestras literarias dignas de todo respeto.

Y antes de que Riccardo pueda expresar con palabras el «lo dices sólo para escandalizarme» que le está iluminando el rostro poco a poco, me inclino hacia la revista. (Resulta incómodo hacerlo, sin levantar las piernas de las rodillas de Riccardo, pero él, sólo para no dejar lugar a dudas, las mantiene inmóviles con las manos, como para enfatizar que mis muslos le gustan allí donde se encuentran. Así que bien puedo hacer un pequeño sacrificio).

Busco la página donde aparece el reportaje sobre la mujer empresaria.

—Por ejemplo: éste no es un simple y llano artículo acerca del éxito de una antigua *nerd*. Esto es... *La hoguera de las vanidades*. La épica llevada hasta el éxito de una mujer que se construyó a sí misma.

Riccardo me mira de igual modo que Champollion debe de haber mirado una pared de jeroglíficos por primera vez en su vida.

Hojeo una decena de páginas.

—Y esto es *La cabaña del tío Tom* —digo retomando el reportaje acerca de la explotación de las mujeres en África—. En tres cómodas páginas, dos fotos y una caja.

—Uhm —dice Riccardo. Champollion sigue sin tener la menor idea de qué demonios significan todos esos hombrecitos estilizados de perfil, pero por lo menos se está abriendo a la hipótesis de que algo deben de significar.

Sigo hojeando y encuentro ahora la entrevista con la periodista francesa. En este momento ya estoy en marcha, las asociaciones me vienen a la mente en una avalancha sin fin.

—Aquí tenemos *Orgullo y prejuicio*: la aparente privilegiada que sirve de vehículo de un mensaje universal de liberación. El reportaje sobre los pequeños trucos para domesticar a Iron Man... *La fierecilla domada*, por dar un ejemplo. Y las recetas de cocina: *El festín de Babette*, o sea, cómo el arte culinario puede hacer de ustedes unos pequeños dioses que cuidan de la casa y traen la alegría a la familia. Gran final: el reportaje de moda. En suma, éste es el más sencillo de todos. Te apuesto a que lo descubres tú solo.

Riccardo frunce el ceño.

—¿Acaso existe una novela acerca de los vestidos ridículos que lleva puestos una escoba?

—¡No seas tonto! Existe una célebre historia acerca de cómo un hermoso vestido y un poco de tiempo para ti misma te transforman de humilde jovencita en toda una reina. Se llama *Cenicienta*.

Riccardo está valorando mi comentario (sin intenciones de quitarme las manos de las piernas. En lo que a mí concierne, puede seguir valorando todo lo que se le dé la gana).

—¿De manera que tú sostienes que detrás de cada uno de los artículos de esta revista existe un... un arquetipo literario? ¿Todo un modelo de narrativa? ¿Y que además está hecho *a propósito*?

—Exactamente. ¿No te parecen inteligentes las redactoras? Saben que a sus lectoras les gustan las novelas, así que les ofrecen novelas. Cuentan lo que tienen que contar como si estuviesen escribiendo una pequeña obra literaria. Por lo demás, ya lo dicen las estadísticas: las mujeres leen mucho más que los hombres y, sobre todo, leen claramente más narrativa; en consecuencia, estas revistas saben que, para que resulte más apasionante cualquier clase de mensaje, pueden hablar ese particular lenguaje. Y dado que de esta manera alimentan el hambre de novelas de las lectoras, que cuantas más leen tantas más quieren leer, resulta que quienes salen ganando son las personas como tú, querido, que viven de escribir novelas. De ahí entonces que yo sostenga que tendrías que apreciarlo, e incluso agradecerlo, diría yo.

Champollion permanece un momento en silencio frente a la estela Roseta ahora ya descifrada.

—Puede que en el fondo no te falte razón —admite (con cierta reserva).

Yo sonrío. La estimulante discusión intelectual entre literatos puede declararse oficialmente concluida.

—Sin embargo, a final de cuentas, ya sabes, es muy distinto el motivo por el cual no tengo ganas de darle cuerda a tus invectivas, mi muy estimado Catón el Censor. —Me encojo de hombros—. Ahora me conoces. Sabes que nunca compro revistas de esta clase, que no digo «nosotras las mujeres», que no me interesa un comino defender esa categoría. Pero, ¿sabes...? No soporto que alguien se atreva a dictar leyes acerca de cómo habría que vivir. Nunca en la vida he soportado que lo hicieran conmigo, así que no lo soporto tampoco cuando veo que les sucede a los demás. Tal vez tienes parte de razón, pero... es superior a mí. Una mujer como Rosa, dado que estamos fingiendo que esta revista es de Rosa, o como quién sabe cuántas otras, tiene ganas de leerse tranquilamente su revista medio seria, medio frívola, arrellanándose en el sillón al final de una semana de tanto ajetreo. Bueno, pues que lo haga sin tener que rendirle cuentas a nadie. Y sobre todo no a un fulano despeinado que se pone una camiseta al revés.

Riccardo estalla en una sonora carcajada. No me lo imaginaba tan deportivo.

Nos miramos en paz.

—Ya está decidido. Tu artículo, lo voy a escribir sobre Rosa —digo. Se me acaba de ocurrir justo en este momento, como una iluminación—. Voy a hablar de tu relación con ella, de esta sensible y dulce persona que se encarga de cuidarte y de cuidar tus cosas para que tú puedas ocuparte de las más importantes. Haré entender cuán agradecido estás con ella y todas las lectoras le dedicarán un pensamiento de afecto a través de ti. Esta vez será ella el personaje de una micronovela de tres páginas. ¿Qué te parece? Yo digo que se lo merece. Y si consigo escribirlo de manera suficientemente sobria y sencilla, tal vez podrá leerlo ella misma.

Un temblorcillo de las cejas de Riccardo me hace entender que la idea le gusta.

A continuación el temblorcillo ha desaparecido y Riccardo me mira fijamente, en silencio, durante una cantidad de segundos que muy pronto empieza a volverse extraña.

—¿Qué pasa? —titubeo. No me resulta para nada fácil sostener las miradas prolongadas. El instinto me diría que me vuelva a sentar correctamente, como Dios manda, y a lo mejor también que me coma la comida fría, con tal de hacer algo.

Sin embargo, Riccardo no me responde de inmediato. Sigue observándome. Y hay algo que me desarma, algo profundo, en esa manera como lo está haciendo. Hace unos instantes tenía en los ojos un centelleo divertido de alguien que sabe apreciar a un excelente *sparring partner* para un intercambio de impresiones brillante. Ahora es muy distinto. Sus manos siguen descansando sobre mis piernas, a su vez apoyadas en las suyas. De repente, una mano se mueve y me acaricia, pero no de ese modo gracioso como lo ha venido haciendo hasta hace unos instantes. No. Es una caricia real, un gesto lento y dulce, sorprendentemente afectuoso. Y quién sabe por qué, me causa escalofríos, como el tañido lejano de una campana de una iglesia que no sabías que existía.

—¿Sabes, Vani? —murmura finalmente—. Tú eres la mujer más indiferente y cínica que yo haya conocido en la vida.

—¿Debo tomarlo como un cumpli…?

—¡Déjame terminar, carajo! Por lo menos por esta vez que trato de decirte algo serio. —En efecto, parece realmente serio. Se pasa la mano por el cabello—. Así es. Tú eres así. Eres cáustica y sarcástica y lúcida y crítica y odias todo y a todos. Sin embargo, esta capacidad tuya de ensimismarte, de ver las cosas con los ojos de las otras personas, de interpretar el mundo desde adentro de sus cabezas… o de sus corazones; ésta que a ti bien puede parecerte una simple y llana habilidad profesional… se llama empatía, ¿sabes? Y tú puedes fingir con todas tus fuerzas que es todo lo contrario, pero la verdad es que hace de ti la persona más comprensiva, más tolerante, e incluso más clemente que yo haya conocido hasta ahora.

Ahora me pongo seria también yo, mientras observo a Riccardo, que a su vez me mira. Aun cuando quisiera contradecirlo, no sabría qué decir. Nunca me había pasado. No me había sucedido antes que alguien me dijera, en sustancia, que soy una persona buena.

Riccardo me sigue analizando en silencio durante algunos segundos; luego, perturbada, dejo que mis piernas resbalen y finjo que la comida me vuelve a interesar. Nos sentamos bien, nos disponemos a comer y, desde luego, en ese momento lo lamento profundamente por Rosa: la comida que tenemos en el plato está tan fría y correosa que da asco. Riccardo brama de disgusto, yo me sumo, y de nuevo vuelve a surgir la acostumbrada, la animosa atmósfera de siempre. No obstante, yo me acordaré siempre de la mirada dulce y profunda, casi melancólica, que mantuvo sobre mí por tan largo rato.

Sé que lo voy a recordar dentro de algunos días, y, aun cuando ahora no puedo saberlo todavía, entonces será demasiado tarde.

A eso de las diez y media de la mañana siguiente, Riccardo y yo despertamos a causa del zumbido de mi celular, en cuya pantallita aparece un luminoso número desconocido de Turín.

—¿Quién demonios es? —murmuro, aturdida por el sueño, puesto que Riccardo y yo nos dormimos apenas hace unas cuantas horas.

—¿No me diga que la estoy despertando? —farfulla el comisario Berganza. Oír su voz hosca y huraña en una habitación cuyo piso está tapizado de ropa desperdigada resulta realmente delirante, por decir lo menos—. Pues incluso en el caso de que así haya sido, reprima su odio, porque estoy a punto de decirle algo que le va a agradar.

—Para serle franca, Bianca siempre me cayó como una patada en los huevos; sin embargo, si la noticia es que encontraron su cuerpo, la verdad no me causa ningún plac…

—*No*, no hemos encontrado ningún cuerpo —refunfuña el comisario—. Se trata de algo que tiene que ver con su secretaria.

Intento sentarme con torpeza, mientras que Riccardo me da la espalda y sigue durmiendo.

—¿Finalmente se decidieron a dejarla en paz como les sugerí?

—Por supuesto que no. ¿Usted cree que soy estúpido, Sarca? ¿Abandonar una pista sólo porque alguien que escribe libros tiene el presentimiento de que no es la pista correcta? —Me dan ganas de echarme a reír—. No: más bien lo que hicimos fue seguir su otro consejo; es decir, intensificar su persecución e interceptar sus llamadas telefónicas.

—Supongo que esto los condujo al paradero de la secuestrada.

—No nos condujo a ninguna parte, Sarca. Pero a cambio de eso, husmeando por los alrededores de la casa de la señora Cantavilla, mis hombres acabaron descubriendo un lugar, escondido entre los árboles, al lado del sendero en el cual Bianca acostumbraba a ir a correr, cubierto de colillas de cigarros.

Yo levanto la cabeza.

—¡El lugar del acecho! El secuestrador se plantó allí a esperar a que Bianca pasara mientras hacía ejercicio.

—Exactamente —dice Berganza—. Pero eso no es todo. Vamos a ver si acierta. La desafío.

¡Sólo esto me faltaba! ¿Es el pasatiempo del día? Reflexiono un momento. Y a continuación digo:

—¿Cuántas dijo que eran las colillas?

Berganza prorrumpe en una breve carcajada complacida.

—Muchísimas. Por lo menos unas cuarenta. ¿Sabe lo que eso significa?

—Que el acecho duró un montón de tiempo… Yo diría que incluso días. —¿A quién se le ocurrió que una mañana sin un buen café no inspira a razonar? En una investigación sobre un secuestro funciona incluso mejor. Deberían hacer anuncios publicitarios sobre esto—. Es verosímil que el secuestrador esperara durante días a un lado del sendero, probablemente en horarios distintos, antes de que lograra interceptar a Bianca.

—Exactamente. Lo cual significa también que, si en todo esto hubiese estado involucrada la secretaria, el secuestrador no habría necesitado desperdiciar todo ese tiempo. A Eleonora Mornaci, quien está siempre al corriente de los compromisos de Bianca, le habría bastado con advertirle que se dirigiera a ese lugar en cuanto la señora Cantavilla hubiese salido de casa, en el momento justo. De manera que, Sarca, tenía usted toda la razón: la señorita Mornaci está descartada. No es ella la persona que ordenó el secuestro.

Hago un gesto silencioso de victoria.

—Me da mucho gusto, en especial, que usted lo sepa y disfrute de su pequeño triunfo. Que tenga un buen día, Sarca.

—Igualmente, comisario.

—¿Era ese amigo tuyo de la policía? —masculla Riccardo, que ya no estaba dormido en absoluto.

—El mismo. Quería decirme que soy un genio.

—No me vengas con ésas. Todo el mundo sabe que las muchachas guapas son unas tontas —dice mi novio, agarrándome por un brazo y atrayéndome hacia él.

14

Quicksand

Tengo que ponerme a lavar.

Es verdaderamente triste tener que decirlo, pero tengo que regresar a casa para ponerme a lavar, o me veré obligada a ponerme las camisas sucias de Riccardo no sólo para circular dentro de su casa. Digamos que en los últimos días los quehaceres domésticos se me salieron un poco de las manos. Bueno: digamos que en los últimos treinta y cuatro años los quehaceres domésticos se me salieron un poco de las manos; en los últimos días sencillamente he tenido una excusa mejor que de costumbre. De manera que hoy Riccardo me acompaña hasta mi casa para luego dirigirse hacia la universidad, y yo entro psicológicamente en el *mood* de alguien que tendrá que pasar una buena parte de su preciosa tarde separando los negros de los menos negros. Pero ni modo: un poco de distancia refuerza la pasión; yo, conociéndome como me conozco, sé que tarde o temprano tendré la necesidad fisiológica de estar un poco sola, así que más vale que empiece a hacerlo; y en cuanto a Riccardo, bueno..., sin adentrarme en tecnicismos médicos, creo que podría sacar grandes beneficios de un paréntesis de descanso y ascetismo hasta nuestro próximo encuentro.

Sí, claro, y además yo tendría que trabajar.

Llegamos frente a mi edificio justo en el momento en que, recorriendo el paso peatonal delante de nosotros, están llegando también Morgana y su amiga Laura, evidentemente de regreso de la escuela.

Las dos chiquillas llegan a la acera y lanzan una mirada hacia el automóvil que se está estacionando, sólo para cerciorarse de que no las vaya a atropellar. Mi mirada y las de ellas se interceptan a través del parabrisas; yo veo que una sonrisa gratamente sorprendida aparece en sus rostros; luego sus pupilas apuntan hacia otro lado, yo me imagino que será para ver quién es el misterioso conductor que le da un *ride* a ese lobo solitario de Vani Sarca. Cuando sus dos pares de ojos se abren desmesuradamente, entiendo que ya descubrieron a Riccardo.

Como es obvio, no espero que dos quinceañeras reconozcan el rostro del escritor del año (aunque con toda probabilidad, en el caso de Morgana, no sería tan extraño). Lo que sí espero, y en efecto debe de haber sucedido apenas, es que califiquen con *enorme sorpresa* al acompañante de Vani Sarca como uno de los indiscutiblemente más irresistibles galanes que hayan visto en su corta vida.

Yo me despido:

—Chao, nos vemos luego. —Abro la portezuela y cuando pongo un pie fuera del automóvil, Riccardo, quien siguió con una pizca de diversión la dirección de mi mirada, decide dar todo un espectáculo. Me detiene por el brazo y me vuelve a sentar para darme un último beso como Dios manda. Mirar a nuestro alrededor mientras nos besamos resulta difícil, la nariz de la otra persona obstaculiza la visión periférica, pero estoy segura de que las dos chiquillas están pendientes de aquella escena. Finalmente, consigo apartarme de Riccardo (que ríe, el canalla); me guiña un ojo, me dice: «Nos vemos en la noche» y arranca.

Yo me quedo parada en la acera, me doy la vuelta lentamente, y Morgana y Laura siguen allí mirándome fijamente como la pastorcilla Bernadette debe de haber mirado a la Virgen en aquel lejano día del año 1858.

—¡Nooo! —exclama Morgana, seguida de Laura. No es un verdadero no. No hay en la expresión ningún indicio de rechazo. Antes bien. Es un «no» con el significado de «no lo puedo creer», pero en un sentido positivo. Si bien, ahora que lo pienso, no hay mucho de positivo en el hecho de que una muchacha que te ve recibir un beso de un hombre de primera línea como reacción inmediata no lo pueda creer.

—¡No lo puedo creer! —exclama en efecto Morgana—. ¿Ése es tu novio?

—¿Acaso creías que las criaturas de mi especie se reproducían por partenogénesis? —le respondo—. Bueno, pues no sólo no es así, sino que debería ser una buena noticia también para ti.

Laura estalla en una carcajada (es menos especial que Morgana, a mis ojos, pero también tiene su buena dosis de sentido del humor. Naturalmente, de otro modo la pequeña Morgana no tendría interés en ella). Morgana se sacude, un poco avergonzada.

—No... yo... la verdad es que creía que tú salías con... no sé... con tipos de cabello hasta la cintura y con la cara pálida y...

—A ver, corazón, escúchame bien: si una vez cumplidos los dieciséis años te das cuenta de que te siguen gustando los tipos con el pelo hasta la cintura y la cara pálida, sal corriendo en busca de un psicoanalista. —A estas alturas, también Morgana estalla en una carcajada, aun cuando en su rostro, al igual que en el de Laura, sigue presente un extraño rubor producido por el *shock*. Ni siquiera se dan cuenta, pero siguen lanzando miradas hacia el punto de la calle por donde desapareció el automóvil de Riccardo, como quien espera que la divina aparición vuelva a manifestarse una vez más.

Me dirijo hacia la entrada principal, convencida de que ambas chiquillas me siguen, cuando me percato de que Laura se detuvo.

—¿Qué te dije? ¡Ella te entiende! ¡Tienes que decírselo! —Se dirige a Morgana con el tono categórico de quien acaba de tener una revelación.

También Morgana se detiene. Titubea. Su mirada se alterna entre su amiga y yo.

—Yo… yo no sé… no sé si se va a molestar…

—¿Qué, no ves? —Laura parece inspirada, convencida. Me señala—. ¡Está *enamorada*! ¡Te va a entender al vuelo!

¡Dios del cielo! Sólo ésta me faltaba.

—Una cosa —suspiro—. No le dejes ver nunca, *nunca* a alguien como yo, que probablemente está «enamorada». Escoge cualquier otro término, pero no ése. «Enamorado» lleva implícito todo un universo. «Enamorado» se asocia con bobo, cursi y distraído. Decirme que estoy enamorada significa decirme que en este momento de mi vida, a tus ojos, resulto boba, cursi y distraída. Rodeada de una aureola de color rosa caramelo y de los pajaritos cachetones de Blancanieves. Nuestro idioma permite muy pocos sinónimos, pero hay que encontrarlos. Para las personas como yo, «enamorada» es una ofensa, una grosería, un envilecimiento, un lugar común. ¿Te quedó claro?

Laura se ríe.

—Estoy hablando en serio.

Laura deja de reírse.

Morgana, en cambio, emite un largo y angustiado suspiro. Para ser más exactos, esa cosa atormentada a caballo entre el suspiro y el resoplido que emitimos cuando sentimos un peso en el pecho, como si los pulmones tuviesen que hacerle un espacio. Además, dura un montón de segundos. La muchacha tiene un potencial propio de un saxofonista.

—Vamos a ver, ¿qué te sucede? —la invito a hablar.

—Estoy enamorada.

—Ya me lo suponía —replico, y le arranco la enésima carcajada a Laura y una sonrisa vacilante a Morgana. Mientras tanto, las dos estatuitas comenzaron a moverse, de modo que las precedo hacia el interior del edificio. Marco el piso en el elevador, me apoyo en la pared imitando a James Dean y pongo un gesto para animarla a hablar.

—Adelante, dime.

Morgana sigue titubeando —calificarse a sí misma de boba, cursi y distraída debe de parecerle ya bastante ofensivo y denigrante sin agregar más—, de manera que es Laura, Miss Sentido Práctico, la que suelta la sopa en su lugar:

—Lo que pasa es que hay un chico del último año, que se llama Emanuele, y que le gusta un montón a Morgana. Desde hace algunos meses. Su salón está en frentito del nuestro, así que cada vez que nos lo encontramos aprovechamos para platicar con él. Ema toca en una banda de metal y este sábado habrá algo así como una tocada de grupos principiantes en la que participa también él con su banda. Va a estar increíble, ¿sabes?, porque todas las bandas tocan más o menos durante media hora y luego el resto del tiempo los músicos pueden escuchar a los demás y platicar y estar con sus amigos. Sería una muy buena oportunidad para Morgana, sólo que mis papás no me dan permiso para ir y la mamá de Morgana no quiere que ella vaya sola a un lugar así.

—¿De qué lugar están hablando? —me informo.

—Del Quicksand.

Siento que mis ojos pintados de color violeta se abren desmesuradamente antes de que pueda controlar los músculos de los párpados. ¡Maldita sea! El Quicksand. ¡Cuántos recuerdos! Entre ellos, hay sólo uno positivo: el día aquel en que decidí dejar de visitar el Quicksand. ¿Qué demonios se les metió en la cabeza a estas dos jovencitas ingenuas como para querer ir al Quicksand? No saben que si en el Quicksand organizan un festival para bandas de adolescentes, probablemente es porque alguno de ellos va a desaparecer misteriosamente durante la noche y se va a convertir en la comidilla secreta de todo el mes siguiente. ¿Por qué carajos, con todos los malditos antros metaleros seguros, limpios y *kid-friendly* que existen en Turín, tendrían que pensar precisamente en este despojo podrido de una época que debería desaparecer de la historia como la Atlántida? ¿Por qué la administración municipal, después de todos estos años, todavía sigue sin decidirse no digo a obligarlo a cerrar, cosa que con toda probabilidad desencadenaría las fuerzas del infierno en defensa de su sucursal en la Tierra; sino por lo menos a distribuir desde los primeros años de la primaria panfletos instructivos en los que Hansel y Gretel aprenden por su cuenta que en el Quicksand no debe poner un pie nadie que antes no haya recibido un adiestramiento en West Point y al que no le hayan puesto todas las vacunas existentes, y sobre todo nadie con menos de veinticinco años o, mejor aún, de treinta años, con excepción de una tipa llamada Vani Sarca que iba hace muchísimo tiempo?

Las muchachitas me miran. En sus rostros asoma un vago sentimiento de culpa, pero parecen decididas. Por supuesto que parecen decididas. ¡Ah, lo que puede hacer el maldito amor!

Suspiro.

De modo que la pequeña Morgana está enamorada. Mi pupila quinceañera está obsesionada con un metalero de dieciocho años. Existen tantos y tantos de esos sentimientos contradictorios que se atropellan en mi pecho que casi casi puedo mirarlos desde el exterior con objetividad, en una visión de conjunto que hasta parece un cuadro de Bruegel. Por lo visto, mi pequeño clon *nerd* se convirtió en una bolsita de hormonas alebrestadas, y apuesto a que fantasea acerca de cómo podría ser su primera experiencia con un tipo cuyas manos tienen programado tocar los elementos de decoración del antro más cochino, peor administrado, menos concurrido e incluso arquitectónicamente más asqueroso de la región. Quién sabe si la madre de Morgana le habló alguna vez de sexo. Si le dijo las cosas que realmente importan, quiero decir. En otras palabras, no todas esas idioteces inútiles acerca de la importancia de saber decir que no y tener paciencia para esperar a la persona adecuada que, al fin y al cabo, los adolescentes nunca escuchan. ¿Le habrá hablado de higiene? ¡Dios santo, si la primera experiencia de Morgana tuviera que ocurrir en los baños del Quicksand, yo no le aconsejaría usar un preservativo, le aconsejaría que usara un esterilizador! ¿Y del alcohol? ¿Le habrá advertido acerca del consumo de bebidas embriagantes? En el Quicksand le servirían vodka incluso a un niño de doce años, no digo deliberadamente, sino porque bajo esas luces rojizas todas las caras de los diez a los setenta años sólo son máscaras de teatro *kabuki*. Sin embargo, si Morgana bebe para darse ánimo y no sabe que el alcohol necesita un poco de tiempo para hacer efecto, se le pasará la mano y acabará la velada vomitando en el patio. ¡Hay cosas que deben decirse, carajo! Yo no confío en la educación de las madres. Esta edad es demasiado delicada como para poder confiarle la mole de información que una chiquilla necesita a la discreción de una madre. ¡Carajo! Si éste fuese un mundo racional, cada jovencita, en cuanto cumple los catorce años, debería tener a su servicio a una consejera de por lo menos diez años más, a la cual pedirle información exacta y de la cual recibir las advertencias adecuadas para cada circunstancia. ¡Morgana enamorada! ¡Imagínate! Mi cuadro de Bruegel es todo un remolino.

—Sí, bueno, okey, ya sé que se trata del Quicksand — Laura me hace volver a la tierra—, pero ya no es un asco como dicen, cambió desde… —La fulmino con la mirada un instante antes de que pueda pronunciar el fatídico «tus tiempos». Porque además ambas sabemos que no es cierto lo que dice. Ese lugar era una mierda entonces y sigue siendo una mierda ahora—. Necesitamos a alguien que se lo explique a la mamá de Morgana para que le dé permiso de ir.

—Alguien que resulte convincente —suspira Morgana.

—Alguien que sepa de lo que está hablando —insiste Laura.

—Un adulto —sentencia Morgana.

De repente, hay un larguísimo momento de silencio.

—... *¡Por favor!* —suplica Morgana, con un hilo de voz.

¡Hija de su madre!

Subimos en el elevador y entre los grititos entusiastas de las dos muchachas oprimo el botón del piso superior al mío.

—Tú dile que no hay ningún peligro y que los comentarios negativos que circulan acerca de ese lugar son leyendas urbanas —dice febril Morgana, vibrante de esperanza.

—Y que va a estar lleno de chicos de nuestra edad y que son todos personas dignas de confianza y que no hay en el ambiente *absolutamente nada* de alcohol y mucho menos drogas —le hace eco Laura.

Yo sé perfectamente lo que tengo que decir, irresponsables monstruitos recién llegados a la pubertad.

La señora Emilia Cossato, madre de Morgana, viene a abrirnos la puerta distraídamente, con un gesto automático. Sin embargo, en esta ocasión, se encuentra enfrente de una tercera persona inesperada, de manera que se desconcierta, se seca las manos en el delantal y me dirige una mirada de sorpresa. Por detrás de ella, se vislumbra un pasillo simétrico semejante al de mi departamento, pero con un papel tapiz rosa Pompeya que apagaría las ganas de vivir de toda una camada de cachorritos.

Yo habré visto a la madre de Morgana cuatro o cinco veces como máximo durante todo el último año. Ni siquiera me habría acordado de su nombre si no hubiese echado una rápida mirada al letrero que está debajo del timbre. Se trata de una señora joven, pero que se viste como una señora vieja. Tiene unos hermosos bucles rubios —ligeramente matizados de gris, lo que significa que el rubio es natural— que, no obstante, mantiene siempre recogidos en una especie de chongo. No se maquilla, siempre usa faldas rectas por debajo de la rodilla y pantimedias color carne. Casi hace que me den ganas de ofrecerle disculpas a Culo de Tweed por lo que siempre pensé acerca de su modo de vestir. Cómo se le ocurrió ponerle el nombre de Morgana a su única hija, y cómo habrá conseguido la mencionada hija transformarse en un pequeño murciélago aun cuando vive bajo el mismo techo de esta especie de monja laica, serían para mí unas preguntas altamente estimulantes, si para mí tuvieran alguna importancia. Bueno, en efecto, si de pura casualidad un día mi aparato reproductivo se hiciera con el poder y me despertara una subespecie de deseos de ser madre, de veras podría importarme un mínimo. Si no por otra razón, para estar segura de que yo, como si me reflejara en un espejo, no corro el riesgo de traer al mundo a una insulsa viejecita en miniatura.

El hecho es que la madre de Morgana me observa perpleja y enseguida me pregunta educadamente:

—¿Sí?

—Buenos días, señora. Perdone usted la molestia. Soy Vani Sarca, su vecina del piso de abajo.

Emilia Cossato se estremece.

—Oh, sí, claro. Yo sé quién es usted. Pase, pase, por favor… Estaba terminando de preparar la comida para las muchachas.

Yo me doy cuenta de que no es sólo la sorpresa causada por mi presencia lo que la induce a observarme detenidamente durante algunos segundos de más. Lo que pasa es que Morgana y yo, vistas la una al lado de la otra, hemos de causar cierto efecto. Probablemente la señora sintió una leve confusión al encontrarse de pronto de frente simultáneamente a su hija actual y a su hija de dentro de veinte años.

—Gracias. Le robo sólo dos minutos. —Avanzo delante de Laura y de Morgana, quienes me lanzan unas miradas de gratitud y de incitación, y sigo a la señora que mientras tanto corre hacia la cocina para echarle un ojo al *risotto*.

—¿Se trata de algo que tiene que ver con el edificio?

—No, para nada; más bien tiene que ver con su hija. —La señora Cossato se muestra curiosa, mientras Morgana y Laura, al margen de la escena, nos observan con una atención febril.

—¿Sabe usted? Mientras subíamos en el elevador, tuve oportunidad de platicar con su hija y con su amiga y escuché que la chiquilla tiene pensado acudir el próximo sábado en la noche a un concierto en ese conocido local llamado Quicksand.

—Oh, no, no. O usted entendió mal o *muy mal* a mi hija —se apresura a protestar la buena mujer, lanzándole una mirada de pocos amigos a su retoño—. ¡Porque yo no auroricé absolutamente nada parecido!

—¡Ah, no sabe qué aliviada me siento de oírla! Yo sólo venía a pedirle que, por favor, le impidiera hacer una cosa semejante.

Puedo oír claramente el ¡plop! de los bulbos oculares de Laura y de Morgana saliendo hacia el exterior a través de los párpados desmesuradamente abiertos. Al mismo tiempo, la señora Cossato me escruta inclinando la cabeza, sorprendida —de manera positiva— por lo que acabo de decir.

—¿Sabe usted? Conozco ese lugar y sé de qué hablo —argumento—. Y perdóneme usted si me entrometo, aun cuando sé de sobra que no me concierne… Sin embargo, pensé que tal vez usted le había dado permiso a Morgana sin tener una clara idea del lugar, confiando sólo en la información recibida.

—Morgana me dijo que es un local en las afueras de la ciudad donde tocan metal hasta las dos de la mañana —dice atropelladamente la mujer como si estuviese describiendo el infierno de Dante.

—¿Así que no le habló a usted del alcohol, de los cigarros ni de las drogas? —pregunto. En la periferia de mi campo visual, a las dos chiquillas se les debe de haber caído apenas la mandíbula sobre las losetas del piso. La palabra «traición» aparece tan nítida en sus pensamientos que casi la percibo telepáticamente.

—¡Por supuesto que no me lo dijo para nada! De haberlo hecho, ¡ni siquiera hubiera acabado la frase! —exclama la señora Cossato llevándose las manos a las caderas. Ahora está hecha todo un temblor de indignación materna, al igual que de gratitud hacia mí. En estos momentos, yo soy la Diosa de la Verdad que vino a apoyar con los datos sus impopulares decisiones maternales.

Me encojo de hombros.

—Señora, yo no estoy diciendo que le ocultara a propósito estos aspectos —atajo—. Conozco a Morgana lo suficiente como para saber que es una muchacha inteligente, juiciosa y digna de confianza. Estoy segura de que le pintó el cuadro con colores más bonitos porque, sencillamente, no estaba al corriente de otras cosas. ¿Qué quiere usted que sepa una chiquilla ingenua acerca de los lados oscuros de un lugar al que nunca fue…? Por lo demás, ¿quién de nosotros conoce todos los lados oscuros de esta ciudad? Santo cielo, según yo, si supiéramos todo acerca de las sombras que anidan en los puntos más inimaginables de Turín, ¡nos encerraríamos en nuestras casas y no saldríamos a ninguna parte! —Me echo a reír debido a mi propia paradoja, y la señora Cossato, ya totalmente de acuerdo conmigo, se ríe y asiente—. Usted habrá entendido por mi apariencia, señora, que debido a mi trabajo me toca tener que ver a menudo con ambientes como el Quicksand y otros parecidos —especifico. De repente, a los ojos de la señora Cossato el extraño contraste entre mi lenguaje sensato y mi manera de vestir de vagabunda deja de chocarle: chocarle ocurre siempre, las palabras «debido a mi trabajo» hacen su efecto, y en este momento elevan instantáneamente el impermeable negro al estatus de un uniforme. Lo bueno es que la señora Cossato no tiene la más remota idea de qué trabajo se trata. Podría ser *dealer*, por ejemplo, pero naturalmente a ella, como a quienquiera que escuche la locución «debido a mi trabajo», la idea de que el trabajo en cuestión no sea respetable ni siquiera les pasa por la cabeza: su cerebro, hábil en el autoengaño como el de cualquier otro, debe de haber imaginado que yo, por ejemplo, escribo reseñas de música *underground*, o que soy inspectora de salud. Éste es uno de los pequeños truquitos cognitivos que aprendí cuando trabajaba en el libro del insoportable doctor Mantegna. Yo sabía que tarde o temprano me iba a ser de utilidad—. De manera que le pido que me crea si le digo que son lugares a los cuales nunca de los nuncas mandaría yo a un adolescente sin un acompañante —prosigo.

Pequeña pausa grave.

—Pero ¡por Dios! —suspiro—. *Naturalmente,* no es que no sea bueno, a su manera, entrar tarde o temprano en contacto con una realidad de esta naturaleza para aprender a arreglárselas o a reconocer al vuelo en quién podemos confiar y en quién no... En suma, para crearse un bagaje de todas esas pequeñas cosas que resultan útiles, si no es que hasta indispensables, cuando luego inevitablemente en la universidad alguna amiga exuberante nos arrastra a un local de ese tipo, si no es que a lugares mucho peores. —La mirada de la señora Cossato se vuelve vítrea, como si nunca hubiese contemplado esta eventualidad hasta ahora—. Pero, obviamente, visitar un lugar como ése sin compañía no es un ejercicio de vida, es una imprudencia y nada más. Así que, le repito: me deja más tranquila diciéndome que le prohibió ir a Morgana. Es más, créame, le ofrezco una disculpa por haber pensado lo contrario.

Sonrío.

Silencio desde el lugar donde se encuentran Morgana y Laura.

La señora Cossato sonríe a su vez, encogiendo los hombros como para eludir con modestia mis elogios a sus cualidades de madre ejemplar.

—Por supuesto, una cosa muy distinta habría sido si por ejemplo hubiese podido acompañar yo a Morgana, puesto que de todas maneras yo tendré que ir al Quicksand «por motivos de trabajo»... —digo. Una ligera vibración en el ambiente me señala que las antenas de las chiquillas, así como las de la Madre del Año, de pronto se han levantado—. Sin embargo, ahora que lo pienso, de hecho... —finjo que reflexiono—. Después de todo, si Morgana viniese a verme a mi departamento un poco antes, pongamos a eso de las nueve, y luego estuviera de acuerdo en volver a las doce y media, o como máximo a la una de la mañana, probablemente yo podría llevarla conmigo...

—Pues... ¿por qué no? —se arriesga a decir la señora Cossato, abriendo la boca finalmente. Ahora es *su* cuadro de Bruegel interior el que me aparece claro. Habiendo recibido apenas la placa de Madre Perfecta, siente que puede hacer algo más. Siente que puede atreverse a intentar conquistar el título de la Madre Más Amada, de la Mamá Demasiado Fuerte que, dentro de los límites de la racionalidad, sabe concederle a su hija la Merecida Confianza, demostrando que no necesita aferrarse a prevenciones y temores sino que sabe tomar, con Equilibrio y Buen Juicio, incluso Decisiones Audaces.

Decisiones que, naturalmente, le metí yo en la cabeza, pero de lo que ella nunca se percatará.

—Yo diría que sí... Si de todos modos usted tiene que ir a ese lugar y si Morgana no le causa ninguna molestia, pues ¿por qué no? Me daría mucho gusto que viviera ciertas experiencias, que aprendiera a comportarse no sólo en ambientes en donde se siente protegida —anuncia con un tono propio de un Manual del Perfecto Pedagogo, repitiendo las ideas que acabo de inducirle.

Yo me vuelvo hacia las muchachas.

—Si a Morgana no le causa ningún fastidio dejarse acompañar por una anciana que seguramente le va a aguar la velada...
—Los ojos de Morgana, al igual que los de Laura, no sólo regresaron a sus órbitas, sino que incluso destellan como un anuncio luminoso. Más específicamente, el anuncio parece decir: DISCÚLPANOS SI LLEGAMOS A DUDAR DE TI, ERES UN GENIO, ERES NUESTRA DIVINIDAD, UN SOLO GESTO TUYO Y HAREMOS TODO LO QUE QUIERAS. Es un anuncio kilométrico.

Exageradas.

Lo único que hice fue convencer a una desconfiada madre pequeñoburguesa de que permitiera que su hija pase la noche en un local de una fama que no podría ser peor, junto a una perfecta desconocida de ocupación menos conocida aún, veinte años más vieja y vestida como un personaje de Tim Burton.

Uno nunca sabe.

—Pues entonces te espero en mi departamento a las nueve. Por favor, no me hagas esperar. No olvides que para mí es una salida profesional —saludo a la señora Cossato, lanzo un imperceptible guiño a las chiquillas, que no consiguen esconder su entusiasmo, y me despido.

Morgana corre detrás de mí hasta el descanso de la escalera, oficialmente con la excusa de agradecerme.

—¡Todo este sacrificio por mí! —dice en un susurro, para no permitir que la oiga su madre—. Gracias, gracias, gracias. Vani, ¿no te molesta tener que perder la noche de un sábado sólo por acompañarme?

—Mi pequeña Morgana, ¿no entendiste? Probablemente yo habría convencido a tu madre incluso de dejarte ir sin compañía. El asunto es que, a ese lugar de mierda, *yo misma* no te habría permitido que fueras sola.

15

A gusto contigo misma

En cuanto llego a casa, llamo a Riccardo.

—Antes de que se me olvide, si tienes planes para salir conmigo para el próximo sábado, aplázalos porque no podré acompañarte.

—¿Tienes un amante? ¿Acaso no puedes salir con él entre semana? —bromea él—. ¿No? Está bien, ya entendí. Pero ¿qué tienes que hacer?

—No me lo vas a creer —suspiro.

Riccardo escucha toda mi narración muy divertido, bromeando amablemente. Ríete, ríete. Lo menos que podrías hacer es aplaudirme. ¿Acaso no te parece heroico tener que salvar a una inocente quinceañera de la muerte por ahogamiento maternal? No soy más que una maldita paladina de la libertad, eso es lo que soy.

Me gana la risa también a mí.

La verdad es que pienso en lo divertidas que habrían sido las cosas si alguien hubiese hecho por mí todo lo que yo acabo de hacer por Morgana. Puedo parecer reticente para admitirlo, pero éste es el maldito pensamiento que me late en un rincón del cerebro desde el instante en el cual apreté el botón del elevador al piso de arriba. No estoy diciendo que yo hubiera aceptado la ayuda de alguien, claro está. Y mucho menos de una tipa demasiado vieja para vestirse como yo y demasiado extraña como para hacer que siguiera creyendo que crecer puede ser la solución. Y, además, seamos sinceros: con mi familia no hubiese bastado con una Vani de treinta y cuatro años. Con mi familia habría sido inútil todo un maldito ejército de Juanas de Arco en impermeable negro.

Me despido de Riccardo y me dispongo a cargar la lavadora.

6 de enero de 1996.

Casa de la familia Sarca: departamento de tres recámaras sin infamia y sin mención honorífica en el quinto piso de un edificio modesto pero confortable del barrio Regio Parco. En la sala, un árbol de Navidad lleno de festones ya gastados, comprados por lo menos hace una década, y una corona de lucecitas que pronto se volverán a guardar durante otros once meses. Sobre la mesa y sobre el piso, se pueden ver trozos de papel para regalo, copas con restos de vino blanco espumoso, cáscaras de pistache: las huellas del paso de una pequeña horda de parientes. Además, todavía siguen allí, todos sentados alrededor de la mesa esperando el gran banquete de familia de las vacaciones de Navidad.

Abuelo, abuela, madre, padre, y dos muchachitas.

Una de ellas tiene trece años y parece la reproducción en miniatura de Dama Galadriel. Tiene el pelo seráfico y muy rubio, los ojos celestes, las facciones que harían enloquecer de alegría a un pintor del siglo XVI. Sonríe. Los abuelos le sonríen a ella, pletóricos de amor. De cuando en cuando juguetea distraídamente con los aretes de vidrio soplado de Murano que acaban de dejarle en la calceta.

Son de varias tonalidades de azul, para hacer que sus ojos reluzcan.

—¿Me pasas el puré, Vani? —me pide la abuela.

La otra chiquilla tiene quince años. Es rubia también, aunque de un par de tonos más oscura. No obstante, su pelo parece igualmente muy claro, porque contrasta con el negro intenso del pesado suéter. No lleva aretes. En su lugar, en la repisa más cercana, entre los restos del papel para regalo, alguien puso un diccionario muy nuevo de latín.

Sólo esos atolondrados de los abuelos pueden regalarle un diccionario de latín. No se les ocurrió que seguramente debe de tener ya uno desde el inicio del primer año de la preparatoria.

A ella, no obstante, le importa un comino.

—¿Vani? Respóndele a la abuela, por favor —exclama su madre—. Cuando alguien te pide algo, haz el favor de obedecer, por favor. Y deberías saber que si también participas mínimamente en la conversación, o si nos haces el favor de sonreír, nadie se va a morir, ¿sabes?

Vani se estira y acerca la bandeja que se encuentra junto a su codo. La abuela la toma con una sonrisa exagerada, como para mostrarle cómo debe hacerlo.

—Puré de papas, en inglés, se dice *mashed potatoes* —anuncia llena de orgullo Lara, la chiquilla más pequeña. Los familiares estallan en un alegre coro de grititos de aprecio. Lara sonríe complacida—. Mañana tengo examen de inglés —explica y emite un suspiro—. ¡Espero que me vaya bien! La última vez no me fue del todo bien… Mañana, en cambio, me irá muy bien, porque ahora sé que la maestra me quiere mucho.

—Pero ¿cómo puede haber alguien que no quiera a mi angelito? —exclama la abuela tomándole la carita entre las manos.

—Antes de las vacaciones hicimos una especie de ensayo, ¿saben?, y leímos en voz alta en la clase algunos fragmentos de Shakespeare —les explica Lara. Vani conoce a la maestra de inglés de su hermana. También ella fue a la misma escuela secundaria hasta el año anterior. A esa vieja estúpida de Polotti, de hecho, le gusta hacer esas cosas: desviarse del programa didáctico para poner a los protoadolescentes de voz insulsa a balbucear poemas que no entienden, todo con tal de no tener que preparar las clases—. Y a mí me tocó hacer el papel de Julieta —concluye Lara con voz triunfante.

—Pero ¡qué inteligente eres! —exclama la abuela—. ¿No te parece inteligente tu hermana, Vani?

¡Qué lata!

—Toda una joya —dice lacónica Vani con un tono de voz lo suficientemente ambiguo como para que la abuela no capte la ironía.

En cambio, obviamente Lara entiende bien.

—A Vani no le agrada hablar de Romeo y Julieta —parlotea con un tono entre la amargura y la malicia, porque a su edad también Lara es ya toda una campeona de las ambigüedades—. La acaba de dejar su novio.

Por primera vez, Vani abandona su aburrido torpor y le dirige a Lara una mirada que la fulmina. Lara se la devuelve y Vani no puede menos que reconocerle la maestría en la firmeza con la cual mantiene su expresión compasiva. Pero, naturalmente, no hay tiempo para concentrarse en la cara de amargura de su hermana, porque el resto de la mesa ya estalló en una polifonía de gemidos de emoción.

—¡Nos lo podías decir abiertamente, tesoro! —gime la abuela, con las manos entrelazadas a la altura del corazón—. En lugar de quedarte toda callada y con ese gesto que te hace parecer una maleducada.

—Son cosas que ocurren a tu edad, ¿sabes? —agrega la madre volviendo a poner en su lugar el recipiente con las albóndigas.

Vani suspira.

—No te apures. Yo que pensaba que todas las parejitas de quinceañeras de este mundo llegaban revoloteando felizmente al matrimonio.

La madre de Vani titubea, pero sólo durante un instante; enseguida, se sienta a su lado y le acaricia la cabeza.

—Cachorrita —le dice, porque también la madre de Vani, al igual que Lara, es un ejemplar que sabe cómo joderte con la potencia necesaria y con el menor número de palabras—. Cachorrita, no tienes por qué preocuparte tanto, ¿sabes? Ya sé que tu edad es muy difícil. Además, cuando una no es precisamente… eh, precisamente como Lara, eso es —y Lara se encoge de hombros con modestia, sin preguntarse en particular si «como Lara» quiere decir bonita como ella, popular como ella o extrovertida como ella, o incluso las tres cosas a la vez—, ciertas circunstancias pueden acabar siendo muy dolorosas. Pero tú no tienes que…

Vani levanta los ojos al cielo.

—Mamá. ¡Si supieras que me importa un cacahuate! —Quisiera decir «me importa un carajo» por la pura curiosidad de presenciar la reacción de los abuelos. Un infarto del miocardio, probablemente.

Los rostros de los presentes se distorsionan al instante en la canónica expresión «sí, y yo lo creo». Vani sabe que es una batalla ya perdida.

—Me parece muy justo, amor —replica la madre. Una nueva caricia. Vani piensa en los camaleones, que tienen la capacidad de mimetizarse y volverse invisibles. ¡Qué envidia!—. Una persona que te abandona es siempre un idiota que no te merece. —Movimiento general de asentimiento de las cabezas familiares. Un gesto indulgente apto para niñas chillonas. Si alguien te deja, el problema puedes ser perfectamente tú. Por supuesto, en este caso específico, Vani sabe muy bien que no es en absoluto culpa suya: Fabio era un imbécil, punto final. Pero tal parece que sus parientes no quieren creer que ella en verdad lo sabe.

—Después de todo, tú tienes más cosas —prosigue la madre—. Tú no necesitas para nada a los muchachos. Tienes la escuela, el estudio, entrarás a la universidad y te convertirás en… en… ¡quién sabe!, en algo fantástico, claro. —Sonrisas luminosas en todos los frentes. Sonrisas sinceras, claro está. Porque eso es justamente lo que piensan de Vani. Que está que ni mandada a hacer para la escuela, para los estudios, todo un futuro luminoso de quién sabe qué. Y si en el presente es una pequeña antisocial gruñona que en esas pocas ocasiones en que la invitan a una fiesta no se preocupa ni siquiera de inventar una excusa para no ir, bueno…, ya llegará el momento en el cual se dará cuenta por sí misma de que cometió gravísimos errores, y para entonces ya se habrá autocastigado lo suficiente.

—Claro que si dejaras de vestirte siempre de negro… —refunfuña su padre.

Su madre se vuelve para atravesarlo con una de sus miradas. Una mirada que, sin embargo, no quiere decir: «Déjala en paz, déjala que actúe como se le da la gana». La mirada sencillamente quiere decir: «No es el momento adecuado, querido. Tú sabes que yo pienso igual que tú pero, por favor, un poco de tacto, con nuestra genial hija inadaptada».

Y aparece su suegra presurosa para apoyar con mano fuerte a su hijo.

—Es cierto, amor, un poquito de color te quedaría muy bien. No hay nada de malo en poner un toque de gracia femenina, ¿sabes? Tú no tienes que preocuparte de parecer menos inteligente, querida. —¡*Wow!* Y así, por lo que parece, también la abuela, cuando se empeña, sabe darle ese matiz de irónica ambigüedad a su dulce voz. Debe de ser una característica de la familia, genéticamente relacionada con el cromosoma x—. Después de todo, no eres nada fea, tienes un pelo hermoso, muy rubio. Seguramente no será como el pelo de tu hermana pero si lo dejas crecer un poco más y si además te lo quitas de encima de los ojos, porque con ese mechón no se te ve la carita… Y después de todo, no eres muy alta para tu edad y todavía no te crecen los senos: ¿por qué de cuando en cuando no te pones alguna ropa de Lara? Algo debe de haber que te quede un poco mejor…

Vani pasa sobre el anfiteatro de caras una mirada cansada. Sobre la de Lara, que vibra secretamente divertida, se queda un instante más. No es culpa de Lara. Es decir, sí que lo es, pero Vani sabe cómo están las cosas. Sabe que Lara regresa a casa de la escuela encabronada y frustrada porque la profesora de lengua la reprobó, y para amonestarla le dijo: «¿Cómo es posible que tu hermana fuese tan brillante y tú no logres aprenderte cómo se conjuga el subjuntivo?». Sabe que Lara la envidia y la admira al mismo tiempo, pero no sabe expresarlo de otra manera que puyando permanentemente y poniéndola a prueba. Sabe que se queda despierta por las noches, dándose vueltas en el edredón, de sólo pensar en las preinscripciones a la preparatoria. Habrá que hacerlo antes de que termine enero, y sus padres tienen intención de mandar a Lara a la misma preparatoria en humanidades de Vani, lo que significaría para ella otros tantos años de comparación en los que saldría perdedora con el fantasma de la hermana. Vani sabe que Lara sufre por esto, aun cuando no lo admitiría jamás. Vani sabe que no sería maduro, de parte suya, tomársela en contra de una niñita que sufre. Vani sabe que sus papás esperan que ella sea superior y deje pasar cualquier pequeña provocación. Puesto que «Vamos, Vani, tú eres grande y madura. Con el cerebro que tienes, deberías entender que de ti todos esperamos siempre algo más. Y regálanos una sonrisa aunque sea de cuando en cuando; al fin y al cabo no se muere nadie si sonríes».

Vani lo sabe todo.

¡Qué fastidio!

—A fin de cuentas, a la abuela no le falta razón, amor —agrega la madre, que evidentemente no se atreve a decir «la abuela tiene razón» ni siquiera cuando está de acuerdo con ella al cien por ciento—. Si tuvieses un poco más de cuidado para vestirte…, yo probablemente podría acompañarte al salón de belleza y hasta podríamos encontrar un bonito corte especial que te resalte más la carita… Con la ropa y el pelo bien cortado podrías verte, sí… un poco más…

¿Un poco más bonita?

¿Un poco más normal?

¿Un poco más como Lara?

Vani espera, apática.

—… Un poco más a gusto contigo misma —concluye la madre, radiante por haber encontrado la expresión más diplomática.

Vani entrecierra los ojos.

Es la primera expresión significativa que se le dibuja en el rostro desde que inició el debate, así que todos prestan un poco más de atención, incluyendo Lara.

—¿Sabes, mamá? Es un excelente consejo. Creo que tienes toda la razón.

La madre deja escapar un gemido de alegría.

Al día siguiente, Vani compra un tinte negro y enseguida se corta el pelo ella misma, frente al espejo (con un resultado no muy malo, para ser el primer intento. Con el tiempo, obviamente, irá perfeccionando la técnica). Corto corto de atrás, pero con un largo mechón corvino que le cubre casi completamente los ojos.

Ah, ahora sí.

Finalmente lo hizo.

En la familia se desencadena el infierno, por supuesto. Sin embargo, Vani se siente muy a gusto consigo misma ahora que no tiene la mínima intención de cambiar durante los siguientes diecinueve años.

16

We Blossom in the Shadow

El timbre de mi departamento suena a las 8:52. Sospecho que Morgana está en el umbral desde las 8:45 y que ya no pudo esperar más. Abro y me la encuentro delante, radiante como un faro, con cien gramos de chapopote embadurnado en los párpados y un corte de pelo retocado recientemente.

—Nos vamos dentro de una hora —le anuncio, mientras vuelvo a sentarme ante la computadora.

—*¿Dentro de una hora?* ¿Y qué vamos a hacer durante toda una hora encerradas aquí?

La idea de tener que esperar otros sesenta minutos antes de ir al encuentro de su príncipe azul debe de resultarle insoportable. Y además estos quinceañeros también pretenden que uno los trate como adultos cuando no son más que chamacos que chillan «quiero comer ahora mismo» media hora antes de que la cena esté lista.

—No querrás ser la primera en llegar al lugar, como los atolondrados a las fiestas de la escuela —suspiro. Morgana lo reconsidera. Le parece un argumento válido—. Además, tienes que ir a lavarte inmediatamente la cara.

Este anuncio la hace sobresaltarse de nuevo por la desilusión. Yo lo percibo aun cuando me encuentro de espaldas, ocupada en ver el monitor. Esta noche estoy cumpliendo la promesa que le hice a mi hermana hace ya casi un siglo. Estoy tratando de corregir la presentación que el muy imbécil de su marido tendrá que leer en público dentro de unos días. Michele es un idiota que cada mañana pasa un cuarto de hora esculpiéndose la barba de candado con rastrillos de precisión y retocándose las cejas. El resto de su tiempo libre lo emplea en lavar el automóvil. Cada tres líneas de este discursillo desarticulado y lleno de errores, tengo que detenerme y repetirme las razones por las cuales acepté ayudarlo (esencialmente dos: 1, para hacer que mi hermana se calle; 2, porque sé que si ve que le devuelvo el discurso prácticamente reescrito hará que Michele se encabrone como un toro de lidia).

De cualquier modo, la frustración de Morgana me arranca de mi ingrata tarea.

—Pero ¡si estamos yendo a un local donde tocan *metal*! —protesta acalorada la jovencita—. ¡Un maquillaje un poco acentuado apenas está *a tono*! Hasta convencí a mi mamá de que, si me presentaba demasiado sobria, seguramente llamaría más la atención y me considerarían una novata a la cual tomarle el pelo.

—Me congratulo contigo, es un razonamiento manipulador casi digno de los míos. Pero mira, tesoro, lo cierto es que pareces un panda. Ya es hora de que alguien te enseñe cómo se usa un delineador. Lávate la cara y espérame dos minutos, termino una cosa y luego me ocupo de eso. Mientras tanto, puedes hurgar en mi armario y ver si hay algo que te guste.

Morgana corre hacia la habitación contigua con un grito exultante, mientras yo sonrío para mis adentros y trato de reconciliarme con el tono de este maldito discurso.

Una hora y veinte más tarde, el Quicksand está incluso peor de lo que recordaba.

Observamos el interior del local en silencio durante un instante, paradas en el quicio de la puerta, envueltas en nuestros abrigos a causa del frío (yo llevo puesto mi acostumbrado impermeable, pero Morgana ha sustituido su falda con una bata *vintage* negra que le llega hasta los pies, una combinación del abrigo de Mary Poppins y el de Lee Van Cleef en *El bueno, el malo y el feo*; una óptima elección, al igual que mi plan B cuando hay que lavar el impermeable).

Morgana tiene el semblante de Eva recién creada frente al Jardín del Edén.

Por mi parte, debo de tener el semblante de Dante frente a la ciudad de Dite.

El local está tan mal iluminado que, en comparación, la celda del conde de Montecristo podría servir como quirófano. Yo sé, por dolorosa experiencia, que una mejor iluminación sólo lograría empeorar la situación, permitiendo ver los charcos de fluidos orgánicos que cubren los asientos y las paredes, los festones de polvo y las telarañas, y la cosa viscosa no identificada que pega nuestras suelas al piso pegajoso, de la cual con toda probabilidad toma su nombre el lugar. Si un grupo de agentes de la policía científica irrumpiera aquí y rociara luminol, seguramente este antro se transformaría al instante en la Gruta Azul. Es probable que en el transcurso de la historia de este lugar algún parroquiano borracho haya logrado vomitar incluso en el techo. Si la memoria no me engaña, la calidad ínfima de los cocteles de la casa podría haber contribuido mucho a la empresa.

Sin embargo, el componente verdaderamente significativo, más allá del valor inestimable del *décor*, es el humano. Esta noche, el local está a reventar de gente, de la cual se intuyen sólo los perfiles bajo las luces color sangre. Un *skyline* ininterrumpido de cabezas en su mayoría hipertricóticas que, a medida que la mirada vaga hacia el extremo en el que se encuentra el escenario, se mueven sincronizadas con el ritmo obsesivo de la música. Se pueden vislumbrar hombres con los ojos marcados de negro con el *kajal* y otros con los ojos marcados de negro a causa del vodka, mujeres vestidas como prostitutas, meseras vestidas como prostitutas, chicas menores de edad aspirantes a prostitutas vestidas como prostitutas. Todo lo que no es negro es rojo. Un cartel colgado en el exterior —el único lugar donde las luces permiten leerlo— informa que la esperadísima Velada de Jóvenes Bandas *We Blossom in the Shadow* prevé la presentación en el escenario de nada menos que ocho grupos debutantes, lo que significa que, entre participantes y espectadores, la edad promedio es mucho menor que de costumbre. Si uno aguza la vista, se distinguen en efecto hordas de adolescentes de cuerpos tiernos y desproporcionados (cabezas demasiado grandes, espaldas demasiado encorvadas, residuos de grasa infantil, extraños cortes de bigote y barba todavía con mucho camino por recorrer), vestidos para la ocasión de la manera más agresiva posible. (Podría equivocarme, pero juraría que vi a alguien que lleva puesta una bolsa negra de basura cortada a manera de abrigo). Pero hay también varios clientes habituales del local, una cáfila ruda de metaleros ultracuarentones de pelo largo sobre la nuca y calvos de la frente, y enormes espaldas con tatuajes de hace décadas descubiertas por los chalecos de piel. Yo no tengo nada en contra de los metaleros ultracuarentones con los tatuajes a la vista. Al contrario. Gente que se viste con piel negra a esa edad... ¡Cómo podría tener algo que criticar! Si acaso un vago sentimiento de solidaridad deprimida. Pero éstos son clientes habituales del Quicksand, y no excluyo que estén aquí esta noche porque esperan comerse a algún muchachito que se haya caído accidentalmente del escenario.

El escenario, como estaba diciendo, está al fondo del local. La banda que está tocando en este momento es un sencillo ejemplo de *death metal*. El *frontman* pesará unos treinta y seis kilos y pierde cien gramos por segundo a causa del esfuerzo que debe hacer para rugir en el micrófono. Supongo que en las próximas horas su madre lo va a retacar de Vick VapoRub y leche con miel. Pensándolo bien, quizá haría bien en tener a la mano un par de intravenosas. Con la cabeza baja, el guitarrista y el bajista cubren manos y cuerdas con largas cabelleras que rebotan siguiendo el ritmo de la caja. El volumen es tan alto que deduzco que los administradores pensaron sólo en los beneficios y contrataron a un técnico de sonido sordo. Sin embargo, al público parece gustarle, empeñado como está en hacer *headbanging* más o menos involuntario como una única masa indistinta y sudorosa.

—¡ESTÁ INCREÍBLE! —grita Morgana.

—¡ESTÁ ESPANTOSO! —grito yo.

Morgana asiente, a mí no me resulta claro si es porque en esta fase de su vida considera «increíble» y «espantoso» como sinónimos, o si sencillamente porque la música es tan estridente que no entendió un carajo de lo que le acabo de decir. Yo la observo perpleja. Está muy bonita esta noche, con el maquillaje de adulta sexi que le puse yo, y que ella siguió retocando en el espejito del automóvil durante todo el trayecto.

¡Oh, maldita sea! Por algún lado tendremos que comenzar. Después de todo, antes de convertirme en la reina de los misántropos, ésta era la clase de antro que yo frecuentaba habitualmente. De modo que empujo a mi pequeña amiga hacia el centro del local y nos adentramos en el caos.

—Gracias a todos: ¡nosotros somos los Bullets! —exclama el cantante con una voz de pronto semejante a la voz del Pato Lucas. Agita los brazos en señal de saludo—. Después de nosotros, ¡los Metal Machine! —El público aplaude; bajo el escenario algunas amiguitas brincotean y emiten grititos. Por los escalones al lado de la plataforma, suben otros adolescentes tardíos que saludan efusivamente a los anteriores con atléticos *high five*. Durante los pocos minutos del cambio de escenario, es de nuevo posible hablar a un volumen aceptable.

—La banda de Ema es la que va después de éstos —me dice Morgana, que recuerda el programa pegado a la entrada—. Se llaman The String Theory. Simpático, ¿no? —Y lo pregunta con una nota de súplica, como si me estuviera implorando para que le diera mi aprobación a su bienamado. De repente, abre desmesuradamente los ojos y se pone tensa—. ¡Oh, Dios, allí está! ¡Es ése, el de allá! —Me toma de un brazo con sus uñas color violeta y me indica un tipo larguirucho que se está tomando una cerveza por la zona de la puerta de los baños—. ¿No está guapísimo? ¡Anda, dime que sí!

No está mal, admito. En efecto, me temía algo peor. Tiene una sobria cola de caballo, un perfil agradable y no parece haberse vestido de manera ridícula como la enorme mayoría de estos mocosos. Está charlando con los que me imagino que deben de ser sus amigos y compañeros de la banda y parece tranquilo. Excelente. Naturalmente, tengo que oírle hablar, conocer su promedio escolar y echarle una miradita al mapa de su genoma para poder conceder definitivamente mi aprobación, pero me parece que Morgana eligió bien.

Desgraciadamente, en este momento la nueva banda comienza su media hora de repertorio y toda comunicación entre Morgana y yo tiene que suspenderse una vez más.

—¿VENÍAS A MENUDO? —se limita de repente a gritarme Morgana.

—BASTANTE.

—¿TE GUSTABA?

—HABÍA UN MONTÓN DE GENTE A LA CUAL CRITICAR —le explico.

Morgana se ríe. Estamos a la mitad de la tercera canción, que, exactamente como las dos primeras, tiene el *sound* de una avalancha con más bajos. Luego, de golpe, hay una especie de vibración, un estremecimiento telúrico, una corriente de entropía. La multitud se inquieta. Picos de voces agudas emergen del fragor medio. Flujos de personas se apartan de la masa humana. Morgana y yo miramos a nuestro alrededor, sorprendidas, luego nos miramos mutuamente. Ninguna de las dos logra entender lo que está pasando. Cuando la música cesa de golpe, la avalancha llega hasta nosotras bajo la forma de una oleada de empujones de cuerpos que se mueven y se agitan y se abren paso y tratan de escapar, y los gritos finalmente se vuelven inteligibles.

—*¡La poli! ¡La poli! ¡Corran, carajo!*

Yo agarro a Morgana por un brazo para evitar que el flujo de la multitud nos separe y trato de llegar hasta un rincón más apartado. Alrededor de nosotras zumba una masa de adolescentes aterrorizados por el átomo de hierba que llevan en el bolsillo. Pero los policías, si es cierto que son policías, deben de estar bloqueando las salidas, porque parece como si a la gente que se dirige hacia la puerta principal la empujaran hacia atrás, generando una especie de remolino humano hacia el centro del local. Ahora yo también escucho voces masculinas adultas que me intimidan y suenan cada vez más cerca: «¡Apártense, apártense! ¡Abran paso!».

Es más.

Pensándolo bien.

Me parece incluso que reconozco una de esas voces.

Sin dejar de agarrar a Morgana, me atrevo a avanzar algunos metros, abriéndome paso en diagonal entre la multitud.

—… ¿Comisario Berganza?

La gente que se encuentra cerca del comisario Berganza y de mí trata de apartarse, un poco por respeto, un poco porque si el comisario que ha venido a sembrar el pánico está ocupado hablando con alguien quiere decir que está distraído y que es el mejor momento para intentar largarse. Así que, en un instante, Morgana, Berganza y yo nos encontramos en el centro de una especie de pequeño claro del local-hormiguero.

—¿Sarca? —exclama el comisario; está tan sorprendido como yo.

—Tenemos que dejar de encontrarnos así —comento, lo que no sólo es una ocurrencia estúpida, sino incluso reciclada, puesto que es la misma que se me ocurrió decirle a Riccardo la segunda vez que nos encontramos. Afortunadamente, el comisario no puede saberlo. Para él, será sólo una ocurrencia estúpida y nada más. ¡Qué consuelo!

—Sarca, ¿qué demonios hace usted en un lugar como éste? Pensaba que había superado la edad para las fiestas de adolescentes.

—Está de niñera —interviene inesperadamente Morgana, salvando mi dignidad maltrecha.

Berganza la mira primero a ella y luego a mí.

Yo me encojo de hombros.

—¿Y usted, comisario Berganza? ¿Vino a arrestar a estos peligrosos adolescentes medio sordos por asesinato del sentido estético?

Berganza entrecierra los ojos.

—No exactamente. A decir verdad, vine a atrapar al posible culpable del... del... *del caso ése que ambos conocemos perfectamente.* Pero, sabe..., esta noche usted está aquí divirtiéndose, no sé cuánto pueda interesarle ese asunto.

¡Qué divertido! Me está tomando el pelo. Sabe muy bien que con sólo escuchar que podría haber encontrado al culpable mis antenas se levantaron como no digo qué porque yo soy una señora. En efecto, deja escapar, conscientemente, esa sonrisita imperceptible que, no obstante, sabe que yo aprendí a notar.

—¿Y quién es el afortunado? —pregunto, fingiendo indiferencia. Morgana, mientras tanto, nos observa, con curiosidad.

El comisario se da la vuelta y señala un tríptico a unos metros de distancia de nosotros, a un lado de la puerta del local. Los dos fulanos que están a los lados deben de ser policías vestidos de civil, porque a uno de ellos lo reconozco: es uno de los agentes que entraron a intercambiar unas palabras con el comisario durante mi interrogatorio. En cambio, el fulano del centro podría ser uno cualquiera de los pobres diablos adolescentes tardíos que constituyen la clientela promedio del local esta noche. Cabello largo, barbita rala, ropa genérica pero negra. Me pregunto cómo le habrá hecho Berganza para identificarlo entre la multitud: en una noche como ésta, debe de haber sido como buscar a una hormiga en específico en medio de un millar de especímenes semejantes.

El tipejo parece preocupado. Mira a su alrededor; después, se mira los zapatos, balanceándose sobre un pie y el otro. Cuando no se controla, se acaricia un mechón de pelo.

—Ese tipo, me crea usted o no, es el sobrino de Bianca y el directo destinatario de un par de cientos de miles de euros, según el más reciente testamento de la desaparecida —me informa Berganza—. Doscientos mil euros son un buen móvil, si eres un desempleado con los pasatiempos del cantautorado y del narcomenudeo. Lo citamos en la comisaría pero no se dignó a presentarse, así que decidimos venir a agarrarlo personalmente. Ahora voy a interrogarlo. —Levanta una ceja—. ¿Quiere estar presente?

Guardo silencio. Me gustaría mucho mucho poder decir con toda honestidad mi típico «si tan sólo me importara algo».

—Anímese, Sarca. Ambos sabemos que se muere de ganas —dice burlón el comisario.

Me salva sólo el hecho de que sea un comentario burlón.

—De acuerdo, escucha —digo volviéndome hacia Morgana—. Éste es el momento para que vayas con Ema. —Morgana se pone rígida, intenta protestar; me imagino que no se siente lista para perturbar a su amado del momento. Le pongo las manos en los hombros—. Escúchame bien. Ve con él con desenvoltura, y con un semblante de aburrimiento, como si no soportaras estos malditos contratiempos, le dices: «La policía buscaba a un fulano que quizá secuestró a una tipa. Ahora lo están interrogando, así que en breve, si Dios quiere, debería continuar el concierto. Pensaba que tal vez te interesaba saberlo, puesto que, si continúa, ustedes son los próximos». Si te pregunta dónde oíste todas estas cosas, le dices que estás aquí en compañía de una amiga del comisario que sabe todo de primera mano. Y si le pica la curiosidad y te pregunta otras cosas, muy bien, inventa lo que se te dé la gana: lo importante es que habrás encontrado un fabuloso y fascinantísimo tema de conversación con el cual mantenerlo interesado. ¿De acuerdo?

Morgana asiente como si le acabara de develar el escondite secreto del Santo Grial y corre en dirección al grupo de Emanuele.

Berganza se dirige hacia el sospechoso y yo lo sigo.

17

Las palabras cuentan

Lo primero que ocurre en cuanto el comisario y yo nos acerca-
mos a Sergio Cantavilla (éste es el nombre del sobrino de Bianca) es que Sergio Cantavilla se olvida durante un instante de que
es un sospechoso en manos de la policía y me echa una mirada
de pies a cabeza que me hace sentir como si le hubiese mostrado
en ese momento mi expediente ginecológico.

—¿Y quién es esta tipa? —empieza por decir.

A propósito, ¿yo quién soy? Es Berganza quien interviene
para ahorrarme la vergüenza.

—Es una agente encubierta de la Interpol, y si te comportas
con ella con menos consideración que hacia la Santísima Virgen, aunque sólo sea un poco menos, te meto a la cárcel con
doce violadores homosexuales. ¿Un cigarro?

¡Wow! Es la primera vez que veo a Berganza entrar en acción y tengo que admitir que supera con creces todas mis expectativas.

Los dos agentes agachan la cabeza, escondiendo una sonrisita. Sergio Cantavilla se vuelve instintivamente unos ocho centí-

metros más chaparro y acepta el cigarro que Berganza le ofrece como si más que una invitación fuese una orden.

Está prohibido fumar en este lugar, obviamente, pero el comisario enciende y aspira como si fuese la cosa más natural de este mundo. Por su parte, Sergio Cantavilla manifiesta su propio nerviosismo dando una fumada que inmediatamente acaba con una cuarta parte del cigarro.

—Pues bien, señor Cantavilla, cuéntenos usted —continúa Berganza, pasando con decisión a un trato formal—. ¿Qué significa tener entre los miembros de su familia a una tía tan considerablemente rica? —Expulsa el humo de lado, torciendo la boca como todo un profesional. A propósito de expedientes clínicos, no me interesa en absoluto saber cómo tiene los pulmones el comisario.

—Yo no le hice nada. No le hice nada de nada a mi tía, ¡se lo juro! —prorrumpe el infeliz, con una voz estridente. Mientras busca las palabras, aprovecha para pulverizar otra cuarta parte del cigarrillo de un solo golpe. Pensándolo bien, probablemente no son los pulmones del comisario los que están en las peores condiciones de entre todos los aquí presentes.

—Yo no dije nada parecido. Lo que quiero saber es cómo se la pasaban. ¿Una relación muy estrecha? ¿O simplemente una visita en Navidad? ¿Algún regalo? ¿Espontáneo? ¿Solicitado?

No entiendo bien si Berganza está formulando preguntas deliberadamente vagas o está dando rodeos para ver dónde se mete él solo este pobre infeliz, o si está escondiendo el hecho de que no cuenta con ninguna pista precisa. Trato de cruzar una mirada con él, pero parece más interesado en observar la cara estiradísima del interrogado.

—Escuche, comisario… Yo a mi tía la quería muchísimo. Quiero decir…, la *quiero* mucho. O sea… tal vez no precisamente mucho, en el sentido que… no es que nos lleváramos de maravilla o algo así…, pero la respetaba, claro. O sea, la *respeto*. Eso, sí, la *respeto*.

El pobrecito le rompería el corazón a cualquiera. Empieza las frases muy seguro de sí mismo y pierde el control en menos de un segundo. ¿Cuántos podrá tener? ¿Veinticuatro, veinticinco años? Y lo noto sólo por la piel ya un poco estropeada, por el pelo que ya empieza a perder moderadamente por encima de la frente, porque por lo demás, a cierta distancia, con el pelo revuelto y la chamarra de metalero, parece en todo y por todo un adolescente tardío subalimentado, de esos provincianos que necesitarían un poquito de deporte.

—Uh, qué infeliz manejo de los tiempos verbales, Cantavilla. Si estuviéramos en una novela de Agatha Christie, bien podríamos deducir ya que es usted quien asesinó a su tía. —Quién sabe si Berganza se está divirtiendo en este juego del gato y el ratón. Por su parte, Cantavilla gimotea y parece estar a punto del colapso.

—¿De casualidad no ha leído usted *La muerte de lord Edgware*? ¿Sabe? Hay una escena en la cual unos refinados aristócratas conversan amablemente de las cosas más insignificantes... —Cantavilla sólo querría lanzar una serie caótica de impertinencias: «¡Yo no quería! ¡No quería decir eso!», pero no tiene el valor de interrumpir al comisario, quien por su parte parece profundamente convencido de la importancia de la cita literaria en la que se está adentrando. De acuerdo, ahora está clarísimo: se está divirtiendo—. De pronto, alguien menciona el «juicio de Paris»... ¿Sabe usted qué es el juicio de Paris, Cantavilla?

—Sí, por supuesto que lo sé —dice agónico el hombrecito.

Pero obviamente Berganza tiene intención de explicárselo de todos modos.

—Como todos saben, se refiere al episodio mitológico en el cual el joven Paris debe escoger a la más hermosa de entre las diosas Hera, Atenea y Afrodita, y le entrega a esta última la manzana de oro del premio. —Se toma todo el tiempo para darle una calada a su cigarro antes de continuar. Mientras tanto, Cantavilla ya se ha terminado el suyo, de modo que, mientras prosigue con la narración, el comisario se apresura a ofrecerle y encenderle uno más—. Regresando a nuestra novela de Agatha Christie, una de las que presencian la conversación confunde a Paris, es decir, el nombre de aquel personaje, con París, el nombre de la capital de Francia, y comenta de manera desconsiderada que ahora el juicio de París, un tema muy de moda, no tiene más importancia que el juicio de Londres o que el de Nueva York. —Levanta de golpe un dedo amonestador. Cantavilla se sobresalta, esperándose algo horrible, y ante la duda le da una calada al nuevo cigarro como si se tratase de un fármaco salvavidas—. Como habrá notado —agrega Berganza, perfectamente dueño de sí mismo—, esta ambigüedad entre Paris y París funciona sólo si se lee la novela en la lengua original; una larga historia de torpes intentos de traducción se esconde tras el escaso éxito que este trabajo tuvo inevitablemente en Italia, pese a su calidad.

Cantavilla tiene el semblante de alguien cuyos nervios mermados podrían despedazarse de un instante a otro. Los dos agentes guardan silencio, pacientes, acostumbrados a los métodos de su jefe. Yo soy probablemente la única a la que le parece de veras interesante la pequeña lección del comisario. ¡Carajo! Casi llamo a Morgana y le pido que se la repita también a ella.

—En suma, para no hacerla más larga —y admiro la manera en que Berganza logra decirlo sin dejar que lo traicione ninguna ironía—, los allí presentes perciben por aquel comentario que la mujer no es lo suficientemente culta como para manejar la literatura clásica y, a través de toda una serie de deducciones en cadena, se revela que se trata de una impostora, así como la culpable del delito en torno al cual gira todo el libro. —Arroja una última y perezosa nube de humo—. Todo esto, señor Cantavilla, para decirle que debería usted tener más cuidado con el uso de las palabras. Las palabras cuentan, y, en ocasiones, pueden desenmascarar a un criminal.

—Yo no le hice nada a mi tía —gime el desgraciado, aplastando también la segunda colilla bajo la suela de los zapatos. En realidad, no habría necesidad de ello. El mazacote húmedo que cubre casi en su totalidad el piso de aquel local debería bastar por sí mismo para apagar cualquier brasa.

—Llévenselo a la comisaría, vamos a continuar allá. Yo los alcanzo en un momento —concluye Berganza. Los policías se espabilan, casi sorprendidos, y también Sergio Cantavilla parece asombrado de que el comisario no tenga más que decirle por el momento.

Berganza y yo permanecemos durante un instante observando al sobrino de Bianca desaparecer en la noche, más allá de la puerta principal, escoltada por los dos agentes; después el comisario se vuelve hacia mí.

—No fue él —me dice.

—¿Porque es un imbécil? —digo—. Sin embargo, un imbécil bien puede contratar a un listo.

—¿Y con qué dinero? ¿Ofreciéndole un porcentaje de las ganancias si todo sale a las mil maravillas? Si yo fuese el listo, me apropiaría de la idea del imbécil y luego la llevaría a cabo por mi cuenta, sin tener que compartir nada. Ahora iré a la comisaría a interrogar a ese papanatas y lo máximo a lo que puedo aspirar es que acabe por confesar que le habló de su tía a un verdadero delincuente. Pero estoy prácticamente seguro de que él, personalmente, no hizo nada.

Asiento.

—Sí, bueno, es probable…

—Los cigarros —sentencia Berganza. Yo no entiendo y él lo sabe. Señala las dos colillas que Cantavilla dejó en el suelo y que apenas se distinguen en la penumbra mortecina: dos cilindritos microscópicos, largos exactamente como el filtro—. Cuando le conté acerca de los cigarros que encontramos en el lugar del acecho, Sarca, se me escapó un detalle. Curiosamente, todos eran largos, como si quien se los fumó hubiese aspirado sólo una o dos bocanadas antes de apagarlos. Esta noche me procuré deliberadamente una cajetilla de la misma marca de las colillas, que le invité a Cantavilla. Como podrá ver, prácticamente los desintegró, fumándoselos casi hasta el último milímetro. Yo le di la posibilidad de que se fumara dos precisamente para cerciorarme de que no se trataba de pura casualidad. —Se vuelve para verme—. Ahora bien, yo no tengo la más remota idea de lo que induce a una persona a botar un cigarro después de una sola calada, sobre todo si a continuación va a encender otro más, si piensa en cuántas colillas había en el bosque. Probablemente está tratando de dejar de fumar y no consigue evitar encenderlos pero inmediatamente los apaga, yo qué sé, aunque me parece bastante improbable que el primer pensamiento de un secuestrador al acecho sea tratar de controlar el vicio de fumar. El hecho es que, si en lugar del secuestrador hubiese estado el joven Cantavilla, habría sido lícito esperarse un tapete de filtros chamuscados, en lugar de unos cigarros casi intactos, ¿no le parece?

Yo no puedo más que confirmar, dentro de mí, lo que tantas veces he pensado ya de Berganza. Este hombre es un policía sorprendente.

—Pues bien, yo me tengo que ir —suspira el comisario. Tose un poco; luego me tiende la mano—. Hasta la próxima, Sarca. Al fin y al cabo, parece que la suerte juega a ponerla siempre en mi camino.

No puedo decir que me disgusta.

Tampoco él lo dijo como si le disgustara.

—Buenas noches, comisario.

—Me temo que será larga —refunfuña mientras se va.

Durante el resto de la noche, permanezco en un rincón saboreando una cerveza oscura. La música continúa; mientras Ema y su banda están tocando, Morgana viene hacia mí para contarme acerca de la conversación que acaban de mantener, pero yo le digo que hablaremos más tarde y que más vale que disfrute la actuación y vaya con los amigos de Ema, que están cerca del escenario. La observo atentamente a distancia durante la siguiente hora y media, cambiando de cuando en cuando de lugar cada vez que me doy cuenta de que alguien se me acerca, deseoso de hacerme plática después de ver que estoy sola y aburrida desde hace demasiado rato. Cuando comienza a resultarme difícil sacudirme de encima a un doble de Mickey Rourke, el Mickey Rourke de *ahora*, que desde hace un buen rato vuela en espiral como un zopilote, me decido y voy a rescatar a Morgana.

Ella, eufórica, conversa sin parar durante todo el trayecto de regreso.

—… Y sólo para lograr hablarle, ¿entiendes? —le cuento a Riccardo un día después, mientras, recostados uno al lado del otro y mirando fijamente el techo de su recámara, disfrutamos de un lánguido y perezoso domingo por la tarde—. No me atrevo a pensar lo que ocurrirá el día de su primer beso. Probablemente le debería decir a su mamá que se consiga un desfibrilador.

Riccardo dice en tono de burla.

—Parece que tuviste una velada intensísima, llena de crimen y pasión como el más colorido de los *hard-boiled.*

Asiento. Ya le hablé también acerca del encuentro absurdo con Berganza.

—Puedes decir lo que quieras. Ese detalle de los cigarros sin fumar, además… Me intriga mucho, desde anoche no me ha dejado de martillear en la cabeza. No sé cómo explicarlo. Si no fuese contrario a mi religión, me darían unas ganas locas de llamar a la comisaría para preguntarle a Berganza si el interrogatorio lo llevó a alguna conclusión.

—Según yo, eso lo haría feliz —comenta Riccardo—. Tú le gustas.

Me volteo para echarle una mirada sarcástica. No es un movimiento fácil, dado que mi cabeza está atrapada entre su costado y su brazo.

—Pero ¡por supuesto! Deberías escuchar con qué romanticismo trémulo pronuncia: ¿Sarca, otra vez usted?

—Boba, no estoy diciendo que le gustas en ese sentido —protesta Riccardo— …O probablemente también, ve tú a saber, nunca hay nada seguro. Lo que sí es indudable es que le gustas *aquí.* —Me golpetea con un dedo sobre la frente—. De no ser así, no te hubiera querido presente durante el interrogatorio, o no te habría pedido una opinión el otro día en el campo de tiro. Es evidente, no sé bien en qué términos, pero el comisario debe sentir cierta debilidad por tu intratable cabeza dura.

Sonrío.

—Mientras esté contento.

—En efecto —dice Riccardo, agarrándome de repente de tal manera que me hace exclamar y patalear por la sorpresa—, ¡me parece realmente estúpido limitarse a tu cabeza!

18

Es increíble cuántas cosas pueden cambiar en tan poco tiempo

Lo fastidioso de tener que trabajar en casa es que, si tienes pensamientos que te distraen, ningún colega te volverá a traer a la tierra en el mejor momento con una pregunta o un café. Yo tengo pensamientos, imágenes y secuencias que me distraen. Todos conciernen a Riccardo y a esta nueva y absurda rutina de la parejita feliz típica de anuncio publicitario en la que nos hemos convertido. Obviamente, es absurda para mí, porque, justamente como había previsto, no acabo de acostumbrarme a ella. En consecuencia, hablando en términos laborales, no logro avanzar durante casi toda la semana. Tampoco es que disponga de mucho tiempo para trabajar: Riccardo y yo cenamos juntos, dormimos juntos y desayunamos juntos. Si una noche él tiene alguna reunión en la universidad, nos desquitamos al día siguiente. Por ejemplo. Comemos siempre en su casa, dormimos siempre en su casa: debe de haber entendido que ver a alguien en mi casa —ver su ropa al pie de mi cama, su cepillo dental en el vasito de mi baño, etcétera— podría ser prematuro para mi psique de oso. Lo aprecio. Aprecio ésta y muchas otras cosas más. La situación no deja de sorprenderme ni un instante, exactamente igual que el primer día, y cuando no estoy ocupada viviéndola, me parece que no hago otra cosa que recorrer con la memoria las etapas y las escenas, preguntándome si todo eso es cierto.

En consecuencia, en lo relativo al trabajo, no hago un carajo.

Por otro lado, no he vuelto a recibir llamadas telefónicas ni de Berganza ni de Enrico, así que, hasta donde puedo saber, Bianca podría estar perfectamente pudriéndose en un recolector de basura de la región del Piamonte. Pensándolo mejor, probablemente hay avances en la investigación, pero Berganza no los comparte conmigo ni con Enrico porque así lo prefiere. Yo estoy segura de que Enrico lo bombardeó con súplicas para que lo mantuviese al corriente, pero asimismo creo que Berganza no tiene mucho interés en darle gusto y que en general considera más prudente no darle noticias a nadie. Una parte de mí apuesta a que, si de casualidad me encontrase de nuevo con Berganza, él soltaría la sopa y con toda probabilidad me pediría incluso una opinión, pero si, como él mismo dijo, no es el destino quien me pone en su camino, es posible que se guarde sus asuntos. La televisión y los periódicos ni siquiera mencionaron todavía la desaparición de Bianca, un indicio de que el comisario está evitando con mucho cuidado a los reporteros. En lo que me concierne, estoy segura de que si tarde o temprano llega a conocerse la noticia, y Berganza se ve obligado a hacer alguna declaración ante las cámaras de televisión, antes recurrirá a mí. (Y se pondrá el impermeable).

En realidad, la neblina de Eros no me ha obnubilado completamente. Los momentos de lucidez deberían acabar por agradarme: son un testimonio de que mis facultades mentales resisten intactas a todo el desajuste hormonal. Es lamentable que los momentos de lucidez arrastren consigo dolores de cabeza y sentimientos de culpa. En efecto, cuando estoy lúcida, me doy cuenta de que tendría que trabajar, ¡y de qué manera! No tengo verdaderas excusas. ¿Bianca estiró la pata? Ya me puedo imaginar a Enrico objetando que no es un motivo suficiente para no tener que terminar el libro. Una obra póstuma tendría excelentes expectativas de venta. O bien Bianca podría volver a aparecer de un momento a otro y entonces la historia de su secuestro podría ser revelada finalmente a los medios, y lo mejor sería que el libro estuviera preparado, para que su publicación se montara en la ola del clamor. En suma, el hecho de que Bianca se encuentre hecha pedazos en múltiples bolsas de basura o sepultada en el patio de una casita de la región de Langhe no es una buena razón para que yo no me concentre en su libro.

Con todo, lo máximo que consigo hacer es navegar ociosamente por su página web y por los foros de sus fans, tratando de no perder el control de lo que quieren y no quieren encontrar en las *Crónicas angélicas*; reprimir un guiño ante los ataques combativos de Osé, Bifrons y compañía, pasar diez minutos de completa ausencia de motivación enfrente de la página intacta y, finalmente, cerrar todo. Al fin y al cabo, al minuto número dos, ya empezaron a sobreponerse en el blanco de la página otras imágenes y recuerdos y pensamientos, etcétera, etcétera.

El único trabajo en el que consigo concentrarme es el artículo de Riccardo. Aquí, por lo menos, los tropiezos de mi mente entre el artículo para él y las imágenes que tienen que ver con él son más breves. Debo recorrer menos distancia para regresar la atención hacia lo que estoy escribiendo.

Y al fin y al cabo funciona. Hoy Riccardo y yo tenemos una cita para vernos en su casa a las siete de la noche, pero a las cuatro le pongo punto a la última frase del texto para *XX Generation*. Lo leo por enésima vez y me gusta. Habla de Rosa, como ya he anunciado, y lo que aparece es el retrato de un hombre joven afortunado que mira con gratitud a una señora de estrato social y cultural completamente distinto, a la que se siente vinculado de una manera profunda. Logré incluso escribirlo como yo quería, de una manera elegante pero lo suficientemente fácil como para que una señora con muy poca familiaridad con el italiano pueda leerlo sin ayuda de nadie. (Riccardo tiene razón:

tengo que ser la persona más buena del mundo, la heredera moral de Gandhi y de la Madre Teresa de Calcuta). El hecho es que a las cuatro ya he terminado y estoy de un buen humor insólito.

Todo es insólito en estos días.

De manera que ¿por qué no hacer algo insólito?

Yo nunca hago nada insólito. Desde que salimos juntos, no le he dado ninguna sorpresa a Riccardo. El de las sorpresas es siempre él. Y a mí hasta ahora sus sorpresas me han gustado muchísimo, tengo que aceptarlo. Ahora puedo incluso admitirlo: también me gustaron las previas a nuestra relación, esas sorpresas que me desestabilizaron y me desconcertaron. ¿Acaso no sería justo que, por lo menos por una vez, viera que le devuelvo el detalle? Por lo menos puedo intentarlo. Él es el tipo de hombre con el cual está permitido jugar. Así que, si al menos una vez le diera una sorpresa, no creo que hubiera nadie más capacitado que él para apreciarla.

Me levanto del escritorio y voy a mi recámara. Me doy cuenta de que estoy sonriendo. La cosa me divierte. Me desnudo completamente; a continuación, saco del fondo de un cajón algo que ya casi olvidaba que tenía: un par de ligueros. Me los pongo, luego me pongo las botas y por último el impermeable. Hoy me presentaré en casa de Riccardo como hizo Marilyn aquella vez en casa de Yves Montand. Apuesto a que Riccardo no va a parar de reírse y lo va a apreciar; si me voy inmediatamente de casa, aun cuando la cita estaba acordada para las siete, podríamos tener tres horas extra para que manifieste su agrado antes de la cena.

¡Maldita sea! Esta idea es tan extraña para mí que me causa un poco de miedo.

Sin embargo, por otro lado, todo lo que está sucediendo en estos últimos días me causa un miedo del demonio. La cosa es que el miedo no es lo único que experimento, y todo lo demás no me desagrada. Si para sentir cosas bellas tengo que aceptar una pequeña dosis de miedo, paciencia, bienvenido sea también el miedo.

Con estos pensamientos, tomo las llaves del auto y, después de abotonarme perfectamente el impermeable, salgo de casa.

Ya casi llego a casa de Riccardo cuando algo en mi auto emite un ruido extraño.

No es que mi automóvil no produzca ruidos extraños cada cierto tiempo. Mejor dicho: pensándolo bien, ni siquiera tiene sentido llamarlos extraños. Lo que es extraño en este auto es el silencio. Pero es realmente un ruido extraño, porque no parece de auto: suena como un celular que estuviera pidiendo ayuda desde el mismísimo infierno.

—Lo que faltaba —murmuro. Meto una mano por debajo del asiento del copiloto, y tropiezo con el *smartphone* de Riccardo. Debe de habérsele caído hoy en la mañana, cuando le di un *ride* a la universidad antes de regresar a mi casa.

Ya estoy pensando que tengo que localizar el número de la secretaria de su facultad para dejarle un recado diciéndole que su celular se quedó en mi auto, cuando reparo en el resumen del mensaje en la pantallita. El teléfono sonó porque le llegó un mensaje, y en la parte superior del aparato titila un pequeño texto. Éste:

Enrico Fuschi: Ok, yo mantengo lejos de Roma a Vani. Pero tú díselo de 1 vez x todas y ponle punto final a esta historia cuanto antes.

Estoy tan concentrada en leer el contenido del mensaje que a punto estoy de atropellar a un perro en el paso peatonal.

Me digo que es un perro horripilante, de esos que más bien parecen ratas pelonas, así que a quién le importa.

Su dueña pasa delante de mí gritando quién sabe qué, pero obviamente yo estoy pensando en el mensaje.

¿Qué demonios quiso decir Enrico?

Ahora bien, creo que existe un modo de saberlo. Es bastante obvio. Con toda probabilidad, este mensaje es la respuesta a otro mensaje, que es la respuesta a otro mensaje, etcétera, etcétera. Bastaría con leerlos, y probablemente el misterio, por lo menos en parte, podría develarse. Sólo que hay un problema. El *smartphone* de Riccardo está protegido por uno de esos sistemas «dibuja el patrón para desbloquear». O sea, no. *Éste no* es el problema. El problema es que yo no pertenezco a *esa* clase de mujeres que accede a hurtadillas al *smartphone* de su novio para hurgar en los mensajes. Es un comportamiento que me repugna, me enferma y me irrita. Una de esas conductas vulgares que critico y aborrezco. Sólo que yo, por pura casualidad, sé perfectamente con qué patrón se desbloquea el teléfono de Riccardo y, en consecuencia, todo lo que me separa de pertenecer a esa clase de mujeres es la pura fuerza de voluntad.

(Para que sea claro: no lo hice a propósito. No lo espié para nada. Me bastó con observarlo un día por pura casualidad, sin segunda intención, cuando tuvo que usar el teléfono en mi presencia para hacer una llamada: con el índice desde abajo hacia arriba, luego hacia un lado, luego hacia abajo, luego hacia adentro. Otra vez hacia abajo, en diagonal. Mi novio es tan egocéntrico que su patrón secreto para desbloquear su teléfono es una «r» mayúscula).

Resoplo; después me orillo y estaciono el carro. Durante toda la operación no logro apartar la mirada del celular, ahora mudo e impasible. Si se atraviesa otro perro, esta vez pueden darlo por muerto. Yo confío en mi novio, ¿está claro? Me imagino que incluso fonéticamente «novio» tiene una cierta semejanza con «obvio», es decir, la confianza obvia, ese tipo de tonterías. Así que lo más justo sería no tocar el teléfono, ir a casa de Riccardo y en algún momento de la tarde (no olvidemos que llevo puesto sólo el impermeable por encima del liguero, y esto podría retrasar la fase de la conversación) preguntarle: «Ah, a propósito, cuando encontré tu celular debajo del asiento del auto, vi que tenías un mensaje de Enrico que decía etcétera, etcétera. ¿Podrías explicarme a qué se refería, puesto que parece que la cosa me concierne?».

Y el hecho es que, precisamente, *la cosa me concierne.*

Y que parece que se trata de algo que Riccardo se resiste a decirme.

Y que tiene que ver con algo —¿en Roma?— de lo cual tiene que mantenerme alejada Enrico.

Pero ¿cómo diablos puede permitirse *Enrico* mantenerme alejada *a mí* de algo? ¿Y a mis espaldas?

Pero qué carajos. No nos hagamos tontos. ¿Acaso alguna vez he confiado en alguien? No. ¿Hasta el punto de delegar en ese alguien la noble misión de sacarme de un problema? Ni pensarlo. Nunca de los nuncas. Así que Riccardo entenderá. Si dejas tu teléfono en un auto, totalmente a solas e indefenso a merced de tu novia, tu novia soy yo y en la pantalla del aparato aparece algo que le concierne e inquieta, no puedes esperarte que yo no lo revise.

De modo que introduzco esa maldita R y accedo a los mensajes.

El primero es de hace unos veinte días.

Enrico Fuschi: *Revisa correo. ¡Grandes noticias!*

Riccardo Randi: *No puedo, poca señal. Adelántame.*

E. F.: *RAI de Roma. Adivina kien es el nuevo coautor y presentador de Los caminos en el mundo a partir de la próxima temporada? :)*

R. R.: *Fantástico!!! Cuándo me toca?*

E. F.: *El 12, comienzas el 15, salen para el 1 reportaje (Canadá) el 20. Tomas: de viaje x el mundo x un año. Ni te imaginas la suma, te la paso x mail para no aguarte la sorpresa.*

Ya sabía yo que mi jefe escribe los mensajes como los pubertos, y no digo alguien como Morgana, sino uno de esos retrasados; lo que no sabía era que se espere que mi novio llegue a la capital dentro de unos pocos días.

Y al parecer no es lo más importante que desconozco.

R. R.: *Así tengo la excusa perfecta con Vani.*

E. F.: *Riccardo no hagas estupideces.*

R. R.: *Yo sé lo que hago.*

E. F.: *Sabes lo k sucederá si los ven juntos? Ya te lo dije.*

R. R.: *En 5 min. puedo acceder al mail. Te escribo desde allí, aquí es muy largo.*

Tú hazlo. No hay ningún problema. Desde el *smartphone* puedo leer también tu correo. Al fin y al cabo, ya me brinqué la barrera del crimen y de perdición. Mi lugar en el infierno está empezando a parecerse a una *suite* de lujo. Paciencia. Allí estaré más cómoda.

Voy al ícono de Gmail y busco la conversación entre Riccardo y Enrico.

Encuentro casi enseguida el e-mail con fecha y hora inmediatamente posteriores al último mensaje que acabo de leer.

De: *riccardo.randi@gmail.com*
A: *e.fuschi@edicioneslerica.it*
Objeto: Roma

Aquí estoy. En este tiempo, también he visto la propuesta de la Rai: está muy bien, ¿sabes? Dime si debo esperar algunos días sólo para jugar con ellos un tiempecito o si debería aceptar de inmediato y así empezar a organizarnos. ¡Así que vuelvo a la televisión! ¡No te escondo que ya no veía la hora! Fueron los años más divertidos de mi vida (muy distintos a su mundo editorial de mierda que no es más que días y días marchitándose encerrados en casa frente a una página en blanco, no, no).

En cuanto al caso Vani. Enrico, discúlpame si me pongo serio ahora, pero tratemos de ser claros. Yo sé perfectamente que estás preocupado, no hay ningún misterio al respecto desde que te dije por primera vez que había decidido salir con ella. Es más, para ser exactos, me estuviste jodiendo en serio con tus preocupaciones. Para empezar, no tengo ninguna intención de que los paparazzi *me sorprendan en lugares públicos con ella. Conociéndola, será fácil convencerla de que nos veamos las más de las veces en casa, pero por si acaso ya planifiqué el destino de cualquier salida; como bien sabes, ya la llevé al Po, que siempre está desierto; tengo un amigo que estaría encantado de prestarme su tienda por la noche cuando está cerrada y seleccioné una serie de lugares que sólo frecuentan sociópatas marginados y que deben de gustarle un montón; por ejemplo, el campo de tiro al blanco. Así que ya te puedes ir calmando:* NADIE *va a ver, fotografiar o filmar a Riccardo Randi de paseo con la estrafalaria Lizbeth Salander de los pobres, y mucho menos indagará acerca de ella ni descubrirá qué tipo de trabajo hace. Te lo garantizo porque a mí también me interesa.*

Después de lo cual, ¿qué más quieres? Ahora que todo marcha viento en popa con Roma, todas las piezas del rompecabezas encajan a la perfección para que yo pueda llevar a la práctica mis ideas. La apapacho un poquito, la seduzco, me convierto durante quince días en el mejor novio que haya tenido en toda su vida (en el supuesto caso de que haya tenido alguno, con lo inadaptada que es) y luego, ups, por causas de fuerza mayor me veo obligado a emprender el vuelo. Besos y abrazos, te amaré para siempre, cada uno se va libre por su camino, pero a ella le queda un recuerdo fabuloso por los siglos de los siglos. Y de este modo nos aseguramos de una vez por todas de que al peligro ambulante ni siquiera le pase por la cabeza la idea de lastimar a su gran amor pregonando públicamente la génesis de Más recta que la cuerda de una guitarra.

Ya me imagino cómo hiperventilas de angustia mientras lees este mensaje. Así que déjame ponerme un poquito más serio y más claro (por última vez, porque después de este asunto yo diría que ya conversamos lo suficiente). Tampoco a mí me agrada tener que prostituirme para salvarnos el pellejo a ambos (oh, Dios, en honor a la verdad, podría irme peor: la chica no está tan mal, ¡y de esto ya hablamos tú y yo!); el problema es que no tengo una mejor idea para arreglar TUS *broncas. Sí, Enrico,* TUS *broncas. Todos sabemos que fuiste tú quien tensó demasiado la cuerda. Tú, con tus sueiditos de miseria, con tu manera de tratarla como a la última de las cagatintas. La que conoce todos y cada uno de nuestros trapitos sucios. Ni siquiera te das cuenta del poder que tiene entre las manos esa chica. Si abre la boca, salimos volando tú, yo, los demás autores involucrados, toda la editorial. A mí tu editorial me importa un carajo; lo único que sé es que yo no puedo,* NO PUEDO *absolutamente permitirme correr ningún riesgo.*

No puedo dejar que, si un día se le alborotan las hormonas, la tipa pueda gritar a los cuatro vientos que todo mi éxito depende de ella.

Ya sé. YA SÉ lo que estás pensando. Lo mismo que me dijiste, ¿cuántas?, ¿doscientas veces? Vani no puede decir ni pío, tiene un acuerdo de confidencialidad, no puede conceder declaraciones, bla, bla, bla. Enrico, te lo repito: existen otras maneras. Pues ¿qué ecrees, que quien tiene en sus manos todo este poder, y que tiene su propia cabeza y su espíritu sarnoso y encabronado, no va a encontrar alguna escapatoria para invalidar una cláusula? Especialmente las cláusulas de tus contratos, que están escritos con las patas y tienen más agujeros que un burdel. ¿Acaso tienes la mínima idea del infarto que sentí cuando la vi allí, en mi presentación? Vestida de esa manera... ¡Parecía una justiciera de caricatura! Tú sabes que hubiera bastado con que levantara la mano para que la moderadora le diera la palabra y delante de las cámaras del noticiero regional pusiera en crisis todo lo que hasta ahora hemos construido. Y como te decía, no había ninguna necesidad de una declaración hecha y derecha, como las que prohíbe el contrato. Bastaba con una media frase, un golpe bajo. «Sabemos que usted recibió mucha, MUCHA ayuda de parte de la redacción mientras escribía su novela...». O bien, por ejemplo: «Hola, soy una empleada de Ediciones L'Erica y quisiera comentar con usted un fragmento que me gustó especialmente», y joderme leyendo uno que no está en el libro sino escrito por ella para esa ocasión con mi mismo e idéntico estilo. Probablemente nadie lo captaría. Pero probablemente alguien sí. Y así, podría enumerarte otras dos mil bromitas incluso menos sutiles. Estuve sin dormir durante dos noches sólo de pensar con cuáles y cuántos subterfugios podría joderme.

¿Y tú te animas a correr el riesgo? Yo, francamente, no. De manera que, dado que tú mismo me dijiste que ante el último trabajo que le asignaste empezó a poner trabas y a inventar mil pretextos, y que no quiere recibir dinero de mí (también intenté este camino), la única manera que me queda para convencerla de no hacerme daño es que me adore. Que se ponga de mi parte. Y llámame mujeriego y vanidoso y todo lo que quieras, pero desde que el mundo es mundo esto es lo que yo sé hacer: el hombre ideal que sabe cómo hacer que las mujeres lo amen. Ésa es mi especialidad. Y es eso exactamente lo que haré con ella.

¿Ya estás convencido? Pues en el caso de que no lo estés, paciencia. Al fin y al cabo ya decidí. Ya verás que hasta me lo vas a agradecer. Quizá puedas mandarme algunas provisiones decentes mientras esté paseando por el planeta cuando filmemos Los caminos del mundo.

Adiós,

RR.

PD: ¿Sabes qué podría resultar útil? Que encontraras algún encargo para Vani que la obligara a permanecer en algún lugar lo más lejos posible de Roma, de manera que no se le ocurra ni la idea de seguirme. Además de que, con lo antisocial que es, aun cuando viniera incluso a Canadá para asistir al primer ciclo del rodaje, después de una semana como máximo seguramente se regresaría a casa. Pero no hay que arriesgarse, ¿ok?

Regreso a los mensajes.

Parece que pasaron veinticuatro horas completitas antes de que Enrico metabolizara el *e-mail* y pariera una respuesta.

E.F.: *Mail leído. Ok, ok. Empiezo a pensar en el trabajo para Vani. Tú en cambio no esperes al último momento para decirle k vas a Roma.*

R.R.: *Cuanto más tarde se lo diga, más difícil es que ella se organice para irse conmigo.*

E.F.: *Qué listo, digo, qué cabrón.*

R.R.: *Te recuerdo que también a ti te estoy salvando el trasero, Pilatos.*

E.F.: *Es mi especialidad: llevar el control de las cosas dejando k sean los demás los k se ensucien las manos.*

R.R.: *Y el cabrón soy yo?*

El último mensaje de la serie, después de cierto tiempo, es el que leí en directo hace unos cuantos minutos.

Claro, porque ya pasaron unos cuantos minutos, después de todo.

Es increíble cuántas cosas pueden cambiar en tan poco tiempo.

Me quedo inmóvil, sentada en mi auto estacionado, durante un tiempo que me parece el cretácico.

Siento el frío de mi impermeable contra los muslos desnudos. Contra los genitales. ¡Maldita sea!

Estoy desnuda debajo de mi impermeable por culpa de un fulano que me ligó para que me portara bien y no se me ocurriera arruinarle la reputación.

Permanezco inmóvil observando el vacío durante un milenio, minuto más, minuto menos, escuchando un glacial silencio que me inunda por dentro.

Después enciendo el auto y me regreso a casa.

Tres horas más tarde, estoy llegando a casa de Riccardo de nuevo. Durante ese tiempo, regresé a mi departamento, me volví a vestir, leí una vez más el artículo acerca de Rosa, luego abrí un nuevo archivo y lo guardé como «RiccardoRandi_XXGeneration_versión2». También volví a abrir el archivo del libro de Bianca y noté con gusto que me vino a la mente toda una serie de ideas acerca de cómo continuar la redacción del texto, algo que no me sucedía desde hacía varios días. Me imagino que mi mente necesita cualquier excusa para no pensar en todo lo que acaba de suceder. Es un descubrimiento que será bueno que yo atesore.

A continuación, como ya dije, me cambié para la noche, me maquillé, me volví a poner el impermeable, volví a subirme al auto y de nuevo me presenté en casa de Riccardo a las siete, como habíamos acordado.

Toco el timbre, subo, me recibe con un beso, preparamos la cena.

Mientras él está entretenido destapando una botella, finjo que tengo que usar el baño; luego regreso a la cocina mostrándole su teléfono:

—¿Qué hacía debajo de la lavadora?

—¡Así que allí había ido a parar! Apuesto a que lo tenía en el bolsillo cuando me cambié los pantalones. Hoy estuve a punto de llamarte desde la universidad para preguntarte si de pura casualidad se me cayó en tu auto.

—¿No te dio miedo la idea de tu *smartphone* solo y vulnerable, pletórico de secretos, en las manos de tu novia? —Lo provoco, tratando de adoptar el comportamiento de la peligrosa espía rusa de alguna vieja película del agente 007. «No existe un solo hombre que no le tema a esta imagen. Bueno, probablemente sólo quien no tiene nada que esconder. Pero ésos, obviamente, son los hombres aburridos».

Riccardo me guiña un ojo y responde socarrón:

—No te hagas ilusiones, tiene un sistema de seguridad. ¿Qué creías?

Me río.

Dejo que siga creyendo que funcionó.

Ah, sí, Lisbeth se escribe con S, idiota.

19

Suena la alarma

Lo bueno es que ya empecé a trabajar.

El libro de Bianca está terminado. Estoy ya en la fase de las correcciones, de los pequeños añadidos, de los acabados y de las integraciones. Descubrí que mi concentración sufrió un cambio drástico: ahora es el trabajo el que no me permite pensar en Riccardo y así, en los últimos días, de tanto trabajo, logro pensar en él casi únicamente cuando lo tengo frente a mí. Porque sí, lo sigo viendo como si nada hubiese pasado, por lo menos hasta donde él sabe. Probablemente hice que nuestros encuentros disminuyeran un poco, eso sí, pero la excusa oficial («Estoy retrasada con el libro de Bianca, tengo que darle duro») lo acabó por convencer porque, además de todo, era cierto. De cualquier modo, en los últimos tres días aprendí a escribir Amor y Armonía sin vacilar en el momento de teclear la mayúscula y de inventar ejercicios y visualizaciones cada vez más convincentes, retomándolos de otros libros de Bianca, pero ahora aportando algo de mi cosecha incluso desvergonzadamente. Deseché finalmente mis últimos prejuicios. Los ángeles me hablan como viejas comadres. Gabriel me cuenta acerca del instinto combativo innato en el ser humano, un instinto que, en función de cómo se elige alimentarlo, puede convertirse en una avasalladora fuerza vital o en una agresividad destructiva. Uriel es un río desbordado; sin embargo, me llena de enseñanzas acerca del perdón y de la aceptación, a los cuales agrego ejercicios prácticos de autoaprendizaje en la vida cotidiana que me sorprenden incluso a mí misma por lo eficaces que parecen. Soy una dispensadora de bondad, serenidad, amabilidad. Un vehículo de preceptos de paz. Me desbordo de consejos sabios; transpiro ecuanimidad y superioridad de ánimo; canalizo con humildad la voz de los Seres Eternos e irradio su santidad como reflejo.

¡Ah, qué fantásticas estupideces!

Vuelvo a leer mi última creación, un ejercicio en ocho puntos cuyo propósito es seguir en la comunicación con los familiares o con los compañeros de trabajo las Tres Leyes de la palabra de Luz teorizadas por Muriel, máxima autoridad en cuestiones de elocuencia y silencio. Apoyo los pies descalzos sobre el escritorio y me pongo la *laptop* sobre las piernas.

Los lectores de Bianca adorarán toda esta parafernalia.

Sólo para mantenerme actualizada, tomo una tregua y abro uno de los foros de los biancófilos. Vaya, como te distraigas aquí puede suceder cualquier cosa. Por lo que parece, en estas pantallas no hay espacio para el aburrimiento. El blog del católico que cree ciegamente en lo increíble no tiene *posts* recientes, pero el número de los comentarios aumentó en treinta desde la última vez que le eché una ojeada. Los abro. Parece que las almas hermosas que transpiran confianza en su heroína están teniendo algunos problemitas para aplacar a Bifrons, quien se ha colocado abiertamente a la cabeza de los escépticos. «Lo que ustedes no lograron explicarme hasta ahora», escribe seco y, hay que admitirlo, de manera incisiva, «es por qué razón los ángeles la eligieron sólo a ella para comunicar sus mensajes. ¿Tiene intención de demostrar su buena fe? Pues entonces debería pedirles a ellos que también se manifiesten delante de los testigos». Hay a continuación toda una serie de comentarios de partidarios de Bianca, algunos conciliadores, otros muy belicosos. Alguien contraataca con explicaciones articuladas, como si estuviese tratando de introducir un concepto en la cabeza de un niño o de un retrasado mental. Otro se limita a agredirlo con insultos. La gran mayoría se coloca en medio de estos extremos. Replican que, por definición, la fe no acepta someterse a demostraciones («¿Y santo Tomás, entonces? ¿Acaso Jesús no aceptó someterse a las comprobaciones prácticas?», contraataca Bifrons de manera evidente), o que Bianca es sólo una intermediaria y que seguramente los ángeles tendrán sus incuestionables razones para manifestarse únicamente ante ella. SerenaInterior (*nickname* no muy pertinente, a juzgar por el tono alterado de su comentario) escribe: «¡Sólo un idiota puede lloriquear "también yo quisiera ver a los ángeles!", en lugar de concentrarse en el mensaje maravilloso que Bianca transmite, y que es lo que cuenta verdaderamente». Gracias, SerenaInterior. Es precisamente gracias a quien comparte tus opiniones que yo ahora me estoy ganando el pan de cada día.

Paso al foro de mi comentadora preferida, Osé, y me percato de que también ella aumentó drásticamente el número de intervenciones en los últimos días. «¿Bianca quiere demostrar que su función de portavoz no se ha agotado en absoluto? ¡Pues entonces que nos comunique ya algo un poco distinto!». Osé participa en la misma discusión, que se centra en el carácter genuino de los contenidos de las *Crónicas angélicas*. Es un debate que tengo presente en cada instante mientras escribo el libro. Me impide caer en la tentación de la pereza y reciclar demasiados contenidos de los precedentes volúmenes de las *Crónicas*. En cierto sentido, precisamente este debate acerca de la originalidad y la autenticidad de la obra de Bianca es el motor que desencadena mi vena creativa, y me hace inventar de manera impúdica mensajes cada vez más angelicales. ¡Oh, qué ironía!

Ya le estoy dedicando un mensaje de agradecimiento a Osé, cuando me doy cuenta de algo.

Con el propósito de focalizarlo mejor, recorro los últimos comentarios formulados tanto por Osé, en el otro blog, como por Bifrons. Como suponía. Víctima de un frenesí imprevisible, hago un análisis sistemático de la totalidad de las páginas web que tienen que ver con Bianca que aparecen en una primera búsqueda en Google y encuentro también otra que se suma al montón. Aquí estoy de nuevo en la página dedicada a los arcángeles, en la sección de los foros: en este caso, en representación del ala de los disidentes, aparece un tal Andrea A., quien tiene un nombre tan inocuo como incisiva es su lengua. En este caso, el tema del debate es si existe una jerarquía de prioridades entre los mensajes de los ángeles según el grado de importancia de los ángeles mismos; es decir, si los mensajes provenientes de los ángeles ordinarios tienen o no una importancia secundaria respecto a los que se le comunican a Bianca de parte de los ángeles más, uhm, cualificados. Me parece una discusión de una inutilidad poco habitual, que me hace dudar del equilibrio mental de los participantes, pero uno de los últimos comentarios de Andrea A., más o menos contemporáneo de los de Bifrons y de Osé, dice así: «¿Quieren demostrar que existe una escala de valores? Demuestren ante todo la autenticidad de la fuente».

Yo diría que ya es suficiente. Y esta vez no voy a esperar a que me interpelen. Busco el celular y selecciono el número de la comisaría.

—Necesito hablar urgentemente con el comisario Berganza —le digo a la voz masculina que me responde.

—Espere —pausa—. No se encuentra, pero si gusta puede dejarle un mensaje con Betti.

¿Betty? ¿De cuándo acá los comisarios tienen secretarias? De todos modos, me imagino que esto significa que podrían comunicarme con alguien de su oficina..., o sección, o equipo, o como diablos se llame. Me parece mejor que hablar con un genérico encargado del conmutador.

—Páseme entonces a Betty —acepto.

Luego de un momento, dice otra voz masculina:

—¿Bueno?

Estoy sorprendida.

—¿*Betty* es usted?

La voz emite un suspiro. Imperceptible, pero yo lo noto.

—Soy el agente Vitaliano Betti. ¡Dígame!

Tengo que ahogar una risita, puesto que todo me hace pensar que a este pobrecillo deben de confundirlo con una mujer por lo menos tres veces al día.

—Necesito comunicarle urgentemente al comisario un par de cosas a propósito del secuestro de la señora Cantavilla. ¿Puede comunicárselas usted?

—Déjeme tomar nota —suspira nuevamente Betti. Esta vez, el suspiro tiene otro significado: es síntoma de que hay hordas de investigadores improvisados, que acostumbran a llamar para dejarle indicaciones inútiles sobre cada caso en el que estén involucrados aunque sea indirectamente.

—Sería muy útil que comprobaran ustedes las direcciones IP de tres comentadores muy activos en discusiones *online* sobre Bianca —digo—. Se llaman Bifrons, Osé y Andrea A. Ahora le dicto las direcciones de las páginas web en las que intervienen. —Dedico cinco largos minutos a deletrear algunas URL. Casi puedo percibir el gemido de aburrimiento que Vitaliano Betti emite mentalmente al otro extremo del teléfono.

—¿Y por qué considera usted que es útil comprobar sus IP? —pregunta finalmente sin demasiado entusiasmo.

—Justo estaba por decírselo. Para empezar, son los comentadores más polémicos de la obra y la deontología de Bianca. Sin embargo, lo que me sorprendió es que usan todos las mismas fórmulas. Preguntas retóricas, el verbo «demostrar»... —Betti no puede saberlo, pero es el mismo error banal al que presté una atención especial para tratar de evitarlo yo misma, hace nueve años, cuando usé el mismo truco para convencer a Enrico de que me contratara. Ésta es la razón por la cual se me activó la alarma—. Por lo demás, últimamente parece que se conectan más o menos siempre a la misma hora. En resumen, todos sus comentarios parecen escritos por la misma mano, como si estos tres *nicknames* correspondieran a la misma persona. Puede ser que descubran que los comentarios de Bifrons, Osé y Andrea A. salen todos de la misma computadora.

Betti no parece impresionado.

—Yo le paso su recado. —Bosteza—. Gracias por llamar.

—¿No quiere usted saber quién le hace esta llamada?

—Por supuesto —dice Betti telegráficamente. Yo me imagino que mentalmente agrega: «De esta manera tendré a otro pesado a quien agradecer las inútiles verificaciones que mi jefe me obligará a llevar a cabo».

—Dígale que es una sugerencia de Vani Sarca —agrego yo.

Luego doy por terminada la llamada, prácticamente segura de que Betti estará escribiendo mi nombre de forma ilegible o equivocada.

Bien. Cumplí con mi deber de ciudadana modelo. Qué bien sabe el simple placer de tener una conciencia limpia. ¿Quién sabe? Probablemente podría insertar en el libro de Bianca una llamada al respeto de las leyes y de la autoridad civil. Quizá logro encontrar en alguna página web de angelología a un querubín o a un serafín específicamente predispuesto al espíritu cívico. El mercado es potencialmente infinito. Con un poco de estoicismo, uno podría adentrarse e incursionar en *Apréndete las señales del camino con Nathanael,* o bien *Azazel te enseña a clasificar la basura.* Si los lectores de Bianca se tragan mis estupideces, estarán listos para cualquier otra cosa. De cualquier modo, no tengo tiempo para ocuparme de Bianca, ni siquiera para bromear a su costa. Porque son casi las seis del último día útil para la entrega del artículo de Riccardo y yo todavía tengo dos cosas pendientes.

La primera es buscar en mi agenda telefónica un número al que nunca llamo.

—Vani, ¿eres tú? —responde mi hermana, con genuina sorpresa.

20

Lo importante es terminar

A fin de cuentas, esta historia es realmente triste. Mi hermana y yo nos encontramos siempre en la misma asquerosa situación desde hace quince años. Yo pienso: «¿Qué querrá esta vez?» cuando me llama ella, y cuando soy yo quien la busca, bueno, pues simplemente no lo puede creer.

Ya pasaron quince años y no ha cambiado un carajo.

Otra vez.

Junio de 2000.

El Quicksand provoca cada vez más ganas de vomitar.

No es que al inicio de la velada estuviera limpio, pero Hunter pasa un viejo trapo sobre la barra cada día de apertura a eso de las cinco: si uno no le presta demasiada atención, las luces están como ya sabemos y quizá ya te echaste uno de sus cocteles deprimentes, el resultado puede parecerte casi aceptable. Pero esta noche tocan los Pentaclaws, cinco metaleros cuarentones que creen que siguen teniendo veinticinco años y cuanto más envejecen tanto más desmadrosos y desbocados se vuelven. Su público tiene la pésima costumbre de no decidirse entre bailar *slam* o beber una cerveza. Así, desde la base del escenario y en un radio de diez metros, el piso está completamente pegajoso por el alcohol derramado revuelto con lodo, porque está lloviendo desde hace tres días y la clientela del Quicksand no es precisamente famosa por limpiarse bien la suela de los zapatos.

A Vani, los Pentaclaws le dan náuseas; sin embargo, puesto que le dan náuseas a la mitad de la clientela que frecuenta el Quicksand, vino a oírlos igualmente por el solo gusto de oír hablar mal de ellos.

Hay ocasiones en que uno tiene que aprender a divertirse con poco.

No obstante, esta noche la pestilencia del sudor y la pésima calidad de la música están impulsando a Vani a valorar seriamente la hipótesis de largarse del lugar. Si no fuese porque largarse del lugar significa vagar a solas en auto durante un buen rato, justo para postergar lo inevitable, y después tener que regresar a casa con su insoportable familia y su insoportable hermana, con la cual acaba de discutir por enésima vez.

En casa. El último lugar en el que tiene ganas de encontrarse después del Quicksand (o probablemente antes).

Dios. No es posible continuar así. Se jura a sí misma que al día siguiente de haberse titulado será independiente, con un trabajo esperándola. Sí, cómo no. En estos tiempos. Pero por lo menos lo intentará, vaya que lo intentará. Con las uñas y con los dientes.

El vocalista de los Pentaclaws decide que llegó el momento de lanzarse al público desde el escenario.

Vani decide que ha llegado el momento de largarse.

Si no fuese porque, contra toda probabilidad, se le aparece enfrente precisamente en ese instante cierta cara, lo que resulta delirante.

—¡Lara! ¿Qué carajos haces aquí? —protesta.

—Tomé el autobús —dice Lara, con sosiego.

Lara en el Quicksand. Lara vestida de Lara; es decir, con su minifalda de mezclilla, la chamarra fucsia ajustada, el pelo súper rubio sostenido en alto con dos ridículas pinzas de *strass*. Toda una muñeca en un cementerio. Vani se frota los ojos con las manos. No sabe ni siquiera por dónde empezar para explicarle por qué está cometiendo un error.

—Claro, así que ahora soy yo la que tiene que llevarte a tu casa. Puta madre. Pero ¿cómo diablos se te ocurrió venir aquí?

Lara se encoge de hombros, irritada. Mira a su alrededor, finge que está contenta de encontrarse allí y se siente perfectamente a gusto, pero se ve a una milla que no está muy convencida de la bronca que ha armado.

Y de cualquier modo, Vani sabe perfectamente qué está haciendo Lara allí, en su terreno, en el lugar más transgresor del que haya oído hablar. A Lara, la dulce, la angelical, a la adorable Lara, la acaba de mandar a volar el primer novio verdaderamente inteligente con el que ha tenido una relación: Francesco, quien acaba de pasar sus exámenes finales de la preparatoria y en septiembre irá a estudiar medicina en la Universidad de Pavía. Le explicó que su relación no funcionará a distancia, que él tendrá que concentrarse en sus estudios y que ella no debe tener miedo porque seguramente encontrará a alguien más con el cual las cosas serán más fáciles, etcétera, etcétera. Pero la verdad es que Lara no creyó ni una sola palabra. A Vani le disgusta. Francesco no era tan malo. Por fin Lara llevaba a la casa a alguien con quien se podía intercambiar un par de opiniones decentes instalados en la sala y a quien no le importaba si Vani ponía a los Smiths. Lara escuchó las razones de Francesco y las tradujo así: «No estoy a su altura. Él es un tipo como Vani, un cerebrito que entiende de música y de libros y de toda esa bola de cosas. Por supuesto, es un hombre y yo soy una chica guapísima y adorable, y esto explica por qué, por lo menos durante un tiempo, se enamoró de mí. Pero entre él y yo existe la misma diferencia abismal que existe entre Vani y yo, y esta vez, como probablemente todas las veces en las que en un futuro me interesará alguien de su clase, mi gracia y mi belleza no servirán para un carajo».

Vani sabe perfectamente que es esto lo que le está pasando por la cabeza a Lara en los últimos días. Para empezar, por ejemplo, lo sabe porque conoce a Lara desde que nació, literalmente. Y además lo sabe porque hace una semana que Lara la trae contra ella mucho más que de costumbre, se ofende por nada, la provoca y le pone mala cara.

Esta noche, con toda probabilidad, vino al Quicksand con la secreta finalidad de joderla. Entrometerse en el oasis de seguridad de Vani, ponerla en entredicho frente a sus amigos, interpretar el papel maligno de la hermana menor y hermosa que irrumpe como una estrella fugaz y hace sombra a su hermana mayor en el lugar que es su mismísima porción de cielo. No calculó que su *look*, que puede funcionar a la perfección en cualquier otro lugar, en esta gruta de murciélagos donde todos van vestidos como Vani, la margina y hace que sienta una serie de miradas muy distintas de aquéllas a las que está acostumbrada. No calculó la incomodidad, el sentirse fuera de lugar, la soledad de la oveja negra.

¡Qué ironía! Y pensar que en cualquier otra parte del mundo ella es la reina de las ovejas blancas, y la oveja negra es siempre su hermana.

De cualquier modo, no es que a Vani le interesen demasiado los motivos de Lara. De hecho, lo único que le interesa a estas alturas es suavizar lo más rápido posible esta cagada y largarse a dormir.

—Vámonos, te llevo a la casa —refunfuña.

—Ni lo sueñes. Acabo de llegar y tengo ganas de echarme unos tragos —insiste Lara con descaro.

Hay que reconocerle su tenacidad. Vani sacude la cabeza y se aleja.

Hunter, quien en realidad se llama Filippo y, aun cuando se rasuró los lados de la cabeza, sigue siendo un botijón de aspecto inocuo, está sirviéndole en la barra a una manada de fans de los Pentaclaws. Vani logra acercarse lo suficiente como para aventarle dos billetes de diez mil liras. No es mucho, pero es todo lo que lleva en la bolsa esta noche, ¿quién se iba a imaginar que tendría que comprar la complicidad de un barman?

—Un agua tónica, y escúchame bien. ¿Ves a aquella rubia? Es mi hermana y tiene diecisiete años. Te puedes quedar con el cambio, lo único que te pido es que en cualquier bebida que ella te ordene no vayas a poner ni siquiera una gota de alcohol. ¿Está claro?

—Pero se va a dar cuenta —objeta Hunter. Con timidez, porque objetarle a Vani, sobre todo cuando tiene la cara que tiene, no le parece para nada una buena idea.

—No se va a dar cuenta de un carajo. Miss Perfección nunca en su vida ha bebido y no tiene ni idea del sabor que tiene el alcohol. Lo único que quiere es hacerse la transgresora esta noche y hacerme encabronar.

Hunter asiente. Vani se lleva el agua tónica para Lara, abriéndose camino entre la multitud.

—¿Qué es? —pregunta Lara mientras mira el vaso.

—*Gin-tonic.*

—Sabe a agua tónica.

—Porque lo preparan con agua tónica. Ahora quédate aquí un momento mientras yo voy a orinar. Cuando regrese nos vamos.

Lara intenta protestar, pero Vani ya le dio la espalda. En realidad, no necesita para nada ir al baño, sino únicamente dejarla sola por un momento. No estaba preparada para tenerla encima de nuevo.

Sólo que cuando regresa del baño Lara sostiene en la mano un vaso distinto y un fulano de la caterva de los Pentaclaws está flirteando con ella.

—¡Te dije que no le sirvieras nada de alcohol, carajo! —le grita Vani a Hunter, quien, aun cuando está ocupado sirviendo a los clientes de la barra, se da el tiempo para hacerse más chiquito. Se asoma para mirar la escena.

—¡Te juro que ese vaso no se lo serví yo! —exclama—. Ese tipo que está hablando con ella me pidió que le preparara dos Manhattan…

En menos de un nanosegundo Vani llega hasta el lugar del delito y le arrebata el vaso a su hermana, quien, estupefacta, protesta a media voz.

—Oye, ¿qué carajos quieres tú? Sólo estábamos hablando.

—El fulano, alto, gordo y con unos bigotes en forma de manubrio sobre una barba mal afeitada, se lanza contra Vani.

—Ésta es mi hermana y tiene quince años. Lárgate o llamo a la policía, pedófilo de mierda.

No pasa ni un cuarto de hora cuando Vani ya está poniendo en marcha el automóvil.

Bloqueó la portezuela de Lara con el seguro, como se hace con los niños.

—Yo no tengo quince años —replica Lara finalmente.

—Tenía que haberle dicho que tenías trece, así se asustaba todavía más. —Vani sacude la cabeza—. ¡Por favor! Un Manhattan a una niña de diecisiete años que nunca en su vida ha bebido, y con el *whisky* de mierda que usa Hunter, que haría vomitar a un boxeador.

Lara reflexiona en silencio.

—Sólo estábamos hablando.

—Te estaba ligando, idiota.

Lara se ruboriza.

—¿Ya estás satisfecha? ¿Ya me provocaste hasta donde querías? ¿Podemos ahora declarar concluida la semana del Me-pongo-perra-con-mi-hermana-porque-detesto-todo-lo-que-ella-representa?

Pausa.

—Yo no te pedí que fueras mi niñera.

—Yo no te pedí que vinieras a mi antro.

—No es tu antro. Es el antro de todos. Puede ir quien quiera.

Nueva pausa.

—Y además, si te interesa saberlo, es un antro asqueroso.

—Ya lo sé.

—Pensaba que los cerebritos iban a lugares diferentes.

—Ya lo sé.

—No entiendo por qué vas, entonces.

—También yo me lo pregunto. Evidentemente, no soy tan inteligente como dicen todos. Y si tú, en cambio, eres tan inteligente como creo, de ahora en adelante tendrás mucho cuidado de no volver a poner un pie allí.

Lara titubea; después se vuelve para observar el perfil de Vani.

—¿En serio piensas que soy inteligente?

—¡Qué pregunta! Obviamente que sí.

Lo dice con fastidio deliberadamente, como si tener que responder fuese sólo una gran pérdida de tiempo.

Lara voltea de nuevo a mirar absorta hacia delante, más allá del parabrisas.

No dice nada, pero Vani sabe que se le escapó una pequeña sonrisa.

—Como no tienes la costumbre de revisar tus correos electrónicos, sólo quería avisarte que hace un par de horas te envié el discurso de Michele ya corregido. Espero que te encargues de que el muy cabrón haga buen uso de él.

—¡Bendita la hora! —exclama mi hermana, que tiene una concepción muy personal del agradecimiento—. Pensaba que ya se te habría olvidado. Michele se va a Fráncfort el próximo miércoles, un poco más y…

—La única razón por la que lo hice, Lara, es por ti.

Silencio al otro lado del teléfono. Probablemente mi hermana está buscando con inquietud dónde está el insulto.

Exactamente como decía. Han pasado quince años y entre nosotras no ha cambiado nada.

Parece que tendré que aprender a ser más explícita. Dios mío, la gente no entiende nunca un carajo si no se lo explicas con manzanas.

—A ver, Lara. Tú y yo sabemos que, cuando hay algo en lo que yo tengo que ver, a Michele le encabrona tanto que no le es suficiente con odiarme a mí, se enoja también contigo. Yo estoy segura de que cuando lograste que te diera permiso para pedirme ayuda se habrá puesto de pésimo humor durante toda una semana. Seguramente te habrá puesto una jeta de vieja histérica y habrá aprovechado cada oportunidad para armarte una bronca. Y si yo no les hubiera mandado a tiempo las correcciones, inmediatamente hubiera aprovechado para echarte todo en cara con un aire de triunfo diciendo que soy la imbécil de siempre y que tú eres la única estúpida que confía en alguien como yo. ¿Me equivoco? En absoluto. A mí la carrera de Michele me importa una mierda; es más, si el mundo fuera un lugar justo, creo que el muy imbécil debería estar trabajando en un circo como el hombre bala. Pero sí que me importa que te trate bien.

Lara permanece en silencio durante algunos segundos. Parece reflexionar. No sé muy bien qué. Probablemente Michele de veras la exasperó y ella está pensando si debe decirme algo al respecto y cuánto; o tal vez está reflexionando sobre mi comportamiento, porque ésta es seguramente la primera vez desde que éramos adolescentes que me preocupo tanto por ella. Bueno…, no. Por supuesto que no. En realidad no lo es para nada. Es sólo la primera vez que lo hago de una manera explícita.

¿Acaso no hay siempre una primera vez? Y da lo mismo que sea ahora, a menos de veinticuatro horas del momento en el que estoy prácticamente segura de que mi vida como yo la conocía va a cambiar completamente de rumbo.

Si tenemos que terminar una fase, terminémosla con broche de oro, *baby*. Pongamos en su lugar todo aquello que podamos y tratemos de resetear todo sin demasiados arrepentimientos o deudas con el karma.

—Me interesa que tú estés bien, Lara. ¿Está claro?

Efectivamente me siento mucho mejor.

Cuando Lara empieza otra vez a hablar, su voz me suena extrañamente dulce:

234

—Vani…, Michele es un susceptible de mierda, como dices tú, es cierto. Y también esta vez tienes razón. Cuando prácticamente tuve que suplicarle para que aceptara que tú le corrigieras la presentación, la jeta que me puso le duró días enteros, sí. Y si quieres saber la verdad, casi me gustaría que también esta vez haga lo que se le dé la gana, que deje el discurso como quiera y se juegue otra vez el ascenso, porque la idea de que lo logre y luego tenga que agradecértelo a ti podría volverlo insoportable durante un mes por lo menos. Pero créeme…, y te lo digo con toda sinceridad, porque, aunque no sé la razón, hoy me pareces muy seria. Créeme: Michele es un buen hombre. Si de cuando en cuando hace alguna tontería como ponerme mala cara o hacerme una escena porque según él no cargo bien el lavavajillas, o porque le está yendo mal en el trabajo, yo lo puedo aguantar. Pero la verdad es que nunca hace nada más grave que eso. Y el resto del tiempo, es un buen marido y un excelente padre. Así que quédate tranquila. Y…, y gracias por haber pensado en mí.

—De nada —digo.

—Vani… Gracias. De veras.

Asiento, aun cuando Lara no puede verme.

Cuelgo el teléfono mientras Lara me está preguntando:

—Vani, pero ¿tú estás bien?

A decir verdad, la oigo perfectamente y tendría tiempo suficiente para frenar el movimiento de la mano, volver a ponerme el celular en la oreja y responder, pero es mucho más sencillo fingir que no la oí, y oprimir la tecla para colgar.

De cualquier modo, la respuesta habría sido sí. Sí, gracias, Lara, yo estoy bien. Y dentro de unas horas voy a estar todavía mejor, ¿sabes?

Bastan unas cuantas horas de paciencia.

Me dejo caer en mi sillón, con el celular todavía entre las manos. Miro en la pantallita qué hora es. Las 6:08.

Perfecto. Es momento de la tercera, última y más importante cosa que tengo que hacer hoy.

Tercera llamada: ¡a escena!

Espero otros dos minutos por pura seguridad y, enseguida, le mando un mensaje a Enrico:

Estoy retrasada con el artículo para XX Generation. *Necesito un poco más de tiempo. Dame el e-mail de la persona de contacto, se lo mando yo directamente.*

Al fin y al cabo Enrico no tiene ningún motivo para no confiar en mí. Ni siquiera necesita leer el artículo. Él espera que yo me haya puesto ya de acuerdo con Riccardo, que incluso se lo haya dado a leer a él. Después de todo es mi novio y yo lo adoro, ¿no?

De hecho, ya se lo di a leer. Seguramente habría confiado en mí, pero yo para eso soy una gran escritora fantasma, se lo di a leer. Le di a leer *un* artículo. Uno de los *dos* que escribí para la ocasión.

Después de eso acepté sus felicitaciones, sus agradecimientos, su «está perfecto, ¡no acabo de entender por qué, de entre tú y yo, el escritor famoso tengo que ser yo y no tú!» y añadí:

—Oh, no, Riccardo, gracias, pero no está para nada perfecto, eres demasiado amable, la verdad es que tengo que hacerle todavía algunas modificaciones y no de poca importancia. ¿Te importaría avisar a *XX Generation* que les va a llegar en el último momento desde una dirección que no es la tuya, que no hagan caso y que lo publiquen así como está, al fin y al cabo hay confianza? Gracias.

Riccardo hace lo que le pido, afable.

Gracias, Riccardo.

Mi celular vibra.

sonia.sciacca@xxgeneration.com ¡MUÉVETE ESTÁN X METERLO A LA IMPRENTA!

¡Wow! Una sola abreviatura. Bravo, jefe. Si sigues esforzándote, para fines de año ni siquiera la puntuación tendrá ya secretos para ti.

Abro el correo, inserto la dirección de Sonia Sciacca en el lugar del DESTINATARIO, anexo el artículo y ya está. En el mensaje escribo:

Respetable licenciada Sciacca:

He aquí el artículo que deberá ser publicado en el número especial de XX Generation *a nombre de Riccardo Randi. Como el profesor Randi le anticipó ya, se lo envío yo —la editora— debido a motivos previstos (usted conoce muy bien los problemas de las redacciones). Por el mismo motivo, en el caso de que hubiera preguntas, correcciones, etc., escríbame directamente a mí: tengo el correo abierto y puedo responder al instante, mientras que en Ediciones L'Erica, a esta hora, no encontrará a nadie.*

P.D.: Le advierto, es un artículo... explosivo. Estoy casi segura de que el contenido la sorprenderá. Le transmito desde este momento las disculpas del profesor Randi, quien confía en su fama de apertura e imparcialidad y en el hecho de que no censurarían un punto de vista incómodo, dando lugar más bien a una ocasión para el debate.

Muchas gracias,

Silvana Sarca

Después de diez minutos, recibo la respuesta de Sonia Sciacca.

Recibido, gracias.

Un rápido *feedback*, como se acostumbra entre periodistas para confirmar la recepción del material, antes de trabajar en él.

Por el momento, es todo lo que necesito.

Me dejo caer en el sillón, dispuesta a disfrutar de las últimas horas de paz de mi vida. Debe de quedar todavía un poco del Bruichladdich en algún lugar, si no mal recuerdo.

21

Boom

A la mañana siguiente, mi impermeable emite un sonido ligero mientras avanzo por los pasillos de Ediciones L'Erica.

Hoy no necesito no llamar la atención.

Los pasillos rebosan de empleados, redactores y técnicos, como todos los días. Las puertas de las oficinas están abiertas y se ven los escritorios en el interior. Están repletos de libros, hojas, *post-its* y periódicos. Y de entre los periódicos destaca, en muchos de los escritorios que puedo ver, el ejemplar más reciente de *XX Generation*. La gente atraviesa los pasillos para llegar a otras oficinas o a la sala de la cafetera. Muchos, no sólo las mujeres, tienen un ejemplar del semanario abierto en la página de la estrella de la casa, es decir, Riccardo.

La agitación es notable.

Ésta es la razón por la cual no tengo que cuidarme de no llamar la atención.

La llamada telefónica de Enrico llegó a las siete y media. Más o menos a la hora que calculé. A Enrico le llegan los periódicos a su casa, y *XX Generation* le debe de haber caído sobre la mesa del desayuno. Apuesto a que no esperó a terminarse el café antes de llamarme.

—Vani. En la redacción a las ocho. —Luego colgó. No agregó nada más. Estaba demasiado furioso.

Tiene que mirarme a la cara para decirme todo lo que me merezco.

La gente confabula. Se reúne en pequeños grupos. La portada de *XX Generation* destaca en todos lados. Es, a todas luces, raro ver a la gente tan despabilada y efervescente a esta hora de la mañana. Yo estoy contenta: les regalé a todas estas personas un «buenos días» que responde a mi vitalidad. Los ángeles podrían sentirse orgullosos de mí, claro que sí.

Algunos me siguen con el rabillo del ojo mientras camino por los pasillos, con mi lápiz labial color violeta y el impermeable negro que revolotea a mis espaldas como el ala de un cuervo, pero no seré yo el tema del día. No hoy, por lo menos.

Llego ante la puerta de la oficina de Enrico Fuschi.

Me detengo un instante a escuchar. Desde el interior me llega un parloteo agitado. Reconozco la voz que emite los picos de volumen más intensos: es la voz de Riccardo. También él debe de haber llegado al escritorio de Enrico poco después del café.

Bien. Soy consciente de que, en el momento en el cual cruzaré este umbral, mi vida cambiará drásticamente. Sujeto con fuerza la manija y entro.

Los dos ocupantes de la habitación callan de pronto y se vuelven para mirarme. Enrico está sentado detrás del escritorio. Su rostro me recuerda a una máscara de goma olvidada bajo el sol, que se derrite sobre el tablero de un automóvil. Parece cera líquida. A simple vista, debo de haberlo hecho envejecer unos cinco años por lo menos en el intervalo entre el desayuno y este momento. Bien, soy peor que un tumor en el páncreas. Si no me diera cuenta de que resulta imposible, casi casi juraría que Enrico está más flaco.

Sin embargo, el cambio más espectacular es el que leo en el rostro de Riccardo, mi adorable novio.

Del guapetón del cabello despeinado no ha quedado ni huella. Una fiera salvaje debe de habérselo comido, y seguramente trituró muy bien los huesos. Está vestido con menos cuidado que de costumbre: con las prisas de venir para acá, evidentemente se echó encima lo primero que le cayó entre las manos, y tiene el semblante descompuesto y maltrecho. La fiera debe de haberle masticado incluso la ropa. Tiene entre las manos un ejemplar enrollado de *XX Generation*: a pesar de que acaba de salir esta mañana, tiene ya los bordes maltratados, como si lo hubiesen sacudido, agitado, hojeado rabiosamente una infinidad de veces. (Otro ejemplar descansa sobre el escritorio frente a Enrico y no tiene un aspecto mucho mejor). El rostro de Riccardo está completamente desfigurado por la furia, por el horror, por el desconcierto. Y sobre todo por el odio hacia mí. Las miradas que me lanza... me sorprende que no me hagan daño *físicamente*. No tienen nada que envidiarle, como potencial ofensivo, a dos bayonetas al rojo vivo. Y en su interior encierran todo un mundo: continentes de desprecio y hostilidad, océanos de consternación, cadenas montañosas de repulsión. Pero soy una buena observadora, y logro ver incluso las corrientes magmáticas subterráneas de autoabsolución, los mantos acuíferos de victimismo. Oh, sí. Riccardo me odia, me odia a muerte, me odia como nunca odió a nadie, pero cada célula de su cuerpo está empeñada con obstinación en fingir que no se lo merecía. Mi noviecito, el epítome de todos los egocéntricos, rebosa resentimiento y dignidad pisoteada por todos los poros, porque le da vergüenza admitir incluso para sí mismo que fue él quien se la buscó. Y para mí esto es lo más divertido.

—Vani. —Enrico querría haberse preparado mucho mejor las palabras, pero la irrupción de Riccardo debe de habérselo impedido. De manera que me está observando serio como una

241

lápida, y yo creo que espera que su expresión facial le ahorre la mitad del trabajo.

Yo me detengo en el centro de la habitación.

Con las manos en los bolsillos del impermeable, observo primero a uno y luego al otro, seria pero tranquila.

Yo sí que me tomé todo el tiempo para prepararme.

—Vani, lo que hiciste es inaceptable —empieza a decirme Enrico.

—Dios los hace y ellos se juntan —comento yo, echándole una veloz mirada a Riccardo. Él, si fuese posible, se pondría todavía más pálido.

Para HOMBRES QUE AMAN A LAS MUJERES
Riccardo Randi

Cuando me invitaron a escribir para esta revista, me sentí muy halagado. En verdad. Es importante decirlo. Porque es muy posible que algunos párrafos más adelante no lo crean así, y, en cambio, yo deseo que quede claro. Yo amo a las mujeres, como dice el título de esta sección. En efecto, lo primero que pensé es que no había una sección más adecuada para mí. De modo que acepté con gran entusiasmo; busqué algunos ejemplares de esta publicación y me documenté acerca de lo que las amables lectoras de XX Generation *disfrutarían que escribiese yo.*

—Vani, no cambies la jugada. Nada, absolutamente *nada*, justifica lo que hiciste —sentencia Enrico.

—Y me imagino que lo dices con pleno conocimiento de causa, dado que siempre estuviste al corriente de todo —replico encogiéndome de hombros. Enrico disimula, pero acusa el golpe.

Y llegué a una conclusión.

Nada de todo lo que tengo que decir puede interesarles verdaderamente a ustedes, amables lectoras de esta revista.

—Pero ¿te das cuenta realmente de toda la mierda que nos echaste encima? ¿Te das cuenta?

A mí se me hace que Enrico debe de tener problemas con la presión alta. Como mínimo los tendrá a partir de ahora. Yo espero a que empiece a resoplar de un momento a otro como una de esas teteras inglesas.

Sin embargo, me interesa mucho más el espectáculo que ofrece el otro volcán en erupción presente en la habitación. Así que me vuelvo hacia Riccardo.

—Por supuesto que me doy cuenta. Escribí algo verdadero, por una vez en la vida. Tú siempre deseaste firmar algo que fuese realmente tuyo, ¿no es cierto? De acuerdo. Ahora lo lograste. Porque lo que se publicó no es ni más ni menos que lo que ambos sabemos que piensas realmente.

Sé que ahora se esperan que argumente esta afirmación de alguna manera lisonjera. Por ejemplo, podría decir que no soy más que un escritorcillo que sabe inventar novelas, mientras que ustedes son mujeres de carne y hueso, auténticas, con una vida, por supuesto, mucho más interesante que cualquier cosa que pudiera salir de la pluma de un simple cagatintas de pacotilla. Pues bien, tengo que prepararlas: no es lo que está por suceder.

Porque, ¿saben?, yo hice mis deberes en casa. Estudié el mundo de las revistas femeninas. Y llegué a algunas conclusiones.

Todos esos reportajes de actualidad, a menudo dedicados a las vidas ejemplares de las mujeres en el mundo. Las investigaciones acerca de los ambientes de trabajo, de la escuela, de la política, en su mayoría desarrolladas favoreciendo la condición femenina en estos variados contextos. Los retratos de las protagonistas de las empresas de éxito. Las celebraciones de las heroínas desventuradas. Todas esas banderitas desplegadas crean un fantástico efecto, hacen lo mejor que pueden para gritar a los cuatro vientos que son maduras, emancipadas, cultas, que tienen los ojos abiertos al mundo que las rodea.

Pero luego se llega al reportaje principal, el que se considera más digno de merecer el gancho en la portada, el que cuenta con el doble de páginas y con el diseño gráfico más atractivo.

Y uno descubre que se titula «Relleno picante: cómo estar embarazadas y no perder la pasión de pareja», o cualquier otra estupidez semejante.

Y esto, ¡qué pena!, en lo que a mí concierne, transmite un mensaje muy claro.

Ya están pensando que se trata de un golpe bajo, de una crítica desleal, una estigmatización de un normalísimo deseo de frivolidad, ¿verdad? Sí, bueno, todavía no termino.

Porque uno sigue hojeando la revista y de inmediato aparecen todos en masa, atropelladamente, detrás de la primera línea que pretende desviar la atención de unos artículos con pretensiones de gran trascendencia: el reportaje fotográfico acerca de las últimas tendencias de la moda, la sección dedicada a los zapatos, el vademécum para el maquillaje de invierno, el otro sobre el mantenimiento de las uñas. Luego la sección de cocina, de decoración. Y por supuesto, la imprescindible sección de las cartas, que tiene entre sus filas de lumbreras encargadas de las respuestas a una sexóloga, una psicóloga experta en relaciones de pareja e incluso a un astrólogo.

En suma, sin más rodeos: toda esa fachada para autoconvencerse de que son modernas y emancipadas, y al final, como cuando se descarapela una pared, queda al descubierto el truco. Y aparece entonces el cliché más antiguo del mundo: la mujer frívola y superficial interesada sólo en la casa, la estética, y sobre todo las cuestiones del corazón.

—Tú te das cuenta de lo que hiciste, ¿verdad, Vani? ¿Verdad?

Sinceramente no entiendo por qué Enrico siente la necesidad de preguntarme si sé lo que hice. Por supuesto que lo sé. Lo hice yo. Probablemente está tratando de desarrollar ciertos anticuerpos, algunas enzimas que le permitan metabolizar lo que leyó, a fuerza de repetírselo. Una especie de homeopatía literaria.

—Pues, como ya he dicho, yo sólo cumplí con mi oficio de escritora fantasma que se identifica con el autor —lo liquido. De golpe, finjo haber tenido una grandiosa iluminación colateral, casi como si no me importara gran cosa la conversación que estamos manteniendo y una parte de mi cabeza, aburrida, estuviese persiguiendo pensamientos más apasionantes. Me vuelvo de golpe hacia Riccardo.

—Oye, ahora que lo pienso, ¡ahí tienes otro paralelismo literario! Esta cuestión del correo de los expertos... Tantos y diversos personajes femeninos, con edades e historias diferentes, que giran alrededor de una figura sapiente y maternal a quien pedirle un consejo... Es *Mujercitas,* ¡ni más ni menos! —exclamo en tono cursi, gesticulando con énfasis, fingiendo que a él puede interesarle mi nueva y deslumbrante asociación mental.

En efecto, Riccardo se asombra de tanta exasperación, y Enrico agita frenéticamente los brazos.

—¿Qué diablos tiene que ver *Mujercitas* en este momento?

—Nada, él y yo lo sabemos. Continúa, por favor.

Enrico palidece, porque no hay nada más irritante que oír que alguien a quien uno le está echando bronca diga «continúa, por favor».

—Vani —repite, tratando de recuperar el tono y lográndolo, porque la gravedad de lo que está por decirme es enorme—. ¿Sabes lo que significa escribir estas cosas en una revista femenina? Significa hacer encabronar a diez millones de lectoras. —Se inclina hacia adelante con tal arrebato que por un momento temo que el borde del escritorio lo corte por la mitad, como los asistentes de los magos—. ¡*Diez millones,* Vani! Porque éste es el número de las lectoras de revistas femeninas en Italia. *¡Y tú nos acabas de garantizar el odio de diez millones de personas!* ¿Tienes idea de qué avispero polémico, de qué maldito caos se va a desatar en cuanto lean este artículo las mismas mujeres que hasta el día de ayer consideraban a Riccardo su ídolo? ¿Tienes idea del golpe bajo que sufrirá su popularidad? ¡Carajo! *¡Diez millones de enemigos!* Para empeorar las cosas, lo único que podrías haber hecho es ir a reventarle los huevos a los hombres por la presencia abrumadora del futbol en los periódicos... Ah, no, se me olvidaba: ¡también hiciste eso!

Ya sé lo que están pensando. Que si ustedes las mujeres pueden ser criticadas por la presencia de secciones de frivolidades en sus revistas, nosotros los hombres no nos quedamos atrás si tenemos en cuenta que páginas y páginas de nuestros periódicos preferidos están dedicadas a los estúpidos partidos de futbol. Es cierto. Somos patéticos también nosotros. Pero el hecho de que todos seamos culpables no significa que nadie sea culpable. Y sobre todo no anula el hecho de que yo, frente al contenido promedio de una revista como la que hoy me está acogiendo con espíritu deportivo, no logre quitarme de la cabeza la impresión de que todo lo que verdaderamente les interesa a ustedes no son más que vestidos, zapatos, recetas y estupideces sentimentales.

Es ésta la razón por la cual, sin ser un experto en ninguna de estas cosas, considero que no tengo nada verdaderamente interesante que escribir para ustedes.

¡Por Dios, no es que no sepa apreciar un buen par de zapatos!

—No vale la pena que continúe, ¿sabes? —vocifera Enrico. De hecho, no vale la pena. Como ya dije, sé perfectamente lo que escribí. Si bien no me disgustaría oír que alguien vuelve a leer el párrafo en el cual arriesgo la hipótesis de las mujeres son «frívolas y superficiales y se interesan sobre todo en las cuestiones del corazón», citando de memoria la dura definición de Riccardo.

El silencio es tan ardiente que hace que el mismo ambiente se caldee.

—La responsable… —Enrico lo pronuncia como si se tratase del nombre prohibido de la Diosa de la Muerte—. La responsable de la sección, la tal Sonia Sciacca, invitó en una nota a las lectoras a responder al artículo. —«Lectoras», en boca de Enrico, también tiene una resonancia de destrucción y amenaza—. Las llamó a tomar las armas, Vani. —Se aclara la voz.

Pues bien, hay una cosa que debemos hacerle saber a nuestro amigo y estimado Riccardo Randi: en estas páginas se acumularán los tantísimos imperdonables defectos que él premurosamente nos ha enlistado, pero ¡nosotras estamos seguras de que también se puede encontrar algo bueno! Sólo por mencionar algo, no podrá dejar de apreciar el hecho de que, a pesar de que sea poco lisonjero, quisimos publicar su artículo de igual manera. Así que, evidentemente, no somos del todo las mujercitas susceptibles que él pinta. Y además…, por ejemplo, si el ilustre doctor Randi

nos concede un minuto, en las próximas semanas, para echarle una mi-
radita a esta sección (siempre que no esté demasiado ocupado escribiendo
cosas más serias y de gran magnitud), apuesto a que descubrirá que no
nos aburrimos y que también nuestra sección de cartas a la redacción
puede ser muy interesante. ¿Verdad? ¡Ánimo, amigas! ¡Expresemos nues-
tras opiniones, expongámosle nuestros puntos de vista al más celebrado
intelectual del momento!

Siempre y cuando acepte desperdiciar un poco de su valiosa conver-
sación con una masa de mujercitas como nosotras…

Casi parece oírse el eco de una carcajada satánica.

El ambiente está cargado de malos augurios. Es como si Enrico y Riccardo estuviesen esperando que, de un momento a otro, echaran abajo la puerta del estudio y un ejército de amazonas enfurecidas se arrojara sobre ellos. No sería mala idea que sirviera como una buena metáfora del futuro inmediato de Riccardo.

Me encojo de hombros, con una despreocupación deliberadamente irritante.

—¡Cuánto drama hacen! Emitan un comunicado de prensa en el cual Riccardo declare que fue víctima de una horrible broma de una de sus ex —digo.

—¡Sabes perfectamente que no podemos hacerlo! —aúlla Enrico como un hombre-lobo.

Sonrío con sarcasmo.

Es verdad.

No pueden.

Puesto que, si Riccardo dijera que una persona ajena escribió ese artículo en su lugar, con un estilo tan idéntico al suyo y una voz tan auténtica en apariencia, develaría haberse valido de un escritor fantasma.

O finge que en realidad fue él quien escribió el artículo, o desencadena la sospecha de que no es lo único que se limitó a firmar. Y como declaró en su mensaje electrónico, que me aprendí de memoria a fuerza de repetírmelo mentalmente como una pesadilla recurrente, incluso el simple hecho de sembrar la semilla de la duda es demasiado peligroso para él.

¡Qué hermoso mensaje electrónico!

Con toda esa parte acerca de las cláusulas contractuales, ¿cómo decía?, «con más agujeros que un burdel», y esa reflexión sobre las mil excusas con las cuales podría joderle. ¡Qué tal! Si él no lo hubiese traído a colación, a mí ni siquiera me hubiera pasado por la cabeza.

Gracias, Riccardo. No sabes qué amable fuiste sugiriéndome tú mismo el modo de destruirte.

En el fondo, es un poco como en ese chiste en el que la esposa cándida como la nieve le pone los cuernos a su paranoico y celoso marido sólo para hacerle un favor, para hacerlo parecer menos imbécil.

Mi exnovio (decido en mi interior que ya puedo comenzar a definirlo de este modo: no es que el final de nuestra relación se haya hecho oficial, pero supongo que arrojar a tu compañero a un montón de mierda delante de todo el país es algo semejante) abre los brazos a causa de la frustración, y la revista que tiene enrollada en su mano corta el aire con un silbido. Luego se revuelve el pelo. Más específicamente, se lo maltrata.

—Vani, me arruinaste la vida —dice.

—Ánimo, hombre. Deberías estarme agradecido: algo que es de veras harina de tu costal. Y además, confesar a diez millones de mujeres lo que piensas de ellas no es lo peor que pudo sucederte. Lo peor habría sido que te volvieras calvo. Pero eso estaba fuera del alcance de mis posibilidades, de modo que tuve que conformarme con esto.

Riccardo está hecho pedazos. Parece que toda la fanfarronería que yo le conocía se evaporó como por encanto. Sigue fingiendo que es inocente: aunque en su interior admita que me hizo algo, tiene el aspecto de estar convencido de que, de todos modos, lo está pagando demasiado caro. Ay, Riccardo, no es así como funcionan las cosas. No es el culpable quien decide la pena. Ni siquiera la parte ofendida, para ser sinceros. Pero de cuando en cuando, y sobre todo cuando se es una persona como yo, es necesario convertirse en un justiciero improvisado, porque si esperas a que alguien levante su espada en tu favor, probablemente te quedarás esperando hasta el fin de los siglos.

—Vani —dice Enrico, y juro que tiene la voz triste, como si lo que está por decir le disgustara verdaderamente. Oh. Así que estamos de acuerdo. Bien. Yo estoy lista. Sé lo que me espera—. Vani, tú te lo buscaste y bien que lo sabes. Tengo que despedirte —suspira con solemnidad—. Quedas suspendida de tu cargo con efecto inmediato, sin indemnización, y agradece que no te denuncie por... por difamación, o qué sé yo. Existirá un término para definir el delito que cometiste.

Esta última parte no puede sino hacerme sonreír. Enrico parece darse cuenta de mi completa ausencia de preocupación y emite otro resoplido de cansancio.

—Bien, me parece justo. —Asiento—. Claro, es una verdadera lástima. Justamente ayer terminé el libro de Bianca, ¿sabes? Es desagradable pensar que tenga ya lista la enésima gallina de los huevos de oro y tú no puedas disfrutar de ellos. Pero da igual, entiendo tu decisión.

Enrico se paraliza.

—Un momento, un momento. Como de todos modos ya lo terminaste, lo mismo da que me...

—El precio acaba de ser establecido en cuarenta mil euros —balbuceo. Enrico se pone pálido como si yo acabara de decirle algo sexualmente ofensivo acerca de su madre. Yo me encojo de hombros—. Mi contrato acaba de interrumpirse, ¿no? En consecuencia, ahora el precio del libro lo decido yo, como cualquier *freelance*. ¿Sabes? Ahora que estoy desempleada, mucho me temo que tendré que inventar cualquier método posible para meterme algo en el bolsillo. Después de todo, una muchacha tiene que sobrevivir.

Enrico se queda con la boca abierta. Busca las palabras.

—¿Qué… qué diablos te hace pensar que Ediciones L'Erica aceptaría desembolsar cuarenta mil euros para tener tu libro?

Levanto un índice, con una actitud deliberadamente pedante.

—No, no, no, Enrico. Seamos exactos. No para tener mi libro. El libro de Bianca. El libro por el cual Ediciones L'Erica tiene un contrato. Lo recuerdas, ¿verdad? El libro que ya anunciaron en catálogo y que los fans esperan febrilmente desde hace un año. El libro que, si no saliera, daría lugar a un lamentable agujero en las finanzas de la editorial. Ya lo sabes, estoy hablando de ese libro.

—Antes prefiero pagar a un equipo de redactores para que lo vuelvan a escribir de principio a fin —vocifera mi exjefe—. Ya te puedes ir olvidando de que te compre…

—Como prefieras. —Me encojo de hombros—. Enhorabuena. Estoy segura de que el mundo está repleto de excelentes redactores y escritores fantasma que trabajan en tiempo récord y de manera absolutamente perfecta. No, en serio, no es tan improbable que allá afuera se esconda algún genio de la pluma que sea capaz, si empieza de inmediato, de entregarte a tiempo para la promoción y para la imprenta el manuscrito completo, y confeccionándolo con un estilo tan convincente que no suscite la más mínima sospecha entre los fans. Después de todo, esto es lo que sé hacer yo, ¿y quién soy yo para creer que soy la única?

Dios mío, incluso me atrevo a parpadear. Qué desfachatez. Minnie Mouse no podría parecer más inocente, cándida y encantadora. Aun cuando acaba de autoproclamarse implícitamente genio de la pluma. Sin embargo, éste no es precisamente el momento para la falsa modestia.

Me parece que acabo de oír que las venas de Enrico chisporrotean como palomitas de maíz.

—Aunque, pensándolo bien, podría vendérselo directamente a Bianca —prosigo, fingiendo sentirme iluminada por una excelente idea imprevista (como si no lo hubiese ya pensado desde hace un año luz)— o a sus herederos. Estoy segura de que ellos no tendrían ningún problema para desembolsar cualquier suma. Pero claro: pensándolo bien, no te molestes en valorar mi oferta; seguramente puedo lograr algo mejor llamando directamente a la lujosa puerta de la casa Cantavilla. Más adelante, podrían hacer pasar el manuscrito por una obra autógrafa de Bianca (tal vez póstuma, perdona el cinismo) y venderla a su vez a un editor. Un editor que no necesariamente tendría que ser Ediciones L'Erica, claro está, en el caso de que a ustedes les siguiera repeliendo la idea de publicar un texto mío. Después de todo, este libro, como todos los de Bianca, habla de ángeles en sentido genérico; si no es el duodécimo volumen de las *Crónicas*, podrá ser perfectamente el decimotercero, a quién le importa. Y Ediciones L'Erica tiene un contrato por el duodécimo volumen, no por los que podrían seguir, ¿me equivoco?

Por un instante mi exjefe se toma una vez más la cara entre las manos; luego la levanta, y me mira con la expresión que pone cada vez que las cosas toman un sesgo tan nauseabundo que su estado de ánimo da la vuelta y cae en una suerte de dejadez desinteresada. La última vez que lo vi poner esa cara fue en aquella ocasión en que insulté al doctor Mantegna en su presencia y desencadené un incidente diplomático. Ahora, en el rostro de Enrico aparece esa misma expresión, pero multiplicada por mil.

—Vani, sabes que tu carrera termina aquí, ¿verdad? ¿Sabes que no te voy a permitir jamás que trabajes para ningún otro editor? —suspira. Durante una fracción de segundo, me parece sinceramente atribulado por mí—. Sabes que me veré obligado a boicotearte. A difundir pésimas referencias. Sería demasiado arriesgado para nosotros que te mantuvieras en contacto con la competencia.

—Te puedes ahorrar la parte de las intimidaciones, Enrico —lo tranquilizo. Estoy calmada, completamente bajo control. La verdad es que estoy sorprendida de cuán calmada y controlada estoy. Es la enésima cosa que descubro acerca de mí misma desde el inicio de esta historia: en los momentos de crisis, mantengo la calma. Bien. Lo celebraría con un *whisky*, si anoche no me lo hubiera terminado. Una cosa que, entre muchas otras, podría tener que ver precisamente con lo calmada y autocontrolada que estaba esta mañana—. No tienes que preocuparte —prosigo—. Aunque tus amenazas me parecen ridículas, porque, aquí entre nos, no te creo para nada que tengas todo el poder que pretendes para cortarme los caminos, de cualquier modo no tienes que preocuparte. La verdad es que no siento las menores ganas de ir a buscar trabajo con la competencia. Para mí, este mundo está acabado. ¿Qué voy a hacer? ¿Y a quién le importa? Probablemente trabajaré como camarera. Como cajera en un supermercado. Como dependienta en una tienda de curiosidades chinas. Quizás en una *sex shop* o en un antro *dark* apreciarán debidamente mi *look*.

—Tú estás buena para un manicomio —murmura Enrico.

—Otro de esos lugares propios de sociópatas marginados que tanto me gustan —comento al vuelo.

Y en ese momento, Riccardo entiende.

Qué divertido. Ya casi me había olvidado de su presencia. En cambio ahora, al oírme citar esta frase reveladora, emitió una especie de exclamación ahogada que hizo que me volviera hacia él. Y él, de pronto, parece que tiene tal cantidad de cosas que decir que no consigue hacerlas salir porque se creó un embotellamiento a la altura de la garganta.

—Vani —murmura—. Vani, oh Dios mío, ahora todo está claro…, sabes…, yo… Esa carta era de *antes*, Vani. De antes de todo. De antes de la noche en la pastelería, antes de que empezáramos a andar, de antes del campo de tiro y de las noches en mi casa y… Yo… Yo estaba asustado, era un cobarde, ¡me causabas un miedo del demonio! De ti, lo único que sabía era que eras muy inteligente y que estabas encabronada con el mundo. No sabía qué podía esperarme, te veía como a un peligro ambulante, y tuve que… tuve que defenderme, inventarme un plan, hacer algo para proteger mi vida y todo lo que tenía…

—Riccardo, si tienes que sustituirme con otro escritor fantasma, escógete a uno mejor, porque al que estás recurriendo ahora es bueno sólo para escribir telenovelas sudamericanas.

—Pero luego todo cambió. Luego empezamos a salir juntos y fui aprendiendo a conocerte, y tú eras..., eres... Y yo no te había hablado de Roma por la sencilla razón de que, a esas alturas, ¿a quién podía darle ganas de aceptar el trabajo? ¿O de ir a Canadá, o a Urano, o a cualquier otro lugar lejos de aquí? Ya sé que nunca me vas a creer, que todo cuanto te digo parecen mentiras improvisadas, pero te juro que ya tenía planeado renunciar y hacerle saber a Enrico que no había ningún plan porque en verdad me había enamor...

—No termines la palabra, porque te juro que podría vomitar del disgusto y este piso bicentenario cuesta una bronca limpiarlo.

—¡Carajo, Vani! ¡Tienes que creerme! ¡Tú sabes muy bien que puedes creerme!

Relampagueo de la memoria. De repente, un puñetazo en el estómago. Entre la erre y la eme del último *creerme*, me vuelve el recuerdo. No estoy diciendo que a todo lo largo del discurso de Riccardo no se aparecieran delante de mis ojos, como una fastidiosa secuencia en sobreimpresión, las imágenes de todos los momentos bellos, alegres, serenos y dulces que pasamos juntos. Sin embargo, esas imágenes fueron relativamente fáciles de archivar bajo la entrada «pruebas del grandísimo talento como actor de mi exnovio». El problema es que de repente, como en un fotograma en 3D, me regresa a la mente la mirada larga y melancólica de aquella velada en su casa, aquella primera noche en plan de novios, después de la lasaña que preparó Rosa y la conversación acerca de la revista, la cual me sugirió la gran idea para vengarme. Me vuelve a la mente todo lo que aquella noche Riccardo me dijo con palabras, y sobre todo lo que me dijo con la mirada y con los gestos, que, sin duda, fue mucho, mucho más. Me regresan a la mente con una viveza fatal, y resulta difícil, muy difícil, aceptar que todo fuera sólo una falsedad. Porque aquella mirada, aquellos gestos, no parecían falsos en absoluto.

—Sé que en el fondo me crees. Sabes que puedes creerme.

¡Carajo! Probablemente la duda tiene un olor, y Riccardo lo percibió.

Me quedo callada.

—Tú sabes que puedes.

Ah, no. Basta. Ya estuvo bueno. No lo sé y no lo sé. Que cualquier otra mujer necesitada se deje convencer con un par de zalamerías bien interpretadas. Yo puedo creer, incluso, que sé lo que vi en aquella mirada de Riccardo, pero hay algo que sé con mucha más certeza: sé perfectamente lo que leí en ese mensaje. Y consta por escrito. *Lo escrito dura para siempre.* Y *ese mensaje* demuestra a qué clase de hombres pertenece mi exnovio. Un hombre capaz de inventar todo un plan para manipular los sentimientos de una persona con tal de mantenerla quieta. Es en esto en lo que me tengo que concentrar. *Concéntrate*, Vani. Si existe alguien que sabe muy bien cuánto importan las palabras escritas, esa persona eres tú. Si existe alguien que sabe prescindir de las personas, esa persona eres tú. Si existe alguien que sabe que no puede confiar en nadie, esa persona eres tú.

Adiós, Riccardo. Te voy a extrañar, Riccardo.

¡Muérete, Riccardo!

—Probablemente cuando me trasplanten el cerebro de otra persona. El de Pollyanna, por ejemplo —sentencio.

Ni él ni Enrico consiguen contradecirme en nada. Muy bien. Me parece una frase perfecta para abandonar la habitación. Ya estoy lista para darme la vuelta y marcharme, cuando escucho:

—¡¿Sarca, se puede saber por qué no enciende ese maldito teléfono suyo?! —aúlla el comisario Berganza, irrumpiendo en el estudio de Enrico.

22

Mantenga encendido ese maldito teléfono

Durante un instante de estupefacto silencio, los tres pares de ojos de los ocupantes del estudio, incluyendo los míos, se dirigen hacia el comisario que, con el impermeable al viento, tuvo la brillante idea de hacer una fantástica entrada en escena. Imperativa, de las que te dejan sin aliento, calculando maravillosamente el momento más oportuno. Dios mío, este hombre realmente debe de haber salido de un libro, pero, claro, de un libro mediocre.

Durante una fracción de segundo, también el comisario nos escudriña a nosotros tres. Yo sigo la trayectoria de su mirada: lo que lo sorprende es la presencia de Riccardo. Me imagino que esperaba encontrarse sólo con Enrico y conmigo. Enseguida, en rapidísima sucesión —pero no tan rápida como para que no nos demos cuenta todos—, los ojos del comisario se posan primero en el ejemplar de *XX Generation* que Riccardo lleva en la mano todo arrugado; enseguida, en los rostros descompuestos de Riccardo y de Enrico, y, por último, en el rostro provocativo y determinado de la suscrita. En ese momento, entrecierra los ojos hasta que parecen dos hendiduras, y yo me doy cuenta de que ha entendido. Sabe muy bien cuál es mi oficio. Conoce ya a Riccardo y apuesto lo que sea a que ya dio por sentado que yo soy su escritora fantasma. Ve que hay de por medio una revista, y alguna cosa que debe de haber hecho encabronar sobremanera a Enrico y a Riccardo, pero no a mí. En suma, de golpe tengo la certeza de que ese puñado de segundos le ha bastado para comprender y pescar al vuelo cualquier cosa, incluyendo lo que estaba ocurriendo en el estudio antes de que él irrumpiera allí. Lo único que no puede deducir con toda certeza es la razón por la cual yo le hice una mala jugada a Riccardo; sin embargo, apuesto a que no es necesaria una gran intuición para comprenderlo.

Además, acaba de sonreír.

Este hombre es un policía sorprendente.

Todo esto tiene lugar en dos o máximo tres segundos. Luego la sonrisa socarrona se evapora de la cara de Berganza tan rápidamente como apareció. Su mirada, ahora furiosa, se detiene, ¡demonios!, en mí.

—¡Hace una hora que la estoy buscando! ¿Se puede saber para qué le sirve el celular si siempre lo tiene apagado?

Uh, tiene razón. Me había olvidado por completo de que había apagado el teléfono luego de la llamada de Enrico. No quería arriesgarme a que lo pensara mejor y me volviera a llamar para mandarme al carajo sin esperar a que yo llegara a la editorial. Quería tener la satisfacción de mirarlo cara a cara.

Enciendo el celular y efectivamente encuentro cuatro llamadas desde un número desconocido que seguramente debe de ser el de Berganza.

—¿Qué sucede? —pregunto, y con el rabillo del ojo veo que también Enrico y Riccardo fruncen, como yo, la frente. Enrico parece alarmado, mientras que Riccardo parece más bien enfurecido por aquella interrupción. El hecho es que Berganza es el centro de la mirada de tres personas con distintas gradaciones de perplejidad.

—El mensaje que usted le dejó ayer por la noche a Betti —dice—. El muy estúpido me lo comunicó apenas esta mañana, y ni siquiera se acordaba bien de su nombre. Afortunadamente anotó con todo cuidado por lo menos las tres URL y los *nicknames* de los usuarios, de manera que ordené que verificaran de inmediato la IP. Y, licenciada Sarca, tiene usted toda la razón: todos los comentarios provenían de la misma computadora.

Levanto una ceja. Debe de ser la mañana de las gratificaciones.

—No estoy diciendo que nosotros no lo investigáramos, pero nadie relacionó a los tres usuarios a causa de sus semejanzas lingüísticas, como en cambio hizo usted. Tomados de manera individual, ninguno de los tres nos pareció particularmente preocupante: cada uno actuaba en un único foro, con frecuencia, claro, pero no precisamente con obsesión; no tenían otros blogs con proclamas inquietantes, ni había ningún indicio que los hiciera más sospechosos que otros usuarios igualmente polémicos. En suma, si se les consideraba como a tres personas distintas, ninguno habría requerido una investigación específica y prioritaria. En cambio, un único *troll* con tres *nicknames* distintos tiene una importancia totalmente diferente, en términos de *profiling*.

Berganza hace una pausa pequeñísima y en ese instante yo comprendo que: 1) a pesar de que lo apasione explicar sus averiguaciones, ya habló demasiado para su costumbre; 2) quiere encender un cigarro. Yo le agradezco mentalmente el esfuerzo, porque cuanto más en detalle explica de qué manera mi participación fue decisiva, tanto más las vísceras de Enrico y Riccardo se convierten en dos budines podridos en el fondo de su abdomen.

En efecto, sospecho que es exactamente ésta la razón por la cual Berganza decide entrar en tantos detalles. Todo un caballero. Riccardo, aprende. Tú y tu mugroso campo de tiro.

—¿Sabe? —prosigue el comisario—, normalmente un agresor verbal en un foro se atrinchera, claro, detrás de un *nickname* que lo protege, pero uno y sólo uno, y de cualquier modo disfruta identificándose con él, y le transfiere toda su fuerza argumentativa y polémica para batallar con su adversario. En pocas palabras, el *troll* normal quiere ser el primero, salirse con la suya, en suma, ridiculizar al enemigo para que lo declaren vencedor. En cambio, en este caso, se trataba de un agresor verbal dispuesto a fragmentar la eficacia y la densidad de sus argumentaciones en tres identidades distintas y no colaborativas entre sí. Y si alguien actúa de esta manera, es sencillamente porque permanecer en la sombra es mucho más importante para él que brillar en el desafío…, por ejemplo, porque ya se imaginó que puede llegar a cometer algún delito, y no quiere atraer la atención sobre su persona.

Una nueva micropausa de Berganza. Apuesto a que ahora, además de fumarse un cigarro, le encantaría tomarse un *bourbon*. Realmente se está superando a sí mismo para hacer que Riccardo y Enrico revienten de nervios. Ya lo admiré aquella vez con Sergio Cantavilla, pero evidentemente todavía no había visto nada.

—Sin embargo, el elemento decisivo fue descubrir que la famosa IP correspondía a una posición muy próxima a la de la casa de la víctima. Lo ideal, en suma, para sostener la hipótesis de que este fulano, desde el inicio, dio por sentado que, en algún momento, podía pasar del asedio telemático a la agresión física: llegar hasta la víctima de carne y hueso y, ¿por qué no?, incluso secuestrarla.

—Así que di en el blanco —puntualizo, por el simple placer de escuchar que lo declara él explícitamente, aun cuando, de hecho, hace cinco minutos que no hace otra cosa.

Berganza asiente.

—Es muy probable que usted haya identificado al posible secuestrador de la señora Cantavilla.

Enrico no logra contenerse. Y resulta lógico. Después de semejante elogio de las cualidades de la mujer a la que acaba de despedir, lo mínimo que su instinto de sobrevivencia puede sugerirle es tratar de menospreciarme.

—Paralelismos lingüísticos. Imposibles de creer. Eso sólo funciona en las novelas policiacas.

—¿Algún problema con el género? —inquiero.

Berganza no necesita ni siquiera la cuarta parte de un segundo para captar lo que ocurre, y le lanza una mirada de reproche a Enrico. Aun cuando, de hecho, Enrico no dijo nada.

—No me diga, licenciado. ¡No debería tener problemas con las novelas policiacas, demonios! Usted es editor. Las novelas policiacas traen consigo muy buenos dividendos a los editores. —Y yo sé que en el fondo está insinuando «entre ellas, muchas son mías».

—Y no es sino pura miopía considerarlas aún un género menor —agrego yo, como si me importara muchísimo abrir en este preciso momento un interesante debate acerca de la literatura *thriller* y *noir* en el panorama editorial.

—¿Qué decir de *El zafarrancho aquel de vía Merulana?* —me da cuerda Berganza, como si también a él le importara muchísimo. Dios mío, ¿será que a él le interesa en verdad? Sin embargo, apuesto a que le importa más hacer enfurecer a Enrico. Como a mí. ¡Ah, qué hermosa mañana que estoy disfrutando!—. O de Scerbanenco, con su sublime Duca Lamberti.

—¡Por no hablar de Fruttero y Lucentini! ¿O no tienen importancia Fruttero y Lucentini? —agrego yo, haciéndole eco.

Enrico emite un lamento exasperado y decidimos que por el momento puede bastar.

—En suma, para volver a asuntos más inmediatos —continúa Berganza con un pequeño suspiro, como si muy a su pesar estuviera obligado a abandonar una vehemente arenga literaria porque al fin y al cabo Enrico nunca sería capaz de apreciarla—, la licenciada Sarca se sacó de la manga esos paralelismos lingüísticos que sólo aparecen en las novelas policiacas y con ello nos mostró el camino que debemos seguir. Excelente trabajo. Realmente valioso y digno de un genio. —Sólo nos haría falta un aplauso clamoroso.

A estas alturas, no sólo Enrico está a punto de explotar en un géiser de bilis, sino también Riccardo voltea para mirar con nerviosismo hacia la ventana con el propósito de excluirme de su campo visual. Me imagino que en la calle alguien se asustará si nota la presencia de un rostro completamente verde detrás de la ventana de un edificio. Berganza puede declararse satisfecho y, de paso, yo también.

—De acuerdo, pero hay algo que no entiendo —digo—. Yo les mostré el camino: ¿y entonces? ¿Por qué me estaba buscando para decírmelo en lugar de correr a detener al propietario de la computadora con esa IP?

—No la estaba buscando para *decírselo* —responde Berganza—. La estaba buscando porque ahora usted tiene que venir conmigo.

—¿Cómo? —exclama Enrico—. ¿Quiere llevarse usted a una civil a casa de un delincuente? —Si no me hubiese despedido y amenazado hace unos momentos, diría que resulta casi protector.

No por nada Riccardo voltea de golpe y casi lo fulmina con una mirada. Pobre Enrico: la segunda y no ha pasado ni un minuto.

—¿Me acompaña? —me pregunta Berganza.

Yo reflexiono.

—Tendría que pensarlo; ahora que estoy desempleada efectivamente tengo mucho tiempo libre. ¿Sabe? Antes que hacer cualquier otra cosa… A ver, dígame: ¿es para una más de esas payasadas como «entre en la mente del criminal»? —ironizo—. Sin embargo, no me disgustaría del todo, en realidad, dado el éxito de la última vez.

—No, esta vez se trata de algo muy serio —resopla el comisario—. El hecho es que usted conoce de memoria los libros de Bianca, su… ¿cómo dicen ustedes?, su mensaje, la manera en la cual interactúan sus seguidores, etcétera, etcétera. Mis hombres no. Y si hoy tengo que pisotear a un secuestrador para hacerle confesar dónde tiene escondida a la víctima, son éstas las competencias que yo necesito. Usted es la única persona que yo conozco que puede saber qué mecanismos activar. Yo sé que es un riesgo y, naturalmente, aun cuando yo puedo ofrecerle mi protección, debe ser consciente de que ni siquiera yo mismo sé dónde nos vamos a meter, y podría no ser precisamente Disneylandia. Pero obviamente si usted acepta, yo puedo encontrar la manera de ofrecerle una retribución y una pequeña gratificación de parte de la policía nacional. No puedo prometerle mucho; sin embargo... —Resopla de nuevo, pero esta vez mucho más fuerte; seguramente ha agotado su repertorio de diplomacia—. Escuche, es necesario que me lo diga cuanto antes, porque tengo cierta urgencia.

—También el licenciado Fuschi conoce los libros de la señora Cantavilla, propóngaselo a él —sugiero. Veo que Enrico se pone del color de la cera—. No me haga caso, estaba bromeando. Por supuesto que acepto. —Volteo hacia Enrico y Riccardo—. Señores, estaría encantada de quedarme un poco más a discutir con ustedes acerca de quién está más hundido en la mierda, si ustedes o yo; sin embargo, como pueden ver, el deber me llama. Fue un placer. ¡Hasta nunca! —A continuación, camino detrás de Berganza, que está ya por atravesar la puerta. No obstante, antes me inclino para tomar el ejemplar de *XX Generation* del escritorio de Enrico—. ¿Queda muy lejos la casa del secuestrador, comisario? Si el viaje es largo y aburrido, podemos leer la revista.

Riccardo se agarra el pelo.

Un cierto Macchio conduce la patrulla, que además es el segundo policía que vi aquella noche en el Quicksand. Es un tipo fornido, peludo y serio, también a causa de la ligera inhibición que le impone el comisario. Nunca antes me había subido a una patrulla de la policía. No está tan mal. Los asientos están muy gastados y, por alguna razón demasiado complicada de reconstruir, apesta a perro mojado.

—La situación es ésta —me ilustra Berganza mientras se abrocha el cinturón de seguridad—. Gracias a la IP llegamos a la residencia de Gerolamo La Manta, de cuarenta y siete años, desempleado, cuyo último trabajo comprobado fue el de maestro en la escuela secundaria privada Santa Teresita del Niño Jesús de Giaveno, a treinta kilómetros al oeste de Turín y a cuatro de la casa de la señora Cantavilla. Al parecer vive solo, y conocemos las placas de su automóvil, un Fiat Punto de 2009, pero nos falta todavía toda la información acerca del perfil económico: si tiene créditos en curso, deudas, financiamientos, si paga puntualmente o se retrasa, etcétera, etcétera. Por lo tanto, no sabemos cuánto tenga ahorrado, a cuánto ascienden sus últimos ingresos, si recibió alguna herencia y cosas semejantes. Es una lástima, porque se trata de un tipo de información que explicaría muy bien las motivaciones de la persona que vamos a visitar. Por otro lado, tampoco podemos estar esperando mientras sabemos que tiene prisionera a una mujer.

Como si se lo hubiera tomado de manera personal, Macchio pisa un poco más el acelerador.

—La casa se encuentra en Coazze. No sé si conoce o recuerda este pueblote a cuarenta kilómetros de Turín, precisamente sobre Giaveno, en dirección a la montaña. Las casas no tienen punto medio por ese rumbo: o cuestan muy poco, debido a la incómoda comunicación con la ciudad, la nieve y todo lo demás, o bien cuestan demasiado porque son las residencias de vacaciones o de jubilación de los turineses acomodados. Así que ni siquiera esto nos dice gran cosa de nuestro hombre. Pero me imagino que entenderemos a qué estrato social pertenece en cuanto nos encontremos frente a su casa.

Escucho sólo a medias porque estoy entretenida navegando con mi teléfono.

El comisario resopla.

—¿Entendido? Si acepta colaborar con nosotros, necesito que esté usted atenta.

—Yo estoy atenta —digo mientras sigo manipulando el *smartphone.*

El comisario guarda silencio un momento, luego suspira.

—¡Ah, estos jóvenes! —refunfuña—, cuando uno quiere localizarlos por teléfono, lo tienen apagado; pero cuando no es el momento, no consiguen prescindir de él.

Le quedaría muy bien un sombrero con el que se pudiera cubrir los ojos.

23

El peor lugar
donde tener a un rehén

—Ya estamos —dice Macchio.

Serán la tercera y la cuarta palabra que pronuncia desde el inicio del viaje. No se puede decir exactamente que hayamos entablado una conversación. Espero que en el transcurso de la acción que estamos por afrontar no tengamos que entendernos al vuelo.

Nos indica un pequeño edificio y luego adopta una posición resguardada, estacionándose a dos cuadras de distancia.

El edificio es curioso. Quiero decir: es anónimo, y precisamente por esto resulta absolutamente curioso. Es una construcción de cuatro pisos, calculo que ha de ser de los años setenta, tiene una pintura deslavada y dos o tres plantitas en la franja del jardín entre el portón y la puerta principal. La gran mayoría de las ventanas están abiertas, un indicio de que está habitado normalmente. La calle es la avenida principal de Coazze, y hay cierto movimiento. Sin embargo, casi todos son ancianos que caminan a pie, lo que causa una cómica sensación de que se trata de una especie de paseo reproducido en cámara lenta. Dos ancianas de cabellera de un blanco azulado con rizadores observan con mucho interés nuestro automóvil y aprovechan para detenerse y recuperar el aliento, porque la calle está ligeramente cuesta arriba y ellas van subiendo.

—Ésta es la dirección —dice Macchio.

No es exactamente un barrio de mala muerte donde se espera que viva un secuestrador.

Sin embargo, por otro lado, ¿dónde esperar que viva un secuestrador?

Macchio, Berganza y yo avanzamos hacia la entrada principal. Berganza observa el interfono. Parece que Gerolamo La Manta vive en la planta baja, del lado derecho.

Macchio está a punto de tocar, pero el comisario lo detiene con un gesto de la mano. Luego, con la misma mano, aparta la reja que ya estaba abierta.

—Ah —Macchio sonríe, como en tono de disculpa. No obstante, veo que sigue pareciendo sorprendido. En ese momento observa al comisario mientras avanza hacia la pared del edificio, dirigiéndose a las ventanas del que debe de ser el departamento de La Manta.

—Comisario… —se anima a decir. Veo que se ha llevado la mano a la funda de la pistola—. Disculpe, pero si está adentro, más vale tocarle la puerta y nada más. No tiene manera de escapar. Lo agarramos y lo sacudimos como Dios manda y hacemos que confiese dónde tiene a la viej… a la señora.

El comisario le lanza una mirada que significa «de eso me encargo yo» y se aproxima con precaución a la primera ventana.

En ese momento entiendo.

—Ya entiendo: él sospecha que bien podría tener a Bianca aquí.

Macchio se vuelve para mirarme como si yo hubiese hablado de burros voladores.

—¿En la planta baja de un edificio del centro del pueblo? ¿A quién se le ocurriría…?

—Las persianas —digo yo—. Están casi totalmente bajadas.

Macchio sigue mirándome como si yo hablara en arameo.

—A pesar de que el sol entra por el otro lado del edificio —sigo diciendo yo.

No puedo estar completamente segura, porque Berganza se encuentra prácticamente de espaldas y le veo la cara sólo de tres cuartos, pero casi juraría que acaba de esbozar una sonrisita complacida.

El comisario se inclina para husmear a través de la ventana, por debajo del borde de la persiana. El ángulo de visión es incómodo porque, para complicar más las cosas, hay una cortina color crema, o tal vez blanca pero sucia, no se distingue bien. Macchio y yo, dos pasos más atrás, permanecemos pegados a la pared, de tal manera que la sombra de nuestro cuerpo no se proyecte sobre el vidrio.

Berganza se aparta y continúa avanzando. No vio nada interesante. En la ventana siguiente, la misma escena. Antes, no obstante, mira a su alrededor y hace una mueca. Aparto también yo la mirada de la pared de la casa, miro a mi alrededor y entiendo lo que ha visto. Doblando la esquina, esta ventana ya no da sobre la avenida principal, sino sobre una lateral muy angosta y no transitada. Enfrente hay otro edificio que, no obstante, no tiene ventanas sobre ese costado. Levanto los ojos y compruebo el estado del piso superior. La ventana por encima de la nuestra está completamente cerrada, así que los inquilinos del piso de arriba están fuera —probablemente sólo vienen a esta zona de montaña durante las vacaciones— o bien usan esa habitación muy de vez en cuando.

En ambos casos, si alguien se viese obligado a tener que esconder a un rehén en un departamento de la planta baja de un tranquilo condominio de provincia, la habitación de la ventana en la que estamos por asomarnos sería la mejor opción. O la menos peor.

Agacho la mirada y encuentro la de Berganza. El comisario me hace una señal que significa que ya entendió que yo entendí. Prosigue.

Berganza se aproxima a la ventana, mira hacia adentro durante un tiempo aparentemente interminable; luego voltea hacia nosotros y levanta una ceja.

—Efectivamente —dice.

Macchio abre desmesuradamente los ojos.

—¿«Efectivamente» qué? ¿»Efectivamente» está allí adentro? ¡Esto es absurdo! —resopla, mientras retrocede—. ¿A quién se le ocurriría esconder a un rehén en un departamento en el centro de un pueblo de viejos como éste?

No le falta razón. Coazze parece decididamente un pueblote típico de la alta Edad Media. Y encima, pequeño. De esos pueblos en los que todos saben todo de todos, y tal vez hasta de todos los hijos, sobrinos, nietos y parientes. Resulta difícil imaginar un lugar en el que sea más difícil tener en casa un secreto viviente de cincuenta kilos.

—Y sin embargo, allí está —replica Berganza—. Está sentada en un sillón. Está amordazada y debe de estar amarrada de algún modo, pero no logré ver cómo: probablemente tiene atadas las manos y los tobillos al calentador, como es lo clásico. Hay también otra persona, seguramente Gerolamo La Manta, pero estaba de espaldas y no conseguí distinguirlo bien. Me pareció que estaba manipulando un mueble de la cocina. Al parecer están solos. Macchio, ¿estás listo?

Macchio frunce los labios. Es evidente que se siente desconcertado.

—Comisario, pero… ¿entre dos? Si hubiéramos encontrado solo a La Manta, como pensábamos, entonces sólo tendríamos que meterlo en el auto y llevárnoslo o presionarlo aquí mismo para obligarlo a decirnos dónde está la señora Cantavilla… Pero así, entrar precipitadamente con la raptada en el lugar…, ¿no corremos el riesgo de que él la ponga de por medio para defenderse?

—¿Y qué refuerzos esperas que vengan, Macchio? —resopla Berganza. Se ve que sabe que a Macchio después de todo no le falta razón, ya debe de haberlo pensado también él. Sin embargo, se ve que se lo lleva el carajo porque no puede hacer nada—.

Betti está en la ciudad siguiendo una investigación y, además, no se comunica, indicio de que o no está avanzando una mierda o se la está llevando muy tranquila. Rovato y Pezzoli se están encargando del caso de Falchera al acecho. Nos la tenemos que arreglar por nuestra cuenta.

—No lo puedo creer —comenta Macchio desconsolado—. Estamos jodidos, y todo porque el secuestrador tiene tan mala pata que ni siquiera tiene un sótano.

—Ánimo —corta por lo sano Berganza—. Vamos a tratar de no hacer estupideces. Rápidos, con precisión, no le demos tiempo de aventarse sobre Cantavilla y no lo asustemos para que no haga una tontería.

—¿Y yo qué tengo que hacer? —pregunto.

Berganza reflexiona. Me da la sensación de que se está concentrando sólo ahora en el hecho de que soy una civil. En cierto sentido, eso me halaga.

—Sarca, usted manténgase atrás; es más, manténgase afuera, que es mejor. Podría desatarse una tormenta. No se asuste cuando saquemos las pistolas y no haga nada, ¿entendido? *Nada* que pueda atraer la atención de La Manta. —Sacude la cabeza—. El problema es que es cierto: nos esperábamos encontrarlo solo a él. ¿Quién demonios iba a pensar que tendría a la secuestrada en su *casa*, aquí...? En ese caso sólo tendríamos que interrogarlo y seguramente nos sería útil usted, porque sabría hacer las preguntas pertinentes. Pero así como están las cosas... Se vislumbra un enfrentamiento en toda regla, y me temo que cometí un error trayéndola con nosotros, licenciada. No quisiera pensar que la pongo en peligro.

Muy a mi pesar, siento que esbozo una sonrisa en la comisura de mis labios.

—Finalmente un poco de adrenalina. Ya me estaba empezando a aburrir.

En lugar de reírse, o por lo menos de sonreírse, Berganza vuelve a entornar los ojos con esa mirada sutil y el ceño fruncido, y me escruta.

—Está usted en ascuas, ¿verdad, Sarca?

—¿Cómo se dio cuenta?

—He notado que cuando se siente incómoda dice alguna tontería.

—Es usted un policía sorprendente.

—Intentemos acabar con este asunto —dice Berganza, y procedemos.

24

Al fin y al cabo, ya estoy en problemas

—Comisario, ¿qué tengo que hacer? ¿Derribo la puerta? —pregunta en un susurro Macchio, mientras entramos al edificio. A causa de la arquitectura, el pasillo de la planta baja está oscuro y es muy estrecho.

—¡Qué gran idea! Así nos escucha desde el otro lado de la habitación y tiene todo el tiempo del mundo para amenazar a la rehén con un cuchillo en la garganta. Lo que vamos a hacer es tocar con normalidad para que venga a abrirnos —dice tranquilo Berganza. Se acomoda el impermeable, posicionándose frente a la mirilla de la puerta—. Quédate detrás. Si ve a un policía fuera de la puerta, no nos abre ni de broma.

—Comisario, con todo respeto —protesta Macchio—, está bien que usted no lleve puesto el uniforme, pero no por eso deja de parecer un policía.

Ni cómo decirle que no tiene razón. Berganza se mantiene en silencio.

—Probablemente si La Manta ve que también hay una señorita se sentiría más confiado… —dice Macchio. Ambos se vuelven a mirarme; después sacuden la cabeza, como si por primera vez notaran mi impermeable negro y el lápiz labial violeta. Uff.

Macchio se agazapa a un lado de la puerta, y yo también. Berganza toca el timbre.

—Está abierto —grita finalmente una voz masculina desde la otra habitación.

Berganza y Macchio intercambian una mirada perezosa. El muy cabrón es más astuto de lo previsto.

—¡Adelante! —ordena Berganza, al tiempo que saca una pistola.

—Con permiso —dice en voz alta, mientras abre la puerta—. ¿El señor La Manta? —Tiene la pistola escondida detrás de un faldón del impermeable, pero sabe perfectamente, como lo sé yo, que La Manta sabe todo. ¡Cómo le hizo, es un misterio! Tal vez nunca recibe visitas, tal vez nos descubrió a través de la ventana, tal vez en Coazze nadie toca el timbre sino que llaman a la puerta, saludan y se anuncian desde antes de entrar. Ve tú a saber. Detrás del comisario, Macchio avanza con la pistola levantada, apuntándola por instantes en todas direcciones, como he visto que hacen sólo en las películas (y a lo mejor también él).

Al último entro yo, mirando a mi alrededor. (Después de todo, yo nunca le prometí a Berganza que me iba a quedar afuera. Y por lo demás, aun cuando lo hubiera hecho, dudo mucho de que Berganza lo hubiese creído así ni por un momento).

—Señor La Manta —oigo decir a Berganza, que acaba de entrar a la cocina.

—Un paso más y ella muere —responde la misma voz que antes respondió «está abierto». Ahora suena mucho mucho menos conciliadora.

Desde donde me encuentro, es decir, desde detrás de Macchio, quien a su vez está detrás de Berganza, cuya figura ocupa la puerta de la cocina, sólo veo lo que se atisba a los lados de la puerta.

Me agacho doblando las rodillas, porque a la altura de las piernas de los dos hombres hay más espacio para ver, y me asomo desde detrás de la pared.

Tengo ante los ojos una habitación bastante pequeña, con un enorme mueble de portezuelas color cereza. El mueble cubre toda la pared de delante de la puerta. Es la decoración que uno esperaría ver en la casa de una pareja de ancianos o en la que heredaría el hijo de éstos.

Sobre la barra de la cocina hay toda una hilera ordenada de cajitas de cartón. Medicinas. Están puestas desde la más voluminosa hasta la más pequeña y con el nombre hacia el exterior. Además, tiene un escurreplatos, también éste con un aspecto anticuado, con la vajilla colocada según el tamaño de cada plato. En el nivel inferior del escurreplatos hay vasos de todos los tamaños, dispuestos siguiendo el mismo orden, pero decreciente, de manera que el vaso más grande esté debajo del plato más pequeño y de ese modo no choquen. En la pared del fondo hay pegados muchos papelitos, todos perfectamente perpendiculares y con los bordes a la misma distancia de aproximadamente un centímetro, como piezas de mosaico. Sobre la barra de mármol hay un cenicero antiguo, con colillas particularmente largas, como si alguien sólo hubiese dado una calada a cada una de ellas. Todas las colillas están ordenadas alrededor del borde siguiendo un orden escrupulosísimo.

Hay una mesa expandible, en este momento sin abrir, ocupada casi por completo por una computadora más bien vieja. La computadora está encendida pero en *stand-by*, y el protector de pantalla emite una luz blanquecina, muy distinta de las imágenes resplandecientes que se usan hoy para exaltar las cualidades del monitor. La computadora tiene el aspecto de que no se usa con mucha frecuencia, pero el *mouse* está apoyado de modo que el borde redondeado siga perfectamente los contornos del vértice igualmente redondeado del *mousepad*, el cual a su vez está colocado con precisión siguiendo el borde de la mesa. Por detrás del aparato, cuelga un manojito de cables, todos diligentemente trenzados y atados con un cordel.

En un rincón entre el mueble y la pared, sobre un sillón, se encuentra Bianca Dell'Arte Cantavilla. Tiene la mitad de la cara envuelta en una mordaza azul, que parece una pañoleta femenina, muy probablemente también heredada. Por encima de la mordaza, alcanzo a distinguir dos ojos desmesuradamente abiertos, apesadumbrados, fijos en el comisario, que a su vez está inmóvil en el umbral. Su cabello blanco está descuidado desde hace días y tiene un aspecto sucio, como de nieve de ciudad. Lleva puestos unos *pants* y una sudadera del mismo material color celeste; tampoco ésta parece muy limpia. Tiene las manos detrás de la espalda y desde donde yo me encuentro veo con claridad una cuerda bastante gruesa que le aprieta los tobillos y que está amarrada alrededor de la barra inferior de un calentador de modelo antiguo.

La enésima intuición acertada del comisario, confirmo mentalmente.

De pie, a un lado de Bianca, hay un hombrecillo flaco de aspecto frágil, con los hombros caídos y el vientre rechoncho a pesar de la complexión delgada. No parece viejo, y quizás alguna vez fue esbelto y erguido, pero en este momento recuerda a un polvoso muñeco de trapo. Lleva puestos unos pantalones de color café y una camisa rosa descolorida de la que asoma un cuello sin mentón. La forma de la cabeza es un tanto extraña, aunque quizá no siempre fue extraña: debe de haberse puesto así cuando empezó a caérsele el pelo de tal forma que sólo le quedan dos mechones despeinados a los lados del cráneo.

En el rostro se ensamblan una boca y una nariz particularmente distanciadas una de otra, como si la boca hubiese resbalado hacia abajo por atracción de la mandíbula huidiza, y dos ojos oscuros y juntos entre sí. Y hostiles. El resto de su rostro, y todo él, es ordinario, con tendencia más bien a lo feúcho, a lo cómico, a lo bonachón. Sin embargo, los ojos son hostiles y decididos. Esta impresión se ve corroborada por su mano derecha, con la que apunta con un cuchillo a la yugular de Bianca.

—Detesto tener siempre la razón —murmura con voz muy baja Berganza.

Durante un momento que parece interminable pero que quizá no lo sea, el comisario y La Manta se limitan a observarse mutuamente.

—Escúcheme, señor La Manta —dice finalmente Berganza—. Suelte ese cuchillo. No tiene usted necesidad alguna de meterse en problemas.

—Al fin y al cabo, ya estoy en problemas —responde el hombrecillo.

—Allá usted —suspira Berganza—, el secuestro de una persona no es precisamente un pecado sin importancia, por supuesto, pero, si la señora Cantavilla está dispuesta a atestiguar que fue tratada con todo respeto, yo no veo por qué no podría usted salir bastante bien librado. —Bianca asiente frenética, como si con ello confirmara su propia disponibilidad. De la señora elegante, tranquila y ejecutiva a la que conocí, no queda ni siquiera una migaja. Con cuánto gusto voltearía la cabeza y le lanzaría a La Manta una mirada suplicante, pero en cuanto intenta moverse hacia un lado, se acuerda de que tiene una hoja metálica oprimiéndole el cuello.

—Usted no entiende —responde La Manta, serio. Hay algo de trágico en la determinación del hombrecillo.

—Señor La Manta —prosigue Berganza—. Nosotros no nos conocemos, pero he desarrollado cierta experiencia en lo que respecta a ciertos seres humanos, y algo me dice que usted es una buena persona. Sí, una buena persona que probablemente se dejó llevar por eventos o sugestiones engañosas. ¿Es así o me equivoco? Puesto que, si es así, usted no tiene nada que temer si suelta ese cuchillo y le ponemos fin a todo este desagradable asunto.

Esta idea de dejarle una puerta abierta al acusado debe de ser algo que les enseñan en la policía. Tiene su lógica. Probablemente yo misma actuaría así: ofrecería una salida honrosa. Puede que funcione.

Sólo que con La Manta, no funciona.

—Usted no lo entiende —repite.

—¿Qué es lo que no entiendo, señor La Manta? ¿Por qué no me lo explica usted mismo? —agrega Berganza.

Desde donde me encuentro veo que contrae la mano alrededor de la empuñadura de la pistola, por detrás del faldón del impermeable.

Macchio mantiene los ojos y la pistola apuntando sobre La Manta, pero no puede mover un solo músculo porque La Manta aparta febrilmente la mirada de Berganza a él, y a la yugular de Bianca le basta con una pequeñísima presión de más para que lo que debe estar adentro salga afuera. En cuanto a mí, sigo agazapada detrás de la pared, husmeando desde detrás de las piernas de los dos hombres. La Manta no parece haber notado mi presencia y, puesto que por el momento me resulta muy útil que así sea, no hago nada para que las cosas cambien.

—No puedo —dice La Manta—. Es inútil. No lo entendería de todos modos.

—Inténtelo —insiste Berganza. Sólo Dios sabe qué sufrimiento debe de ser, para alguien alérgico a la conversación como él, tener que ponerse aquí a dialogar con un psicópata frustrado.

—Ella ve a los ángeles —se decide a hablar La Manta. Para enfatizar que con ese «ella» se refiere a Bianca, hace temblar el cuchillo contra su cuello, y alcanzo a distinguir cómo los corazones de Berganza y de Macchio, pero sobre todo el de Bianca, palpitan más rápido.

—¿Entienden? *Ella ve a los ángeles.* Esta cabrona, esta puta podrida en dinero, ve a los ángeles. —El cuchillo vibra peligrosamente en su mano. Es el problema con algunos desequilibrados: probablemente no querrían matar, pero acaban haciéndolo porque no se saben controlar. ¡Qué tormento!—. Los ángeles eligieron con quién quieren hablar, y escogieron a ésta. Pues bien. Yo lo único que quiero es justamente hablar con los ángeles. Yo *necesito* hablar con los ángeles. Yo…, hay algunas cosas que tengo que saber. ¿Esta cabrona quiere largarse? —De nuevo un movimiento del cuchillo, con el solo propósito de que esta vez nadie se pregunte a quién va dirigido el «esta cabrona». La hoja del cuchillo deja una huella sobre la piel del cuello de Bianca, que gimotea—. Pues bien. Yo se lo dije desde un principio. ¿Señora, quiere largarse? Hable con uno de sus ángeles. Llámelo para que venga. Dígale que hay alguien que quisiera intercambiar unas palabras. Unas cuantas nada más. Si es cierto que los ángeles la aman tanto…, yo no entiendo por qué precisamente a ella, pero, bueno, si la aman tanto como parece, no deben de tener ningún problema para bajar sólo un minuto y mostrarse también ante mí, ¿no les parece? Que bajen aunque sólo sea para salvarla. Pero no hacen nada. No baja ningún ángel. Ningún puto ángel bajó para hablar conmigo.

Los ojos de Bianca se han puesto de un color rojo sangre. Estallaría en llanto si pudiera. Sólo emite un murmullo; probablemente querría hablar, pero está amordazada y no puede hacerlo.

—¿Saben ustedes lo que me respondió esta perra? «No es cierto que yo veo a los ángeles», me respondió. Y yo le pregunté: «¿Cómo está eso de que no los ve? ¿Y entonces todos esos libros?». «Todo eso es una mentira, yo no veo a los ángeles», eso me dijo. «¿Una mentira?», le pregunté yo. «Y… ¿Y todos esos nombres? Eszrael, Elemiah, Haiael… ¿Todo eso es una invención? ¿Es pura literatura? ¿Nada más que fantasía?». —Una lágrima resbala por la mejilla de Bianca y acaba empapando la mordaza—. No, pues no, yo no lo creo. No lo puedo creer —prosigue La Manta sin siquiera voltear a verla—. Toda esa sarta de palabras llenas de consuelo. Todas esas palabras que me mantuvieron tranquilo en lo más hondo de mi corazón en los momentos más oscuros, y Dios sabe que he tenido muchos. Todos esos mensajes de luz y de amor, todos esos ejercicios espirituales que he tratado, que *he tratado* realmente de poner en práctica. Todas esas cosas no son algo que un ser humano se pueda inventar. Todas ésas son cosas *celestiales*. Pero esta perra, esta curiosa, esta puta egoísta, ¡que Dios me perdone!, se las quiere quedar para ella sola. Quiere tener el privilegio de ser la única, *¡la única!* que se comunica con ellos, que se ilumina con toda su luz. Como si ella lo necesitara. —En este momento, una gota roja, pequeña pero visible, empieza a salpicar por encima del filo del cuchillo. Otro arranque más de rabia y podremos ver de veras lo que Bianca tiene en su interior—. De modo que ella no los llama. *¡Y ellos no vienen!* Ni siquiera ahora que su amadísima portavoz se encuentra en peligro, ¡ni siquiera ahora se dignan a mostrarse ante mí! ¡Podría matarla ahora mismo! *¡Me gustaría* matarla! Y ellos, ni por ésas: ¡ni siquiera para salvarla aceptan manifestarse! Ni siquiera para realizar un gesto de caridad, que debería ser su pan de cada día, ¿o me equivoco? ¡Ni siquiera por esto aceptan rebajarse a hablar conmigo!

De acuerdo. Yo diría que ya vi suficiente.

—No es exactamente como cree usted —me decido a decir.

25

Dea ex machina

La Manta abre desmesuradamente los ojos, y se estremece al sonido de la voz de alguien a quien no ha visto hasta este momento. O por lo menos, creo que abre desmesuradamente los ojos y se estremece etcétera, etcétera, porque mientras tanto he dejado de husmear desde detrás de las piernas de Berganza y de Macchio y me estoy poniendo de pie, así que me perdí la escena.

Para compensar, en un instante me abro camino educadamente entre el comisario y el agente y accedo a la cocina. Ahora sí que tengo nuevamente delante de mí a La Manta, esta vez con los ojos fijos sobre mí.

Sé lo que está viendo. Mi impermeable negro, mi lápiz labial color violeta, mis botas con estoperoles. El mechón negro como cuervo que me cubre casi totalmente el ojo izquierdo.

También sé lo que está viendo Bianca: la cara ya conocida de su escritora fantasma. Un relámpago le atraviesa la mirada, pero yo no le respondo como esperaría.

—¿Quién es usted? —pregunta La Manta, desconfiado.

En general, un tipo desconfiado con un cuchillo en la mano no es lo más agradable.

—Yo soy Bianca —le digo—. La verdadera Bianca.

La Manta guarda silencio. Berganza guarda silencio. Macchio guarda silencio. Una mariposa aletea en México y todos pueden oírla.

—¿Qué está usted diciendo? —pregunta La Manta, con el ceño fruncido.

—Vamos a ver: no es que yo me llame Bianca; eso es claro. Mi nombre es Silvana, Vani para los amigos —le explico—. Sin embargo, yo soy la persona que escribe los libros que luego Bianca firma como suyos y en los que pone su cara. Señor La Manta, nadie lo sabe, porque la editorial prohibió terminantemente que se hiciera público; sin embargo, la Bianca a la que usted conoce, a la que todos conocen, no es más que una comparsa, un personaje de fachada. En cambio, la que realmente está detrás de sus libros, pues bien, ésa soy yo.

Genial. Si la tensión y el sentido de responsabilidad no me estuviesen corroyendo desde mi interior, casi casi podría disfrutar de la originalidad de la circunstancia: al menos por una vez, ser el *alter ego* de alguien está por resultarme útil.

La Manta me mira durante un momento, luego observa a Bianca, quien a su vez lo mira de abajo hacia arriba, con los ojos pletóricos de terror. Luego La Manta vuelve a observarme a mí.

—¿Quiere decir que esta idiota es...?

—Una impostora. Exactamente eso. La mujer a la cual está usted pidiendo desesperadamente desde hace días que lo comunique con los ángeles *no puede* invocar a los ángeles. Sencillamente porque nunca pudo hacerlo. Nunca fue capaz. Bianca no mentía cuando le decía que todo era una vil mentira. Esta tipa no es más que un personaje-muñeca, una especie de actriz, a quien la editorial le dio un sueldo para que interpretara un papel.

La Manta es un témpano de hielo. Durante mi discurso, los ojos se le fueron abriendo progresivamente. Hay una suerte de escándalo en el interior de esos ojos líquidos. ¿Y cómo sorprenderse por ello? Es el mismo escándalo que aparecería en los ojos de cualquier lector de Bianca si sólo supiese que su gran heroína no es otra cosa que una absoluta mentira. Pero también hay, de alguna extraña manera, un poco de alivio.

—Pero…, pero ¿por qué? ¿Por qué tomarnos el pelo a todos así? —La Manta voltea sobresaltado para mirar nuevamente a Bianca, y Macchio, quien interpreta aquel gesto como una amenaza, hace un ligero movimiento que a Berganza no le pasa inadvertido.

—Baja la pistola, Macchio.

—Oiga, pero…

—¡Baja la pistola! —Berganza está serio pero también calmado—. Dejemos que ella se encargue de todo.

Yo no sé si confía en mí o si es todo un *bluff* para hacerme sentir que soy capaz de terminar el trabajo.

No tiene mayor importancia. Dentro de mí, ya he decidido que, cuando haya concluido mi parte, confiará en mí, ¡vaya que confiará en mí!

—Una magnífica pregunta, señor La Manta. Pues bien, honestamente…, ¿usted se habría acercado a los libros de Bianca, si ella hubiese tenido mi apariencia?

Le sonrío.

Por lo general, no es que las sonrisas enmarcadas en un lápiz labial color violeta sean particularmente calurosas. Sin embargo, esta vez es un detalle que resulta cómodo.

—¿Se da cuenta? —Asiento—. Los editores lo sabían perfectamente bien: nadie habría prestado oídos y mucho menos habría abierto su corazón al mensaje de Bianca, si ella hubiese sido como yo. Pero esta mujer puso su cara dulce, su cara confiable y creíble, y de esta manera permitió que la voz de lo Divino se difundiera, llevando consuelo a donde tenía que llevarlo. —Levanto un dedo, con actitud de amonestación. Un gesto que aprendí de la misma Bianca—. Permítame precisar que la señora no tiene ninguna culpa en todo este altercado —agrego—. Ella no hizo otra cosa que cumplir con la tarea que le fue asignada. ¿Le resultó útil interpretar este papel? Por supuesto. ¿Ganó fama y dinero? Indudablemente. Pero asimismo hizo una gran obra, puesto que es gracias a ella que el mensaje de los ángeles se volvió accesible. Para ser sinceros, señor La Manta, usted y todos aquellos que aman las *Crónicas angélicas* no deberían tratarla como una estafadora: deberían darle las gracias de todo corazón.

La mano de La Manta sigue sobre el cuchillo y el cuchillo sigue en el cuello de Bianca, pero me parece que ya no ejerce tanta presión, al menos ahora.

—De manera que... —empieza a concentrarse La Manta—. De manera que es usted quien... quien...

—... ¿Quien habla con los ángeles? En efecto, soy yo. —Sonrío una vez más—. Era conmigo con quien debería haber contactado para comunicarse con ellos. Lo lamento, ¿cómo podía saberlo usted? Y Bianca no podía decírselo, porque de otro modo los editores se verían obligados a despedirla y los ángeles ya no tendrían ningún vehículo a través del cual dejarse escuchar por los humanos.

Ahora La Manta está observando a Bianca de una manera diferente. Casi con amargura.

El cuchillo, no obstante, no se movió de lugar.

—¿Y yo cómo hago para saber que *usted* no es una impostora más? —me contesta de inmediato.

Ahora su interlocutora soy yo claramente.

—Porque los ángeles me hablaron de usted, Gerolamo —respondo.

La Manta titubea. Si yo tuviera ojos en la nuca, estoy segura de que leería en la expresión de Macchio un clarísimo «¿Qué carajos piensas que estás haciendo?». En la expresión de Berganza creo que no leería nada, pero podría apostar una mano a que es exactamente lo mismo que está pensando también él.

—¡Qué carajos! —se le escapa a Macchio, en voz baja pero perfectamente audible. Exacto. Una hermosa síntesis.

—¿Le hablaron de mí? La escucho —suplica La Manta.

—Okey.

Me concentro.

Y me esfuerzo por traer a mi mente el estilo del que me sirvo cuando escribo el libro de Bianca. Ese estilo súper rebuscado y florido con el cual hago hablar a sus ángeles. A sus putos ángeles inexistentes a los que yo nunca he visto ni veré, pero no importa, porque sé perfectamente cómo hablan.

—Usted era un hombre racional. Un hombre lúcido, que confiaba en el poder de la ciencia y de la mente. Sabía dónde buscar las respuestas: para ser más exactos, en el esplendor ordenado de los números. A usted le sabían hablar a la perfección las matemáticas y las articulaciones claras de las leyes de la física. Usted entendía su lenguaje poético y diamantino, y todo lo que le decían era simple e irrefutable: le hablaban de la existencia de Dios.

Me permito una pausa, lo indispensable para comprobar cómo está saliendo todo. La Manta sigue observándome con el ceño fruncido, pero mantiene la boca ligeramente entreabierta y parece muy concentrado.

—Durante muchos años, nunca sintió la necesidad de otra cosa. La pureza de los números, de las matemáticas que gobiernan el cosmos, que ordenan el caos. Como profesor, hizo usted lo mejor para transmitir toda su fe, exactamente como un misionero trata de difundir la Palabra en la cual cree. Enseñó con dedicación, agradecido con el universo maravilloso cuya precisión usted iba explicando escrupulosamente. Hizo esfuerzos supremos. Sirvió con devoción a su dios personal, un dios hecho de orden, de máximo cuidado, de lógica. Y luego…

—Y luego ¿qué? —me desafía La Manta.

Me encojo de hombros:

—Y luego sucedió el accidente, y esto ya no fue suficiente para usted.

El silencio coral de Macchio, de La Manta y de Berganza resulta ensordecedor. Los ojos de La Manta se me adhieren al rostro como moscas a una telaraña. Las miradas de Macchio y de Berganza hacen que sienta un hormigueo en la nuca. Ahora estoy segura de que tengo en mí toda la atención de La Manta. No puedo desperdiciarla.

—Todos pensaron que se trataba simplemente de un agotamiento nervioso. Eso suele pasar, cuando sucede una desgracia de ese tipo. Quedarse de pronto sin padre ni madre ya causaría en sí mismo un gran dolor, pero que además ocurra de ese modo, eso sí que resulta prácticamente insoportable. Esa maldita fuga de gas. Y no importa si las investigaciones dejaron en claro que usted no tuvo ninguna culpa: hay sentimientos que la opinión de un juez no sabe ahuyentar ni arrancar de raíz. Todos pensaron: «Bueno, no fue culpa suya, es oficial. Se trató de un simple accidente, así que ahora no hay otra salida que acostumbrarse a la soledad y tratar de salir adelante». Y así, justamente, creyeron que se trataba de un simple y llano agotamiento nervioso, comprensible y pasajero. —Sonrío con cierta amargura—. Sin embargo, lo que no todos saben es cómo distinguir un agotamiento nervioso de una verdadera crisis existencial. Una de esas etapas oscuras y accidentadas en las cuales no es sólo el cansancio, no es sólo la desmotivación, no es sólo la ausencia de energía lo que nos hace desear no haber nacido nunca. Es la ausencia de respuestas. ¿Me equivoco, Gerolamo? Seguir yendo a la escuela le acabó resultando cada vez más difícil. No a causa de la depresión, no a causa de las dificultades prácticas de tener que levantarse por las mañanas. También eso, por supuesto. Pero sobre todo porque no tenía respuestas que llevar consigo. ¿Qué podría querer seguir enseñando un hombre lleno de dudas e interrogantes, que de repente observaba aquello en lo que siempre creyó, el orden perfecto de los números del universo, y no encontraba las únicas verdades que realmente necesitaba?

Un movimiento repentino de las pupilas de Bianca me revela que, aun cuando la mano de La Manta aparentemente sigue sin moverse, el cuchillo ya no ejerce presión sobre su piel. Quizá sólo aflojó medio milímetro, pero ya no presiona tanto.

—Tener que renunciar a ser profesor no hizo sino empeorar la crisis, regalándole todavía más tiempo libre, es decir, tiempo vacuo y oscuro que tenía que llenar. Sin embargo, por lo menos en ese momento fue libre para dedicarse en cuerpo y alma a su búsqueda. Y naturalmente buscó también allí donde tanta gente busca, pensando, lógicamente, que existía un motivo para todo ese interés colectivo. Buscó en la religión.

»Y pensó que podía funcionar.

»Bianca hizo que usted lo pensara. Con todos sus libros, con sus *Crónicas angélicas*, Bianca le hizo pensar que en alguna parte debía de haber respuestas, y no precisamente en un lugar lejano. Encontrar el consuelo en un Dios antiguo y distante tendría que ser difícil, o en una Virgen dispuesta a manifestarse una vez cada cien años en alguna estatuilla llorosa. No, usted no era la persona adecuada: éstas no eran cosas para usted que tenía una gran *urgencia* de saber, con claridad y de inmediato. Sin embargo, los ángeles de Bianca estaban allí, generosos, con sus palabras de amor para todas aquellas personas como usted, para todos los seres humanos asustados con su propia falibilidad. Y de este modo, usted devoró las *Crónicas angélicas*, y acabó por esperar que aquellos ángeles tan comunicativos y calurosos, además de mostrarle el camino de la expiación, un día pudieran dignarse a manifestarse también ante usted, y a consolarlo de todo aquello que les había tocado a sus seres queridos.

Ahora, el filo del cuchillo está visiblemente separado del cuello de Bianca. Y en los ojos de La Manta hay un centelleo húmedo. Hasta hace unos instantes, me esforcé en mirarlo directamente a la cara siguiendo los avances del cuchillo sólo con el rabillo del ojo. Ahora, en cambio, su expresión afligida está realmente en el centro de mi interés.

—Está bien —murmura en ese momento. Titubea. Escoge cuidadosamente las palabras. Lo dejo actuar, esperando en silencio. Y dice—: Si cree que me puede hacer tonto con todo ese palabrerío. —Sus ojos suplican consuelo, pero su voz suena dura y agresiva. Ni siquiera parece que provenga de la misma persona—. Soy un profesor de matemáticas y mi familia murió en aquel... en aquel accidente. Eso es. Puras cosas que cualquier esbirro como ustedes puede haber descubierto perfectamente con todas esas porquerías de bases de datos y de investigaciones cruzadas. —Yo percibo que Berganza abre la boca y evalúa la oportunidad de confirmar que, en efecto, él y Macchio no sabían absolutamente nada de todo eso hasta hace un momento. Pero La Manta tiene razón: yo no dije nada que no pudiésemos haber descubierto por alguna fuente oficial (el hecho de que Betti sea un inepto para la investigación es harina de otro costal). Incluso La Manta sabe bien que los ángeles no sirven para referir detalladamente esta parte de su vida, ni siquiera elucubrando un poco. Como ya dije, este tipo no es estúpido. Y yo puedo incluso dejar con la boca abierta a Macchio y a Berganza con toda esa historia (lo siento como una vibración a mis espaldas), pero con La Manta todavía no es suficiente.

—Muy cierto. Y en efecto, yo no estoy aquí para contarle lo que ya sabemos todos perfectamente, Gerolamo —prosigo—. Yo estoy aquí para comunicarle lo que los ángeles tienen que decir acerca de todo esto, y se trata de tres cosas.

La Manta permanece en silencio. Aguarda.

—La primera de ellas es que los ángeles entienden perfectamente por qué estuvo usted dispuesto a llegar a este punto con tal de verlos, con tal de colmar la distancia entre usted y ellos. Con tal de desechar las dudas insistentes sobre el hecho de que Bianca pudiese haberse inventado todo. Entienden asimismo por qué usted se inventó tres personalidades falsas con las cuales cubrió la red de sospechas y preguntas acerca de Bianca: entienden su ansiedad por desahogarse, la presión de los tormentos que lo corroían desde dentro, y entienden el deseo de encontrar a otros lectores que le confirmaran lo que usted sentía, o que, por lo menos, no le hicieran sentir que estaba solo con sus frustraciones. Por supuesto que lo entienden, Gerolamo. Y saben perfectamente que, si las dos preguntas difundidas en el éter hubiesen encontrado incluso un vislumbre de respuesta convincente, usted nunca hubiese tenido que atreverse a hacer lo que hizo.

Esto, en efecto, lo creo de veras. Llenar la red de provocaciones e interrogantes sobre Bianca: Berganza tiene toda la razón cuando refiere la opinión de la criminología corriente y afirma que, si La Manta fragmentó *su polémica* en tres *nicknames*, probablemente sea porque desde un inicio intuyó que no llamar la atención iba a terminar por traerle algún beneficio. Sin embargo, tengo la clara sensación de que no llamar la atención es el estado natural de este hombre humilde y destrozado, y que, si uno de sus tres *alter ego* hubiese podido obtener una confirmación definitiva acerca de la buena fe de Bianca, con eso le hubiese bastado.

Puesto que, después de todo, nunca pidió nada más.

La Manta sigue observándome en silencio. Ignorando que Macchio se sobresalta a mis espaldas, me acerco.

—La segunda y la más importante, Gerolamo, es que los ángeles tienen un interés particular en hacerle saber que no fue usted. Con la omnisciencia que ese juez no tenía, ni tiene usted, sino que sólo ellos poseen, los ángeles quieren que usted se libere finalmente de esta última duda. Gerolamo, *no fue usted.* No fue culpa suya. No fue usted quien se olvidó del gas abierto mientras sus padres dormían. Ellos, sus padres, están bien, están en paz y no le reprochan ni lo culpan de nada, y usted, como dijo el juez, es completamente inocente.

En ese punto, el rostro de La Manta sufre una suerte de transfiguración. Los ojos se le dilatan y todos los músculos faciales parecen ser presa de un pequeño terremoto. Abre y cierra la boca pero sin emitir sonido alguno. Es una reacción que dura sólo una fracción de segundo, aunque lo inunda por completo, y ninguno de nosotros se deja engañar por su brevedad. Algo acaba de suceder en Gerolamo La Manta, algo que él mismo estaba esperando, estaba deseando desde hacía tiempo, mucho tiempo.

—Y ahora la tercera y última cosa, amigo mío —sigo diciendo—, que es la más importante de todas, aun cuando a usted, creo, y así lo creen también los ángeles, que comprenden incluso esto, por lo menos durante un tiempo le seguirá pareciendo más importante la segunda. Como decía, la tercera cosa es que, Gerolamo, aun en el caso en que usted hubiese sido culpable, pues bien, hubiera recibido igualmente la autorización para perdonarse y para seguir adelante con su vida. Porque usted es un ser humano y los seres humanos se equivocan, de cuando en cuando. Está en su naturaleza y deben, pueden aprender a aceptarlo y volver a amarse a sí mismos como se merecen, en cuanto criaturas de Dios.

A La Manta, en este momento, le están temblando visiblemente los labios.

—Y es por esta razón, Gerolamo, por la que los ángeles *decidieron deliberadamente* no mostrarse ante usted. Porque saben que si usted los viese y se arrojara a sus pies para pedirles perdón y luego darles las gracias, usted les pediría perdón y les daría las gracias a *ellos*. Cuando más bien es *a usted mismo* a quien le debe perdón y gratitud. Ellos no quieren su devoción, no quieren que usted desee verlos de manera tan ardiente. Le diré algo más: a los ángeles no les importa ni siquiera que usted crea en ellos. Para ellos no hay ninguna diferencia. En su sabiduría y bondad superiores, *a ellos lo único que les interesa es que usted crea en sí mismo.*

La Manta está conteniendo el aliento.

—Si ahora le permitieran que los viera, usted relacionaría para toda la vida su consuelo y resignación con el recuerdo de este momento. Todo su alivio y su paz dependerían de un movimiento de su cabeza, de una caricia suya sobre su frente. En cambio, lo que quieren es que usted sepa que no es esto lo que realmente necesita. Lo único que le hace falta, Gerolamo, es mirarse a usted mismo con nuevos ojos, y concederse el perdón y volver a amarse. Por usted mismo. Encontrando la fuerza en su interior, sin depender de nadie más: ni de sus padres, ni de Bianca, ni mucho menos de los ángeles.

Ya casi termina todo esto.

Alargo las manos y las apoyo sobre los hombros de La Manta.

Durante un largo instante, nos miramos: yo, con una expresión optimista y estimulante como nunca la he tenido; él, en un abismo de resentimiento y desconcierto.

—Ah, se me olvidaba —concluyo, con la última sonrisa que tengo en mi repertorio—. Sus padres lo saludan. Están con Batuffolo.

La Manta abre la mano y el cuchillo cae al suelo. Enseguida, me apoya la frente sobre el hombro y empieza a llorar sumisamente.

Luego de algunos minutos, nos encontramos de nuevo en la patrulla. La Manta se deja llevar dócilmente a su interior. Está agotado, descompuesto. Yo me siento a su derecha y Berganza a su izquierda; Bianca ocupa el asiento del copiloto y mira fijamente hacia el frente durante todo el trayecto. Macchio debe de estar sorprendido por la aventura porque maneja más que nunca como un cafre, tanto que en las curvas Bianca tiene que pedirle, con voz apenas audible, que baje la velocidad.

También yo guardo silencio y miro atentamente hacia adelante, pero dejé resbalar mi mano sobre la mano de Gerolamo, que me la aprieta.

No sé por qué lo hago, pero me hace sentir bien. Preferiría que Berganza no lo notara, pero seguramente ya se percató de todo.

26

Después de todo, lo volvió a hacer

Debe de haber algún reglamento interno muy estricto que impone que las luces de la oficina de Berganza permanezcan encendidas en pleno día. En caso contrario, sería masoquismo puro. La ventana da sobre la explanada que está enfrente de la comisaría y la luz que entra sería más que suficiente, pero esos artefactos blanquecinos de la sala-comedor parece que tienen que permanecer encendidos igualmente.

Berganza se sienta y entrelaza los dedos sobre el escritorio. Yo, a la vez, me siento enfrente de él. No hay nadie más, ni siquiera el transcriptor.

El comisario se restriega la base de la nariz entre los dedos; luego se decide a hablar.

—¿Cómo se siente, Sarca?

—Como una malvada impostora que ayudó a un hombre destruido a encontrar un poco de paz —respondo—. En pocas palabras, me siento muy Bianca.

—¿Y esto le deja un mal sabor de boca?

Reflexiono.

—No. Por lo menos, no como yo habría imaginado. Me siento particularmente contenta por haber logrado el resultado esperado. De no ser así, estaría diciendo puras tonterías, ¿no cree?

Berganza sonríe.

—¿Y ahora me puede explicar cómo hizo todo?

Sabía que me lo iba a preguntar.

—¿Qué quiere que le explique en específico?

—Empiece por el principio y llegue hasta el final —dice abriendo los brazos. A continuación se deja caer hacia atrás sobre el respaldo de la silla, dispuesto a disfrutar del espectáculo.

No puedo decir que no esperaba con cierto placer este momento.

—Bien —empiezo a hablar—. Pues entonces empecemos con la historia de las matemáticas: uno de los opositores de Bianca, una de las tres personalidades con las que La Manta se expresaba en la red, se llamaba Osé (Osado). O por lo menos, yo creía que se hacía llamar Osé, a causa de la vena desmitificadora. La cuestión es que en los *nicknames* no aparecen los acentos, en consecuencia él escribía este nombre así: «Ose». Pues bien, mientras íbamos en el automóvil hacia la casa de La Manta, me vino la sospecha de que más bien el nombre fuese Ose, así, sin el acento, de manera que lo busqué en la red para ver si tenía algún significado. Por ejemplo, si se trataba de las siglas de algo que quizá pudiera ayudarnos a obtener más información acerca del secuestrador.

—Ahora entiendo por qué no levantaba usted los ojos del *smartphone* mientras yo le hablaba durante el viaje de ida —recuerda inmediatamente el comisario.

—De manera que acabé atrapada en una página web de demonología, y descubrí que uno de los demonios de la tradición mediterránea, es decir, hebrea y musulmana, se llama precisamente Ose. Sin acento. Seguí explorando la lista, y descubrí que también existía un Bifrons. Que era otro de los nombres que La Manta había usado en la red. Llegados a ese punto, me resultaba claro que si seguía buscando, seguro que iba a encontrar el tercer nombre, que, en efecto, oportunamente camuflado, correspondía al diablo conocido con el nombre de Andrealphus.

El comisario Berganza levanta una de las cejas.

—De acuerdo, pero ¿y qué con todo eso? Lo que usted dice al máximo nos confirmaba que detrás de esos tres nombres había una única cabeza que los pescó todos del mismo lugar, algo que ya sabíamos.

—A un lado de los nombres, la página web explicaba también las, digámoslo así, especializaciones de los diablos —continúo—. ¿Sabe? Según la tradición, alguno de ellos está en el sector de las tentaciones de la carne, otro se divierte estropeando la cabeza de los sabios, otro es todo un as para manipular con las palabras, y cosas semejantes. Y así, por ejemplo, resulta que Ose, Bifrons y Andrealphus tienen en común el hecho de ser todos diablos que dominan la materia de los números y las ciencias.

El comisario levanta ahora las dos cejas al mismo tiempo.

—De manera que a quien escogió precisamente esos tres nombres deben de haberle gustado por esa característica que tienen en común. Y puesto que una de las poquísimas cosas que sabíamos de La Manta era que trabajaba en una escuela como profesor, yo deduje que seguramente enseñaba matemáticas.

El comisario asiente. Aprecia cuanto digo, aun cuando no comenta nada.

—Veamos ahora la cuestión esa del accidente. Una vez que averigüé que La Manta era profesor de matemáticas y vivía en Coazze, intenté insertar estas tres palabras (profesor, matemáticas, Coazze) en el motor de búsqueda del periódico de crónica local. Me imagino que usted ya le ordenó a algún agente, allá en la comisaría, que hiciera algunas investigaciones análogas usando el nombre del sospechoso, pero el artículo que a mí me resultó útil no lo refería de manera completa: únicamente las iniciales, G.L. Era de hacía algunos años, y hablaba de una pareja de casados fallecida a causa de una fuga de gas mientras dormían, en un departamento modesto ubicado justo en el centro de Coazze. En el artículo se decía asimismo que el hijo de la pareja, profesor de matemáticas de más de cuarenta años al que sólo indicaban con las iniciales G.L. por una cuestión de privacidad, sería objeto de investigación. Con esta información, busqué «G.L.» y se me desplegó un artículo de unos cuantos días después, que confirmaba que el sospechoso, que en el momento del accidente se encontraba fuera de aquella casa, fue declarado completamente inocente. —Me encojo de hombros—. Evidentemente, los periodistas locales son siempre personas con una cierta ética. Sabían que de haber mencionado el nombre completo eso habría significado poner al pobre hombre bajo los reflectores mucho más de lo que ya debía de haber ocurrido. Su delicadeza acabó significando para nosotros un obstáculo más en las investigaciones; sin embargo, como pudimos ver, nada que no fuese superable.

—Para usted.

—Gracias.

El comisario frunce el ceño.

—No obstante, La Manta parecía devorado por los sentimientos de culpa, ¿no le parece?

Asiento.

—En cuanto entramos en la casa, me di cuenta de que la habitación presentaba todas las características del ambiente en el que vive una persona obsesivo-compulsiva. Los medicamentos alineados con una precisión impecable, el orden y la limpieza meticulosa… Y además, otros dos detalles. Por encima de todo, el mueble de la estufa resultaba del todo anticuado, pero llamaban la atención algunas parrillas eléctricas claramente más nuevas, como si alguien las hubiese mandado instalar recientemente, quizás para deshacerse de las anteriores, *odiosas* hornillas de gas. Por lo demás, en el mismo mueble seguramente habrá notado el cenicero repleto de cigarros prácticamente enteros, exactamente iguales a los encontrados en el bosque. Como ya me dijo usted en alguna ocasión: ¿quién apaga un cigarro después de haberle dado una sola calada, para luego encenderse de inmediato uno nuevo? Probablemente alguien que no consigue dejar de fumar, por ansiedad, neurosis y compulsión, y que no obstante se siente culpable en cuanto lo hace..., por ejemplo, porque sus padres murieron precisamente por haber inhalado algo equivocado y fumar le parece una ofensa a la memoria de ellos. En suma, todos estos detalles, el modesto departamento en pleno centro de Coazze, como lo describía el artículo, el orden, la sustitución de las hornillas como castigo, los cigarros ordenados, me hicieron pensar antes que nada en que La Manta era precisamente el sobreviviente al cual se refería aquel artículo, y además que era víctima de un intenso complejo de culpa en lo relativo a sus padres. Al temer en su interior que fue él quien dejó encendida aquella hornilla antes de salir de la casa, probablemente desarrolló una forma de obsesión-compulsión, una suerte de exceso de meticulosidad, para castigarse eternamente por aquella distracción de la cual nunca dejó de acusarse. Si hubiese sido incriminado oficialmente y hubiese podido expiar su culpa, probablemente su mente no le hubiese jugado esa broma; sin embargo, al ser exculpado demasiado aprisa y habiéndose quedado con el gusanito de su propia culpabilidad, es verosímil que una personalidad frágil como la suya acabara por encontrar esta válvula de escape.

Berganza reflexiona; después cruza las manos sobre el estómago.

—Me siento sorprendido —admite.

Mi explicación podría ser suficiente ya, pero todavía no termino.

—Naturalmente, una obsesión-compulsión que le sirviera para autocastigarse no basta para justificar la pérdida del trabajo, el hecho de aferrarse a los libros acerca de los ángeles y el secuestro de Bianca. De manera que presté atención a los nombres de los medicamentos alineados sobre la barra de la estufa.

El año pasado estuve trabajando en el libro de un célebre neuro-cirujano, el doctor Mantegna, quizá recuerde usted a...

—¿A ese tipo engreído que salió en un programa de televisión de los sábados?

—Exactamente. Y en pocas palabras, estudiando su materia me hice de cierta cultura al respecto. Pude así reconocer algunos nombres: en varios de los casos, se trataba de fármacos para enfermedades propias de la vejez, en este caso, las medicinas de sus padres, las cuales La Manta no tuvo el ánimo de desechar, un hecho con el que confirma su culto por los dos muertos. Sin embargo, observando aquí y allá pude reconocer incluso los medicamentos más prescritos en los casos de estrés postraumático. De manera que atando cabos pude adivinar que La Manta buscaba en Bianca la clave para salir de la mezcla de depresión, delirio y sentimiento de culpa en la cual se ahogaba desde la época de la muerte de sus padres, y que le hizo perder poco a poco incluso el trabajo.

El comisario me mira fijamente, como si quisiera leer lo que tengo en el interior de la cabeza.

Se siente satisfecho, ni que fuera yo uno de sus hombres.

—Queda todavía la historia de... Batuffolo, ¿de acuerdo?

—Cuando entraron ustedes, no notaron el mueblecito a un lado de la puerta y el pequeño cesto de los papeles que había encima, ¿verdad? ¡Claro, qué tonta! Estaban concentrados, ¿cómo iban a notarlo? Bueno, pues era una especie de cesto acojinado, un poco más grande de lo que uno podría esperar de un objeto decorativo. Estaba forrado con una tela estampada con imágenes de gatitos, ya un poco gastada, y con una caligrafía infantil alguien escribió con un plumón la palabra «Batuffolo». Un artículo insólito en la casa súper pulcra y ordenadísima de un obsesivo-compulsivo. Era el dormitorio de un gatito, evidentemente muy querido. Un recuerdo de hace mucho tiempo.

Permanecemos en silencio.

—Por lo que parece, después de todo, lo volvió a hacer —comenta Berganza.

—¿Volví a hacer qué? —pregunto.

—Una más de esas..., ¿cómo las define usted? Una de esas payasadas como «entra en la mente del criminal», eso es.

Sonreímos al mismo tiempo.

—Sarca, usted está desempleada, ¿me equivoco?

—Sí, ¿verdad? Gracias por recordármelo. Todo este ajetreo hizo que me olvidara.

—¿Le gustaría trabajar en la policía?

Esta vez me toca a mí sentirme sorprendida.

—Como asesora o algo semejante. No será difícil encontrar un calificativo. Por supuesto, yo tendría que enseñarle algunos rudimentos del oficio y usted bien podría encontrarse con que tendría que acompañarme en alguna que otra emergencia no precisamente agradable; sin embargo...

—Acepto —respondo.

—Será una colaboración esporádica y el salario da asco.

—Porque según usted hasta ahora yo...

—Pero puedo enseñarle a disparar.

—¿Oyó usted que ya le dije que acepto?

—No le irá usted a disparar a Riccardo Randi, ¿verdad?

—Ah, eso no se lo puedo prometer.

—A mí me daría lo mismo. —Sonríe Berganza.

Todo podría terminar aquí, y estaría muy bien.

Pero no es así; estoy ya en la puerta cuando Berganza, que se quedó sentado ante el escritorio, me vuelve a llamar.

Me doy la vuelta.

—¿Sabe qué sucede, Sarca? Sucede que no me parece justo. Usted conoce muy bien su oficio, ¡carajo! ¡Discúlpeme! Y..., pues..., esta cuestión de las asesorías puntuales será como maná del cielo para mí, o sea, para nosotros los de la comisaría, pero seguramente no le dará el pan de cada día. O por lo menos no un pan lo suficientemente grande como para comer habitualmente.

—¿Sabe? Siento el deber de informarle que mi alimento normal son las papas fritas con queso y, en los últimos tiempos, el *whisky* escocés.

—¿Se siente incómoda, Sarca?

—No, sólo tengo curiosidad de saber qué tiene usted en mente.

—Pues entonces procure mantener bajo control su tendencia a decir tonterías, porque evidentemente está aumentando. —A ambos nos dan ganas de reírnos, y tratamos de disimularlo para que no se nos note—. Lo que estaba diciendo es que tal vez tengo una idea. —Y a continuación toma el teléfono.

No quiero ni imaginar la cara de Enrico mientras el comisario le habla acerca de cómo logramos liberar a Bianca y de la genial estrategia que yo me inventé para evitar que le pudiesen hacer el menor daño. No puedo imaginar la cara de Enrico mientras pasa del alivio más genuino a la sospecha y después a la angustia, ni su amplia frente perlada de sudor, mientras Berganza le explica que ahora tendrán que dar la noticia a los periódicos, «porque usted entenderá, licenciado Fuschi, que se trata de un deber social que tenemos hacia la información pública. Es nuestro deber hacerlo». No tengo enfrente de mí los ojos vítreos de terror de Enrico, mientras Berganza le dice: «Pero a lo mejor encontramos un modo» para evitar que el mundo entero sepa que Bianca es el producto artificial de una malvada maquinación comercial y hacer que estalle un escándalo de proporciones cósmicas que, si no hunde en el abismo a Ediciones L'Erica, en cambio sí borrará de la superficie terrestre a Bianca y a Enrico mismo. A menos que Enrico haga lo único que puede arreglar los platos rotos.

—Usted se da cuenta, Fuschi, de que existe una persona que más que todas las demás tiene un gran interés en hacer público su excelente papel en esta historia, y que para convencerla de que no saque lo que después de todo sería una justa ventaja en términos de popularidad habrá que ofrecerle algo igualmente atractivo, ¿verdad?

—¡Por Dios, acaba usted de chantajear a Enrico! —exclamo a media voz en cuanto Berganza concluye la llamada.

—No, *usted* chantajeó a Enrico —especifica el comisario.

—Pero ¡si es usted quien hizo todo! Hizo que yo cometiera un crimen en el que yo no hubiera pensado nunca.

—¡Uh, si lo supiera la policía! —sonríe socarrón Berganza.

Todo lo anterior con la condición de que yo mantenga la boca cerrada acerca de todo lo que sé sobre Bianca, su secuestro y, fundamentalmente, los acontecimientos que llevaron a su liberación, en especial la parte en la que para salvar el pellejo tuvo que revelar lo impostora que es.

Ah, se me olvidaba: antes de firmar el contrato, hice que Enrico adquiriera mi nuevo volumen de las *Crónicas angélicas*. A treinta y cinco mil euros.

Habría podido obtener incluso más; sin embargo, no me interesaba. Asimismo, habría podido exigir que me contrataran en Ediciones L'Erica con funciones distintas, como una redactora ordinaria, pero el hecho es que yo no soy una redactora ordinaria. Yo soy una escritora fantasma que, como diría el comisario Berganza, entra en la cabeza de los demás y hace funcionar las cosas como ese cerebro por sí mismo no sabría hacerlo. Lo pensé bien y acabé por entender que es el único trabajo que no me aburre y, puesto que existen demasiadas cosas que me aburren en este mundo, más vale no agregar también ésta a la lista, ¿cierto?

Ni siquiera me disgusta la idea de tener que volver a trabajar para Enrico, con tal de poder hacer este trabajo, que es el único mío, el único que realmente me pertenece y con el que me identifico. Enrico es un tiburón oportunista de mierda, por supuesto; sin embargo, hay cosas que me llevan casi casi a ser indulgente. La insólita premura con la cual, en aquel mensaje que fue el inicio todo, trataba de convencer a Riccardo de no ser demasiado cruel conmigo. La sutil amargura por tener que despedirme. Nada que se compare con una absolución, que sea claro —yo no habría captado para nada esas sutilezas si no fuese esa maquinaria clásica de empatía en la que me he convertido—, pero un viejo enemigo es casi como un viejo amigo, como Pat Garrett para Billy the Kid. Y además, no puedo menospreciar el placer que me causa, desde que el mundo es mundo, el hecho de saber siempre cómo hacerlo encabronar.

No obstante, puse mis condiciones. Ni un libro más de esos que sólo manipulan a la gente (o a mí). Sólo aceptaré escribir en nombre de autores que sean científicos, investigadores, economistas o periodistas; en suma, personas que tengan argumentos, ideas, números y datos verdaderos, y que sólo necesiten a alguien que, a diferencia de ellas, sepa cómo ordenarlos. A un Mantegna lo puedo soportar; a una Bianca, no. Fue un trabajo arduo formular la distinción en términos legales para el contrato, pero me fue suficiente con fingir ser la escritora fantasma de un notario de respeto.

Asimismo, habría podido exigir que se hiciera público que *Más recta que la cuerda de una guitarra* era harina de mi costal, o por lo menos *también* de mi costal. Sin embargo, a fin de cuentas, como ya dije, yo proporcioné la estructura, pero el sabor del polvo, el color del cielo y el zumbido de los automóviles en la carretera los puso Riccardo, y esto se lo tengo que reconocer. No quise correr el riesgo de quitarle también eso que era suyo. De él ya me las cobré bastante, ahora no me interesa nada más. Ya es hora de olvidarlo todo. Me hará falta un poco de tiempo, pero ya estoy trabajando en eso. De modo que así está bien.

También a Enrico, finalmente, la cosa le conviene. Tuve tiempo de observar muy de cerca su expresión mientras firmaba. Por supuesto, nunca se atreverá a admitirlo en voz alta, pero en el fondo está satisfecho de seguir contando con su escritora fantasma.

Un poco menos satisfecho, en cambio, se sintió cuando le ventilé la hipótesis de que, para mi libro, yo —puf— *me inspiré* en los acontecimientos recientes.

—Pero ¡acabas de firmar un contrato en el cual aceptas que nunca lo mencionarás!

—No dice nada acerca de usar nombres distintos y transformarlos en una historia de ficción, aunque se base en hechos reales —le hago notar—. ¿Y el primer mandamiento del escritor no es acaso «escribe sobre lo que conoces»?

Enrico mira fijamente con horror el contrato y se ve en su cara que se está preguntando cómo pudo no haberlo pensado. Sin embargo, yo soy una *magnífica* escritora fantasma y, como ya dije, para redactar las cláusulas me puse en los zapatos de un *magnífico* notario.

Y mis cláusulas no tienen «más agujeros que un burdel».

Si Berganza estuviera aquí a mi lado en este momento, tendría que contener una carcajada. Claro que me pasó por la cabeza la idea de pedirle que me acompañara a la firma del contrato, pero no tuve el valor de proponérselo. Aun cuando tengo la sospecha de que habría aceptado. Porque, después de todo, comienzo a sospechar que los ángeles de la guarda podrían existir en verdad. Probablemente de manera muy disimulada, por ejemplo, bajo un impermeable *beige*.

—No tienes nada que temer, Enrico —lo tranquilizo—. Se trata sólo de una precaución, de un disuasivo en el caso de que el día de mañana tú o Riccardo o quien sea se despierten con la sensación de que yo me los jodí, y se mueran de las ganas de inventar algún modo para vengarse de mí. Atrévanse a hacerme una de sus trastadas, y te verás involucrado contractualmente en tener que publicar una fascinante aventura en la cual un editor chaparro y medio calvo de nombre Manrico Bruschi de Ediciones La Amapola le encarga escribir el *best-seller* de su pupilo Edoardo Errandi a una escritora fantasma de nombre Siriana Parca. —Yo me divierto durante unos instantes con la soltura con la cual me salieron estos falsos nombres. ¡Caray, qué inteligente soy! Enrico tendría que haberme dado ese aumento hace siglos. Sonrío y continúo—: Sin embargo, tú sigue tratándome como lo has hecho hasta ahora, digo, si puedes un poquito mejor; déjame continuar viviendo tranquila y haciendo mi trabajo, si acaso sin asignarme esas tareas vergonzosas, y yo por mi parte te aseguro que no tendrás nada que temer.

Ahora estoy aquí en el elevador con el contrato en la bolsa y, por supuesto, con una nueva botella de Bruichladdich que me compré para festejar como es debido. Estoy tan absorta en mis pensamientos, en recapitular toda esta aventura de desenlace inesperadamente feliz, que no me percato de que Morgana me observa en silencio, como si se muriera de las ganas de platicar conmigo pero no supiera cómo romper el hielo.

—Te ves muy bien con el pelo rubio, ¿sabes? —comenta de repente.

Ah, sí, por supuesto: lo que pasa es que, mientras tanto, se me ocurrió recuperar mi color natural. Sigo usando mis botas con estoperoles y mi impermeable negro, pero decidí darle una oportunidad, después de varios años, a mi color de pelo. En un principio, me parecía que, encima de todo ese negro, mi cabeza tenía todo el arrebol de un cerillo encendido, pero ahora me estoy acostumbrando. Y el contraste con el lápiz labial color púrpura no me disgusta del todo.

Para ser sinceros, cuando fui al salón de belleza, sucedió una cosa extraña. No me agrada recordarlo, pero no consigo evitarlo.

Hacía mucho tiempo que no ponía un pie en un salón de belleza. Siempre me corté el pelo yo misma en casa, frente al espejo. Es fácil una vez que te acostumbras y, claro, cuando mantienes el mismo peinado desde la Edad de Bronce. Con el único detalle de que esta vez se trataba de sacarme décadas y décadas de tinte negro, y decidí que quien se borrara las huellas dactilares con el ácido fuese algún profesional que cobrara por ello. De manera que escogí el primer salón de belleza de apariencia lo suficientemente higiénica que encontré en las proximidades de mi casa: un local que a un observador distraído bien podría haberle parecido una pescadería, o la sede de una agencia de matrimonios internacionales por correspondencia.

Ya dije que no vivo en una zona precisamente chic.

Me decido y entro, me dejo envolver en una tela sucia por una tipa de uñas que parecen espátulas para helado; ella estudia atentamente mi negro petróleo, lo piensa bien y sustituye la tela por otra todavía más sucia; luego empieza su obra de excavación que sacará a la luz la persistencia de mi ADN. Yo espero resignada durante un par de siglos que la mezcla que tengo sobre el cráneo haga su efecto mientras a mi alrededor se llevan a cabo parloteos multiétnicos. Finalmente me dan un lavado y me dejan lista. Me acerco a la caja para pagar, y mientras tengo una mano en la bolsa en busca de la cartera, me cuesta trabajo apartar los ojos de la desconocida que relampaguea en las paredes de espejos. De repente, siento que algo golpea fuerte.

Aparto la mirada. La tipa que está detrás de mí en la cola es una señora peruana. Tiene un rostro más severo que el promedio de sus connacionales, o tal vez sea sólo porque por el momento su rostro está descompuesto en una mueca; si la definiera como hosca sería casi como decir que el *iceberg* y el *Titanic* tuvieron un civilizado intercambio de opiniones. Parece que algo le provoca un asco profundo. A juzgar por el hecho de que, moviendo un brazo más allá de mi costado derecho, azotó sobre el mostrador de la caja su monedero, probablemente ese algo soy yo.

—¡Muévase! —resopla.

No me parece que tardé tanto, después de todo, de modo que me doy la vuelta para mirar a la tipa directamente a la cara.

—¿Hay algún problema?

—¡Usted sólo muévase! —refunfuña.

No. No refunfuña. Es mucho más que eso. No me cabe ninguna duda: esta tipeja, por alguna razón oscura para mí, me odia.

—... *¿Rosa?* —Me sorprendo mientras murmuro aquel nombre mucho antes de que me dé cuenta.

Quién sabe por qué lo pensé. ¿Cuántas señoras peruanas de mediana edad habrá en Turín? Ni siquiera estoy segura de que Rosa viva por mi rumbo, porque Riccardo nunca me habló de ello.

Y sin embargo dije: «¿Rosa?» y la mujer se puso tensa, después de lo cual se puso aún más agresiva.

—Usted es Rosa, ¿verdad? Yo soy Vani..., Silvana Sarca. Pero algo me dice que usted lo sabe. —¿Cómo es que Rosa me conoce si nunca nos vimos? Pero sobre todo ¿cómo presentarse a una persona que ya te conoce y encima te odia? Lo absurdo es que inexplicablemente quiero ser amable. Como si nos hubiesen presentado en una fiesta. Incluso me sorprendo tendiéndole la mano para estrechar la suya.

Rosa da un paso atrás como si mi mano derecha fuese radioactiva.

—Pues claro que lo sé. Toda de negro. Negra, negra, negra como el diablo. Con los ojos negros. La boca negra. *El cabello negro*, cuando entró, aunque ahora es *rubia*. Del norte de Turín. Sé quién es usted. —Yo no puedo evitar admitir que la descripción es exacta. *Reconocer a Vani Sarca en un sector específico de esta ciudad de novecientos mil habitantes resulta fácil: basta con buscar a una tipa de unos veinticuatro años que se viste como el cuervo de Poe.* Y por lo que parece, igualmente simpática, por lo menos para Rosa. Quien, en efecto, concluye con un «*Negra como su alma*»,[2] que si no fuera tan ofensivo tendría incluso una lisonjera aura épica.

No obstante, eso no impide que ahora haya dado en el blanco. De modo que exijo una explicación.

—¿Se puede saber qué demonios...? ¡Oiga, espere un momento! —Tengo que salir corriendo detrás de ella, puesto que después de la deliciosa etiqueta que me puso encima se dio la vuelta y se dirigió hacia la puerta. La detengo tomándola de un brazo y ella se libera como si mi mano transmitiera la peste negra—. ¿Se puede saber qué le hice? —exclamo—. Si usted me compara con Satanás, por lo menos tengo derecho a saber cómo es que me gané este título.

---

2. En español en el original. (N. del T.)

—Qué chistosa —murmura la mujer. Si las miradas pudieran matar, yo llegaría a la tercera reencarnación en el curso de dos minutos—. Él está muy mal. Perdió el humor. Perdió el apetito. No hace bromas, ni sonríe. Dice malas palabras todo el tiempo. Por teléfono, habla poco. También con mujeres. Nunca habla mucho. Nunca. Ni con mujeres, nunca.

Oh.

No me hace falta preguntar quién es el infeliz cuya degradación existencial me está describiendo Rosa.

Pero ¿acaso sería culpa mía? ¿Es esto lo que me está diciendo? En efecto, con toda probabilidad, de veras es culpa mía, pero no por los motivos que sostiene Rosa.

—Fíjese que no es como usted piensa. Si Riccardo está en esas condiciones, no es para nada porque extraña a su ex, como les sucede a las personas normales. Fue él quien…

—*¡No me interesa!* —me ataja la buena mujer.

Efectivamente, me pregunto también yo por qué demonios estoy sintiendo esta necesidad de justificarme. Mientras tanto, la minúscula señora se está irguiendo. Qué absurdo que una peruana de un metro cuarenta pueda parecer imponente cuando se yergue para insultarte mejor.

—Yo sólo sé que tú ya no estás. Él antes era feliz y ahora está mal. Está triste. Él… —Busca las palabras justas; no las encuentra, de modo que se limita a suspirar profundamente. No es un suspiro teatral, no esa suerte de suspiro que echaría Liz Taylor interpretando a Cleopatra cuando muere agarrada a una columna. No: es un suspiro grave, lento, extrañamente realista, que por un momento convierte a Rosa en un Laurence Olivier, algo así como en un personaje realmente afligido. Después levanta el rostro y me atraviesa con la mirada por enésima vez—. La culpa es tuya. Desde luego que es culpa tuya. *¡Diablo!* [3]

***

3. En español en el original. (N. del T.)

Y sacudiendo violentamente el pelo recién planchado, se da la vuelta y reanuda el trote como una furia.

Justo después del salón de belleza, me fui directamente a la comisaría.

No, no para denunciar a Rosa (y además, ¿por qué motivo? ¿Asociación para delinquir moralmente? ¿Encubrimiento de un hijo de puta? ¿Distribución de sentimientos de culpa?). Me convocó Berganza, quien, en cuanto me presento, me anuncia:

—Ya tenemos el gancho, Sarca. —Luego me pide que firme una serie de documentos que dan testimonio de que yo, Silvana Cassandra Sarca, sin comas, entro oficialmente en los archivos de la comisaría en calidad de asesor en materia de Comunicaciones y Relaciones Públicas. Todo parece indicar que este puesto existe de veras y que mi currículum y la obra de financiamiento de Berganza me lo consiguieron enseguida. ¡Qué suerte! Hablo en serio: si no estuviera aún sorprendida por los acontecimientos de esta mañana, me sentiría en el séptimo cielo. En el fondo, trabajar para Berganza sobrepasa mis propios deseos, por el momento. Y también el comisario, mientras recoge los documentos, tiene la sombra de lo que bien podría parecer una sonrisa en su rostro.

—¿Se está usted riendo porque sabe que trabajar para la policía nacional es miserable y asqueroso, porque sabe que será algo esporádico con lo que no ganaré un carajo, y porque si me siento feliz es sólo por pura ingenuidad? —le pregunto.

—Me río porque finalmente tengo en mi equipo a alguien que no es un imbécil, o que no tiene doce años —dice Berganza—. ¿Sabe usted qué será lo primero en lo que la emplearé? En enseñarles a mis hombres cómo llevar a cabo un interrogatorio. Oh, sí. —Se restriega las manos y por unos instantes tiene una expresión que yo creía que sólo podía adoptar frente a una copa de *bourbon* reserva especial.

—Pues fíjese que yo no tengo la más remota idea de cómo se lleva a cabo un interrogatorio —le hago notar.

—Sarca, no me venga usted con que no es un camaleón. Le bastará con mirar un capítulo de *Columbo*.

Es sumamente gratificante descubrir que el comisario Berganza confía tan ciegamente en mis capacidades, y yo podría comentar un montón de cosas, pero entre todas elijo decir:

—De veras, parece que últimamente la gente ama abrirse así conmigo. —Y ahí tienen ustedes que en menos de un segundo le estoy contando sobre el absurdo encuentro que tuve esta mañana. Y por supuesto, también los tejemanejes, porque sin todo el contexto no lo entendería del todo. En suma, en un momento él me está felicitando por haber obtenido el puesto, y al momento siguiente yo lo estoy poniendo al corriente detalle por detalle del *caso* Riccardo, de principio a fin. Así, nada más. De un momento a otro. Con todos los pormenores. Sin el mínimo pudor. Como si una parte de mí no viera la hora de confesarlo todo. Al comisario, digo.

¡Carajo! Lo sabía desde el día en que lo conocí, sabía que tarde o temprano iba a suceder.

El asunto es que hablo y no doy crédito a lo que sale de mi boca. Cuando termino, me sorprendo mirando fijamente a Berganza con más vergüenza de la que quisiera, y Berganza, por su parte, me observa a mí con mucha más intensidad de la que yo querría.

Es extraño cuando terminan estos momentos de desahogo. En el ambiente queda una extraña sensación, como de…, ah, sí: deseos de enterrar la cabeza como una avestruz.

—No, escuche, comisario, olvídelo por favor, no sé por qué le estoy cont…

—Déjeme entender algo, Sarca.

—No. Digamos que no hay ninguna necesidad de que usted entienda nada, ¿de acuerdo? Tratemos de olvidar que yo le dije…

—¿Es posible que Riccardo Randi se la esté pasando muy mal no tanto por la situación en la cual lo puso usted públicamente, como porque, o por lo menos también porque, extraña a su exnovia?

—No. Y como le decía, olvídelo por favor, no lo tome en cuenta, en serio no sé por qué me dio por contarle...

—¿Por qué no? ¿Qué es lo que hace que esté usted tan segura de que Rosa malinterpretó lo que vio? Después de todo, usted y Randi estaban bien juntos, ¿me equivoco? ¿De veras es imposible que las cosas que él intentó decir ese día en el estudio de Fuschi, acerca del hecho de que la amaba de verdad y aquel mensaje fue un error, tuvieran un fondo de verdad?

Yo sacudo la cabeza. Es necesario que le ponga fin cuanto antes a esta fastidiosa situación que yo misma causé; de otro modo mi dignidad acabará por abandonarme para siempre y luego me mandará tarjetas postales desde el extranjero que digan «Te odio».

—Oh, comisario, por el amor del cielo. Yo podré aparentar que tengo veinticuatro años y acompañaré a amiguitas adolescentes a fiestas de mocosos; no obstante, no nací ayer. Mi autoestima es lo suficientemente grande como para salir de broncas por sí misma incluso sin estas palabras de consuelo. De modo que olvídelo, después de todo no hay ninguna necesidad.

Guardo silencio.

Guarda silencio también el comisario. Después dice:

—Sarca.

—Dígame.

—Usted es como el protagonista de esa historia de terror para niños que era capaz de leer en el pensamiento de los demás, pero no entendía absolutamente nada de la persona que tenía a su lado, ¿verdad?

—¡Dios mío! No me diga que acaba de mencionar al vampiro telepático de *Crepúsculo*. Me siento en el deber de comunicarle que también yo lo conozco por Morgana, quien, fuera de eso, me habló de él sólo para criticarlo. ¿También usted tiene una sobrinita adolescente?

—Un sobrino, un chico. Y en efecto, también a él le causó mala impresión. Pero no me distraiga. —Berganza me apunta con el índice—. Usted es así, ¿verdad? Es capaz de entrar en la cabeza de los demás, pero no entiende ni jota de las cosas que la conciernen directamente.

—No lo sé. No. Probablemente. En fin, ¿qué es según usted lo que yo no entiendo, por ejemplo?

Berganza abre los brazos.

—Que usted pertenece a esa clase de personas a las cuales uno no puede dejar de extrañar una vez que entran en nuestra vida.

Lo dice despreocupadamente como si acabara de comunicarme que se me cayó un botón del abrigo.

Oh.

Oh.

—Tampoco a las termitas —replico yo.

—¿Cómo, perdón?

—Decía que también a las termitas se les extraña en el ropero, cuando finalmente nos deshacemos de ellas. O a las hormigas se les extraña en la alacena. O a... al local de música en vivo que estaba en la planta baja de tu edificio y que de repente cierra sus puertas. Lo que quiero decir es que no es necesario amar algo para luego darte cuenta de que ya no lo tienes.

A Berganza se le escapa una sonrisita.

—Sí, sí, por supuesto. —Vuelve a poner la mirada sobre los documentos que estaba analizando antes de que yo llegara—. Como quiera, si usted lo dice. Hasta luego, Sarca. Le haré llegar un correo electrónico con los datos para la próxima reunión.

En estos momentos, el comisario parece ya otra vez absorto en su rutina, si no fuese porque esa ligera sonrisa de quien entiende perfectamente le sigue aflorando en el rostro.

—Bien..., hasta luego, pues —me atrevo a decir finalmente, todavía perpleja, con la mano en la manija de la puerta.

—Ah, Sarca.

—¿Sí?

—El hecho de que ese idiota pueda haber estado enamorado de usted, y probablemente todavía lo esté, no lo hace menos idiota. Lo entiende, ¿verdad?

—Creo que sí. Sí.

—Manténgase apartada de los idiotas, Sarca. No la merecen.

—Ah. Okey. De acuerdo.

—¿Entendió?

—Lo entendí, sí.

—Bien. Hasta luego.

—Hasta luego…

—Ah, Sarca.

—¿Qué más, comisario?

—Se me olvidaba decirle que se ve usted muy bien así, rubia. Cuando salga, cierre la puerta, por favor.

—Te ves muy bien de rubia, ¿sabes? —me dice ahora la vocecita de Morgana, en el elevador de nuestro edificio, y me toma una fracción de segundo poder liberarme del *déjà vu*.

—Gracias —respondo. Todavía estoy absorta en el recuerdo de la extraña escena con el comisario, de manera que el «gracias» me surge más intenso y ausente de cuanto quisiera.

Morgana se ríe abiertamente. Desde que nos conocemos se ha vuelto cada vez más desenvuelta conmigo.

—Pareces todo un personaje de libro cuando te comportas así.

—¿Así cómo?

El elevador está llegando a mi piso. Una vez que entre a mi departamento, me voy a tomar un buen trago de Bruichladdich y enseguida pensaré en lo que tengo que hacer con el primer día del resto de mi vida.

Es un día hermoso.

—¿Cómo?... Pues cuando te vuelves taciturna, cuando respondes con monosílabos y, además, así toda vestida de negro, sabes, te ves muy ruda. —Morgana entrecierra los ojos y me mira fijamente; de nuevo me recuerda un poco a Berganza.

—Y según tú, ¿a qué personaje me parezco?

La chiquilla se queda un instante pensativa; después sacude los hombros.

—No, no. No quería decir que te pareces a un personaje *en particular*. No me expresé bien. Lo que quería decir es que serías un buen personaje de novela. Podrías ser perfectamente la protagonista de un libro totalmente tuyo.

Yo sopeso sus palabras durante un instante; a continuación siento que mi boca se abre en una sonrisa y pienso: «Por fin».

Índice